The Story of
INDIA
印度的故事

启真馆 出品

[英] 迈克尔·伍德 著

The Story of

INDIA
印度的故事

MICHAEL WOOD

廖素珊 译

ZHEJIANG UNIVERSITY PRESS
浙江大学出版社

目录

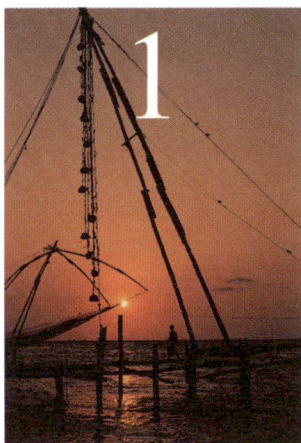

楔子

此书源于对印度久远的爱恋——这股爱恋洋溢着深沉的尊敬与欣赏，但大都是出于对印度及其文化的有感而发。过去 30 年来，我前往这片次大陆旅行了不下二三十趟，感觉在某些方面我的人生与印度紧密交织。这些旅程常让我领悟到，受到另一个文化欢迎并参与其间是多么光荣的事，特别是它如此丰富多样，让人获益匪浅。妻子与我爱上印度，并在那里成婚，我们的孩子还取了印度名字。我们一家常到印度旅行，一些最深刻的回忆都是孩童们小时的景象：在泰米尔（Tamil）[1] 朋友的传统家中欢庆春节，即奶粥节（Pongal）[2]；坐着当地巴士在南部旅行，拜访高韦里河三角洲（Cavery delta）的古老寺庙；或者说，最令人怀念的是在 2001 年的大壶节（Kumbh Mela）[3] 中与朋友共挤一项帐篷，那是参与人数最多的全球节庆——更别提

---

[1] 印度南部泰米尔纳德（Tamil Nadu）邦的主要民族，说泰米尔语，历史可追溯至 2000 年前。

[2] 印度南部印度教重要节日，泰米尔人的元旦，此节名源出泰米尔语的"煮"。当天每家用牛奶煮粥，供神后全家再享用。

[3] 印度大壶节是纪念诸神与阿修罗为了装有甘露的大壶（印度语：kumbh）而进行的战争。传说在争夺期间，大壶中滴下了四滴甘露，分别洒落在安拉阿巴德（Alla habad）、哈里瓦（Haridwar）、纳西克（Nasik）和乌贾因（Ujjian），因此这节日每三年在这四个圣地轮流举行，吸引成千上万信徒前来沐浴，为全世界最大规模的宗教庆典。

在节庆之后，逃到我们在安拉阿巴德（Allahabad）[4] 最爱的帕西小饭店大啖粗面粉布丁和水果蛋糕。

但这也是一本由历史学家写成的书。我在世界各地旅行了 40 年，大部分时间在以历史学家的身份撰写书籍和拍摄节目，其中有将近百部作品探讨旅行、历史和冒险（有时候，比如在我们追寻亚历山大大帝的足迹、翻越兴都库什山脉时，是三者兼顾）。

我拍摄过美洲和非洲，伊拉克、埃及、伊朗和中国这些伟大古老文明的影片，并有幸亲睹人类生活的丰富多彩和多样面貌。倘若这些经验享有一贯主题的话，那就是在我们的现在中回荡着过去的低喃。众所周知，在我们的时代，人类认同——文明、文化、部落、个人——在全球各地都遭到抹消的命运。经历数千年建立起来的身份认同，在数代内便佚失。旅行时你会看到，不仅环境、地貌、气候和种族消失殆尽，现代化和全球化也逐渐消除人类差异，特异的语言、习俗、音乐和故事的微妙网络往往不再。我们或许是能够看到各种差异仍旧鲜活存在的最后一代。但我个人认为，世界上没有任何地方像印度一样，呈现出从石器时代到地球村这样丰茂繁盛的人类历史。而这就是此书的故事。

印度成为自由国家仅是 60 年前的事，但它真正的历史却有数千年之久。印度的故事是由不可思议的戏剧、伟大的发明、繁复多貌、惊人的创造力和恢弘的理念所构成的。但它也是全球新兴崛起势力之一的历史。今日，这片次大陆的总人口——包括印度、巴基斯坦和孟加拉国——有 15 亿人，超过全球五分之一，而印度即将超越中国，成为世界上人口最多的国家。印度有 22 种官方语言（包括英文）和 400 种方言：一位中世纪印度作家曾骄傲地指出："亚洲人，包括蒙古人，以及土耳其人和阿拉伯人在说我们印度语言时无不舌头打结，但我们印度人能说世界上任何语言，就像牧羊人叫唤羊群般轻而易举。"毋庸置疑，印度一向是多语言的国家，总是呈现多元风貌：它伟大的地区文明自成一格（举泰米尔为例，它的文学可追溯至公元前 3 世纪——比大部分的西欧国家还要古老丰富）。这种多元主义和多样面貌充斥于大小事件。印度社会由将近 5000 种种姓和小区团体组成，它们都有自己的规矩、习俗和故事。四种世界性宗教在印度诞生，加上传奇性的 3300 万位本地神祇，过多的派别令人眼花缭乱。它是全球第二大穆斯林国家，而次大陆则拥有全球半数穆斯林。印度远在欧洲之前便拥抱基督教，并欢迎许

---

[4]　安拉阿巴德（Allahabad）：印度北方邦（Uttar Pradesh）的南部城市，位于恒河和朱木拿河汇流处。

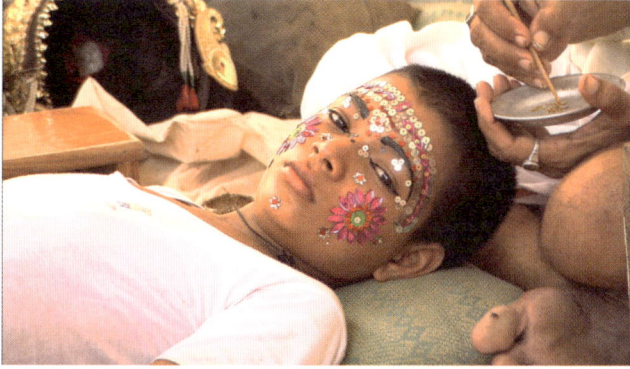

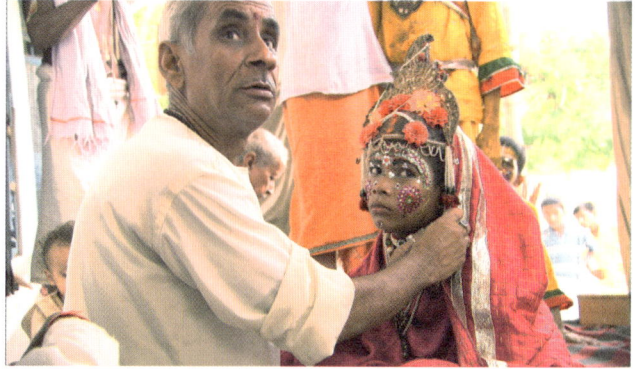

上图：于贝拿勒斯上演的罗摩戏剧，每年十月间天天上演。这些民俗戏剧在北印度无人不晓，它们在 19 世纪作为反抗英国的文化手段，演变至今。

多其他信仰的信徒，包括犹太教徒和帕西教徒（伊朗的琐罗亚斯德教徒），他们受到迫害，来此寻求庇护。

现今，正当西方短暂的强权面临结束之际，印度挟着所有惊人的多样性再度崛起。历史经济学家估算，在 1500 年左右，印度的国内生产总额曾是全球第一，后被中国超过，但两者都在欧洲帝国时代湮灭。当时，历史中心从亚洲移到西欧沿海地带，由新世界的财富推动这个剧变。到了 1900 年，中国和印度的生产总额只占世界的一小部分（印度不到 3%）。在 1947 年独立后的头 45 年，印度政府遵循保护政策，忠于建国者、自由派社会主义者以及甘地主义者的理想，拥护自给自足、不结盟和非暴力的主张。直到最近 15 年来，印度才跟随中国迈向成长。今日印度称霸全球的关键因素就在人口，但擅于信息工程、数学、科技和语言也相当重要。此外英文作为世界通用语言畅行无阻，印度庞大移民的散播和影响力也十分可观。顶尖的金融分析师预测，以目前的趋势来看，到了 21 世纪 30 年代晚期，印度的国内生产总额将超越美国。而 21 世纪将见证亚洲伟大古老文明重返中央舞台。

印度比中国晚开始现代变革，还面临许多难题，特别是社会不平等、乡村贫困、人口过剩和环境破坏。但印度拥有极大优势：它是个开放社会，民主制度活跃，挟带着不可轻忽的实用知识和语言才能；而作为一个文明，长久以来，它多元宽容，并拥有撷取不尽的历史文化资源。印度文明的古老人生目标——利（artha，财富和成功）、欲（kama，欢愉和爱）、法（dharma，美德）和解脱（noksha，知识和自由）——仍是不分贫富的主要生活动力，而且在我看来，在可预见的未来仍将如此。尽管困难和缺点重重，国家权力结构和生气勃勃的民主制度于过去 60 年来仍然达成了惊人的成就：它的民主制度足以教导我们许多事物。

本书通过旅行家的眼光来探索印度历史，选择性地叙述印度从悠久过去到现在的记载，强调它故事中的某些关键时刻和主题。无可避免，这只是份简介：印度历史是如此深远丰富和繁杂，无法在一本书内就描绘尽其轮廓。过去 18 个月来，在印度辛勤工作是个很棒的经验，亲眼目击印度惊人故事的最新、最令人兴奋的发展；对我个人而言，我只能在此对花时间提供我们知识的人们致以深深的谢意。最后，我要在此引用 14 世纪的印度诗人阿米库什（Amir Khusrow）[5] 的诗句（他是穆斯林，以波斯文创

---

[5]　1253—1325，印度波斯裔音乐家、学者和诗人，为伊斯兰苏非教派（Sufiyah）及印度苏非卡瓦力（Qawwali）声乐之父。

作，他的祖先是土耳其人，但他认为出生于印度、以印度为祖国使他成为世界上最幸运的人）：

> 印度的氛围多么令人愉悦！
> 人民的生活方式是人生的最佳导师。
> 如果外国人路经此地，他无须开口，
> 因为印度人待他如己。
> 他们是优秀的主人，能马上赢得他的心，
> 并教导他如何像花朵般绽放微笑。

1

起源和认同

豪雨止歇，房子后方陡峭山坡上的棕榈树天幕湿透，滴着水珠；暗绿色羊齿叶在幽暗微光中闪烁。我可以听到房间外面大浪退去和浪花沿着海湾口暗礁拍岸的巨大咆哮。在通往灯塔的海滩上，人群聚集在岸边观看夕阳。雨季的天空逐渐清澈，一抹金色光辉绽放在阿拉伯海上方。我正站在喀拉拉沿岸一座别墅的阳台上，这里靠近印度南端。桌子上散布着地图、旅游指南和杂七杂八的东西。过去这几天，我们从卡利卡特（Calicut）[1] 海岸，经过卡朗格努尔（Cranganore）和科钦，沿着瓦卡拉（Varkala）[2] 红色悬崖下棕榈树林立的海滩，以及印度之脊西高止山脉（Western Ghats）的葱郁山脚和海洋间的狭长地带南下。像这样的观光胜地也许不适合开始述说过去伟大的迁徙故事，但这是第一批人类在大约 80000 年前离开非洲时所走的路径；它是印度史上的第一趟旅程。

海滨流浪汉

他们是海滨流浪汉，赤脚走下印度狭长而浪涛汹涌的海岸，如同人类总被机运

---

[1] 印度南部喀拉拉邦的第三大都市，以"香料之都"而闻名。

[2] 位于喀拉拉邦南部。

上图和前页图：科钦周遭的喀拉拉热带海岸是数千年来贸易商和移民的登陆地点，也是非洲第一批迁徙的人类抵达之处。

和渴求推动一般，奋勇向前。但他们也有旺盛的好奇心，这是人类最鲜明的特质。短短几千年内，他们从非洲之角（Horn of Africa）[3] 绕过印度洋直抵印度南端的科莫林角（Cape Comorin）[4]，然后远抵安达曼群岛、印度尼西亚和澳大利亚。那时的海平面较低：环绕印度的淡蓝色浅滩从远处可见，这条海岸线在20000年前海平面涨高后便消失了。在那时，有陆桥通往斯里兰卡，南北安达曼岛是一座岛屿，但在印度洋沿岸，海滨流浪汉的现代子孙找到祖先路径的微弱痕迹。即使在现在，一小群土著居民仍在沿岸地带生活。在非洲之角对面，人类第一次穿越非洲大陆的地点——也门的白色沙滩满布着鲜红色珊瑚，这里是他们的第一处停留点。沿着这片海岸挖掘出他们扎营所留下的旧石器时代中期工具，与非洲石器时代中期非

[3]　又称索马里半岛，位于非洲东北部。
[4]　印度大陆的最南端。

常类似。越过波斯湾，在地球最险恶的土地之一，居住于巴基斯坦海岸的马克兰人（Makrans）拥有非常古老的DNA链（他们可能是亚历山大时代的希腊人于公元前4世纪所描述的游牧民族，称之为"食鱼者"，为希腊人东征时所遇到最原始的民族）。

沿着海岸继续前进，在南印度葱茂的山丘，这片土地在进入现代前几乎未受干扰，这里仍住着几批部落，他们极可能是自非洲迁徙而出的第一批海滨流浪汉的后裔。早在人类基因组计划（Human Genome Project）的现代突破发现前，他们的文化和非洲外貌使他们与周遭民族截然不同。英国地区指南记录了他们的名字：卡达尔人（Kadar）、潘尼亚人（Paniyan）和科拉瓦人（Korava）、雅纳迪伊鲁拉人（Yanadi Irula）、加达巴人（Gadaba）和琴楚人（Chenchu）。他们比周遭的达罗毗荼人（Dravidian）[5] 还要古老，

---

[5]　居住在印度南部的部族，一般认为达罗毗荼人是亚利安人入侵后南迁的印度土著居民及印度河文明的创始者。

保存自给自足的独特文化，自外于印度教的种姓制度。

翻越山丘，在泰米尔纳德邦境内，我安排与马杜赖大学的遗传学家皮查潘教授会面。他在卡拉部落（Kallar）间有惊人发现。他从印度的最早遗传基因中发现 DNA 古老线粒体和 Y 染色体的痕迹。纯属巧合的是，他的团队检测一个叫维鲁曼迪的男人，发现他有非洲第一批迁徙的现代人类的 M130 基因。随后他们惊讶地发现，维鲁曼迪所属的整个村庄都有 M130 基因，这是借由孤绝于世、严格种姓制度和同族婚姻而流传下来的，因为卡拉人盛行堂表兄弟姐妹通婚，是南印度最古老和最具特色的近亲通婚。

"至少有两次迁徙，"皮查潘教授告诉我，"我们认为语言于稍后发展——也许仅在10000 年或 15000 年前。语言当然和种族有所不同，但语言容易受到采纳；宗教亦然。与习俗和亲戚关系等相较，那是表面层面，仅是信仰体系：不管觉得怎样，你仍旧相信你的体系，你的神祇。我认为，基于这个理由，印度才成为如此多样但又统一的人类整体。"

"这就是你之所以成为印度人的原因？"我问道。

"嗯，可能是如此，"他开怀大笑，"这个'人类整体'超越人类的概念。我会说更具人性。"

尽管历史巨浪翻腾，这些人从初始长征后便遗世独立。因此，他们找到这般远古的身份，是近几年来令人吃惊和无法置信的科学突破。教授甚至认为，这些第一批海滨流浪汉为我们提供了基因传承的基础。换言之，世界从此地繁衍："如果亚当来自非洲，那么夏娃则来自印度。"印度堪称是世界之母！

对印度历史之旅的开端而言，这是个令人困惑的观点。而喀拉拉是了解印度稍后文化层面的恰当地点。撇开暴力、战争和大迁移，人口交易和种族灭绝的现代恐怖行径不谈，人们作为和平的迁徙者和贸易商来到这里。美丽的地貌和气候、无尽丰饶和旺盛的生产力使喀拉拉成为历史上最吸引人的停留点。它的小海港是希腊人希帕罗斯（Hippalos）[6]、中国将军郑和与在 1492 年绕过好望角抵达这里的达伽马的登陆点：希腊和罗马香料贸易商、从波斯湾来的穆斯林阿拉伯商人，以及中国移民都在喀拉拉的隐蔽地带留下他们的足迹。建筑亦可见一斑：叙利亚基督教大教堂、犹太教堂列柱、巴洛克式葡萄牙香料仓库、英国和荷兰东印度公司荒草曼生的遗迹，以及现在可廉价飞

---

[6] 公元前 1 世纪的希腊航海家和商人。传说在他的著作中发现从红海通向印度的直接航线。

往特里凡得琅（Trivandrum）[7]的旅游天堂——
瓦卡拉和科瓦拉姆（Kovalam）。这些都交织成
人类持续迁徙和相互融合的印度故事。

　　这里的现况不是通过战争，而是通过和
平达成的。民族、文化和宗教浪潮汹涌，使
印度成为今日的印度。印度也许拥有数百种
语言和数千种种姓，但在这一小块区域，你
会看见人类的惊人能耐：不可思议的多元性，
却又融合为一。我们将在后文阐述这个谜题。

　　在 3000 年至 4000 年前，新一批移民自中
亚涌入印度。某些人在公元前最后 1000 年间
移入南方。他们带来吠陀（Vedic）[8]仪式和
火神阿耆尼崇拜，但随着时光递嬗，土著居民
的仪式逐渐融入，于是出现了今日印度宗教
的综合体。他们自称为"亚利安人"（Aryan，
这个梵文字眼意味着"高贵的人"），这个
词语在现代遭到纳粹和其他种族原教旨主义
派的滥用。尽管大部分的移民相互融合，但

上图： 火神阿耆尼，献祭之火和炉床是吠
陀印度人仪式的重点；这是 17 世纪南印度
的木板雕刻。

他们的高级祭司，或说婆罗门，却执行种族隔离主义，借此将古老的仪式和禁忌代代
流传下来。

　　印度是个奇迹国度。在喀拉拉，19 世纪的人类学家和地区官员记载了一群称作南
布迪里（Nambudiri）的婆罗门，他们自视为最纯种的亚利安人，他们的仪式是亚利安
宗教和土著仪式的混合体，妥善保存数千年之久。当时他们仍对火神奉行最复杂的仪
式。仪式耗时 12 天，有时彻夜进行。这 12 天的仪式最后一次进行是在 30 多年前；但
2006 年，在一位富翁的赞助下，出现了较短的模式。而就我们所知，这是人类最古老
的仪式。

---

[7]　南印度喀拉拉邦的首府。

[8]　公元前2000年至前500年间称为吠陀时代，当时的社会历史状况主要反映在古老的《吠陀经》文献中。

史前的声响

群众推挤，想要一瞥火光吐信照耀夜空的景象。两个特地兴建的围场以藤顶覆盖，安置了祭坛。较大的围场有个砖制大型祭坛，做成展翅鸟儿翱翔的形状。在12位主持仪式的祭司中——包括老少父子——主祭司端坐在黑色羚羊皮上，头被遮住。他和他的妻子（在这里，不像主流印度教，女人也扮演一个角色）以及其他祭司在仪式期间不能离开围场。仪式中有血祭，献上供奉双马童（Asvins，两位驾云的孪生神祇）的奶，并喝下一种高山植物提炼、称之为苏摩的圣酒。数千年来，这些婆罗门仪式被小心翼翼地保存，从未对外公开，尤其是曼陀罗（Mantra，即咒文）。这些魔幻的咒文唱颂需要耗费数天，只有婆罗门能唱颂曼陀罗，而且长久以来精确地口传心授，代代相传。

曼陀罗仍存于许多社会。它们在历史洪流中，从印度流传至中国、远东和印度尼西亚。它们是人类古老过去的一部分，但它们在其他文化中的地位不若印度重要。曼陀罗启动感情、生理机能和神经系统；加上瑜伽，曼陀罗能达到高亢的心理和生理状态。青铜器时代印章中的肖像显示男人以瑜伽之姿端坐：这可能是印度文化最古老的执念。

西方人直到1975年才得以在一场表演中目睹和记录这类唱颂。但学者们坐下来分析，准备解开谜团时，却感到困惑不已。仪式的某些部分缺乏平常语言的沟通，仅是颂唱声音的模式——这些模式需要长时间学习和背诵——它们显然遵循精致的规则，却毫无意义。实际上，婆罗门无法提供意义。这是"流传下来的唱颂"，就是如此。但它们的目的究竟是什么？它们是如何发展的？

从其他人类创造形式所衍生出来的两个概念也许可以帮助我们回答这个难题。首先是音乐，这是组织声音以创造情感经验的另一种方式。音乐本身也没有意义；换言之，它无法表达任何事物。第二是仪式，它也不需要意义。因此，在早期宗教中意义并不重要。在稍后的人类历史中，通过神圣文献和故事，人类才试图回头为古老的实例提供合理解释和体系。

专家分析曼陀罗记录时，感到大惑不解：人类文化中找不到类似模式。尽管曼陀罗包含选歌、组诗和三连音符，但是最后连音乐也无法提供协助，直到计算机科技发展后才有所突破。专家将在1975年记录、长达12天的阿耆尼仪式中的曼陀罗模式输入计算机，计算机显示，最接近这些声音的模拟是鸟歌。我们也许可推论出以下的惊人结论：这些声音模式的表演可能早于语言，是语言发明前的残留物，那时声音纯粹

教导下一代唱颂曼陀罗。

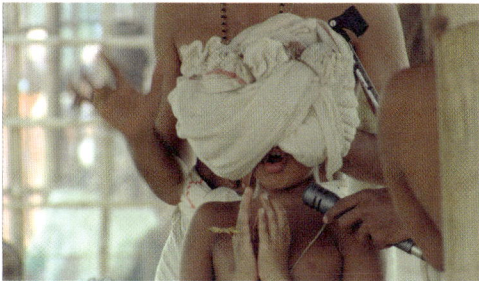

执行唱颂。

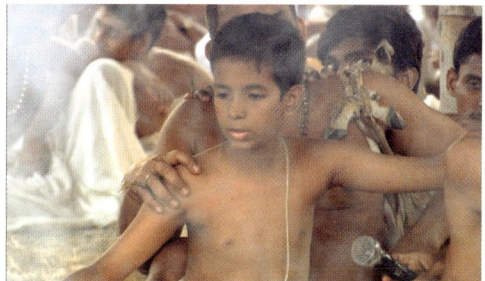

仪式结束时，烧毁小屋以求得到净化效果。

上图和下图：火神阿耆尼的仪式。古老的南布迪里婆罗门，他们同族通婚，并以某些人类最古老的仪式而闻名；其中一个仪式据估可能可以追溯到人类发明语言前。

供符号或仪式之用。我们现在认为，现代人从非洲迁徙而出后，在最近的 50000 年内甚至更晚才发展出语言。但我们从动物界得知，仪式早于语言——声音和姿势融合成"仪式"行为。果真如此的话，仪式与史前声音的结合也许可以将我们引向人类的曙光时期，也就是说，仪式、宗教和科学的初始。

大仪式结束时，两座特别建造的房子被焚烧，为火焰所吞噬。红色火焰舔吻着竹制鹰架，吞噬屋顶，在夜空中绽放耀眼光芒。火花在空中旋转，如雨骤下，结构倒塌，火光映衬着棕榈树林的阴暗树叶。在我们旅程的开端，印度显然正在全球经济中大步跃进，专家预测它将在 21 世纪 30 年代超越美国。尽管如此，这个 21 世纪的现代国家仍旧保存了人类整体悠久过去的习俗，称它为人类的实验室也不夸张。

人类漫长而缓慢的崛起

早期人类的故事仍有待叙述，但随着遗传学的新发现，就在我下笔的当口，我们对人类过去的观点出现戏剧性的改变。我们可以确定的是，在最初的数万年中只有为数颇少的人类——环绕着次大陆边缘的狩猎采集者——顺着河谷北上，避开了主宰印度地理的德干高原那片干涸、龟裂处处的地块。基因库也因为数次稍后的迁徙而得到更新。在石器时代中期浮现的世界已有许多语系。那时在印度居住的人生活大为不易。摩诃陀（Mahada）的考掘发现了一个狩猎采集部落的骸骨；他们几乎全都只有 12 岁左右，只有一位 30 岁左右，一位超过 40 岁。比莫贝卡特（Bhimbetka）[9] 石窟的中石器时代晚期绘画，对他们的物质生活有鲜活生动的描绘，其中显示集体动物狩猎，以及这些狩猎采集者的杀戮和安抚仪式。

我们对早期神祇所知甚微，但观赏比莫贝卡特跳舞神祇的手镯、脚镯和三角戟后，我们很难不联想到今日朝圣海报上的跳舞湿婆（Shiva）[10]。大地女神的情况也令人想到这种联系：她的雕塑身材丰满，拥有"鱼般的眼睛"，代表在印度迁徙中一股古老、无法压抑的暗流，在面对伊斯兰和基督教的一神论时从未遭到扬弃，也未受现代西化的影响。我们也可确定的是，生殖能力的象征——石头林伽和约尼（linga and yoni，男性和女性具像化的第一性征）——从远古时代便已融入湿婆崇拜中。不久前，考古学

[9]　位于印度中部。
[10]　印度教三大天神之一，为创造和毁灭之神。

家在安拉阿巴德附近，即恒河流域南方挖掘出神庙时，今日的村庄居民一眼就辨识出 14000 年前左右的破裂约尼石座。这些印度土著居民文化层面是遥远过去的部分前提，不论其血统、语言或宗教，均由所有印度人分享。

我的开始必然是一些浮光掠影。过去的洪流庞大，我们对过去数百代所知甚少，还有待发现。狩猎采集者的故事是人类漫长而缓慢的崛起故事，必须通过对印度早期语言、信仰、仪式传统和神祇的细微追查和逐步探索，才能得见。数万年的时光在仍遍布于这片次大陆的土著居民身上留下传承的痕迹。但在 10000 年前左右的西亚，已经出现第一批定居文化，他们的村庄留下农业、贸易、金属制品和手工艺品的痕迹。我们还不清楚是不是雨季系统的改变带来这些进展，但专家怀疑，气候改变和更为潮湿的年度循环促使移民从西方涌入次大陆。在这时的文化中，于公元前 7000 年左右的阿富汗高原边缘，播下了印度文明的种子。而在最近百年来最重要的考古挖掘中，则必须一提于俾路支斯坦（Baluchistan）[11] 蛮荒地区的突破发现。

上图：这尊雕像或许代表最古老的宗教。在摩亨佐－达罗出土，公元前 2000 年左右的大地女神，为赤陶器，头饰繁复。印度河谷也曾挖掘出类似塑像，时间是公元前 7000 年。

俾路支曙光

从苏库尔（Sukkur）[12] 的印度河旁的道路往西北朝奎达（Quetta）和阿富汗边境溯波伦河（Bolan River）上游迈进，这是伊朗和印度之间的古老旅行路径，数千年来旅客不绝于途。因此考古学家认为，它比巴基斯坦的开伯尔山口（Khyber Pass）还要久远。然后，穿越现在是美国为阿富汗战争而设的军事基地雅各布阿巴德（Jacobabad）。此处由一位英国将军约翰·雅各布（John Jocob）于 1847 年创立，以印度最炙热之地而闻

---

[11]　位于西南亚和南亚的伊朗高原。
[12]　位于今巴基斯坦。

上图：印度河（Indus）是印度的名称来源。它的发源地在中国西藏岗仁波齐峰附近，后来印度 – 亚利安人来到开伯尔下方。在波斯语中，Hindu 这名字意味着"边界河流"。

名——在季风吹起前，六月的气温高达摄氏 54 度。从此处开始，超过 90 英里的路径蜿蜒进入山丘，于波伦河会合，横越卡契平原（Kachi plain）[13]。在这个世界里，仍能见到游牧民族在春季迁徙时住在黑色帐篷内，骆驼和骡子驮着帐篷、草席和锅碗瓢盆。女人走在后方，她们红色和橘色的服装在单调的沙漠中显得格外亮丽。在夏季爬上山丘，冬季则下到平原；这是史前景观，超越人类历史的古老惯例。

考古地点静躺在道路上方的低矮山丘，在波伦山口入口下方——在高原为皑皑冬雪所覆盖时，这一块小地域的气候相对温和。考古地点沿着波伦河散布，冷冽的河水穿过宽达数百码的碎石河床而下，闪耀着钢蓝色泽。河流在一百年前改变河道，切过

---

[13] 位于今巴基斯坦。

考古地点，暴露出其下如悬崖断面般文化交叠的沉积物。30 年前的首度勘查带来惊人的结果。一块早期沉积层的木炭经过碳年代鉴定后，确认其年代是公元前 6000 年，而在它之下还有 30 英尺的堆积物！令法国团队备感惊奇的是，这个考古地点可追溯至公元前 7000 年之前，而这可不只是数世纪前，而且还是早于已知的次大陆历史几千年前。

这个考古地点面积的庞大是最令人惊异的。梅尔伽赫（Mehrgarh）[14] 考古地点沿着河流绵延 1 英里[15]，面积几达 750 英亩。一个地方保留了泥砖围墙，长百码，厚 10 英尺，仍旧高高屹立。考古学的其中一项珍贵特质便是，能从如此遥远的人类过往揭露过去生活的细节。世界上其他考古地点鲜少能如此近距离审视这般远古祖先的住所：窄小的长方形房舍以砍下来的树枝当屋顶，墙壁是芦苇和泥巴，仍像今日在这片山丘的房舍一般。梅尔伽赫人制作美丽的陶器，上面是几何线条的花纹，并涂上一层漆，闪闪发亮，像擦亮的胡桃。无数手工制赤陶小陶俑和妇女陶俑出土，有些还抱着孩童。这里的人蓄养山羊、绵羊、家畜和水牛，独独没有马。从公元前 6000 年开始，家畜成为他们的经济基石，但印度河流域也充斥着瞪羚、梅花鹿、印度羚、野羊、印度象和犀牛。他们的主要农作物是大麦和小麦。矗立在西方地平线上、有如壁垒的高山，春季仍为白雪掩盖，波伦河自此流入平原，注入印度河，提供人类生活所需的安全环境；不可思议的是，人类在这块小地方生活超过 4000 年。

梅尔伽赫考古发现证实，印度河流域的定居生活模式可追溯到将近公元前 7000 年，比印度首批城市兴起还要早 4000 年。在同时期，农业小区于古近东地区逐渐形成，涵盖从安纳托利亚到巴勒斯坦以及伊朗一带。现在看起来，直到 20 世纪 70 年代，印度仍未出现证据可证明早于公元前 3000 年时印度已有农业，着实令人吃惊。因此，这更强调了梅尔伽赫新发现所带来的革命性震撼。这不仅是个农耕经济体，小区里还有手工艺分类，包括冻石切割以及土耳其玉和琉璃的远距离贸易。在公元前 5000 年，梅尔伽赫的建筑工人便使用后来在印度河城市发现的长形平凹砖，棉花早已开始栽种，成为主要经济来源，如同现在。

毋庸置疑，这些新发现显示，印度河文明的崛起是印度本土现象；它并非如同以往所相信的，是从伊拉克文化散布发展开来。我们的确可从今日文化中辨识出可追溯

---

[14]　位于今巴基斯坦，摩亨佐-达罗延伸指定世界遗产。

[15]　1 英里约为 1.6093 公里，1 英亩约为 4046 平方米，1 码约为 0.9144 米，1 英尺约为 0.3048 米。

到梅尔伽赫世界的特征。

梅尔伽赫（与现今已知的 20 座村落）早在公元前 4500 年左右的改变降临前便已存在许久，当时正从伊朗高原涌入新移民。我们之后会对这点详细阐述，他们可能说着早期形式的达罗毗荼语，后者仍在印度南部和东部广泛使用。在它主宰的最后时期（公元前 3500—前 2500），梅尔伽赫是延伸至伊朗的广大文化地带的一部分，当地人民使用赤陶印章，建造砖砌的大型纪念平台，制造大地女神小肖像，乳房下垂，头饰繁复，并与当时兴盛于伊拉克的优异文化有着某些雷同点。然后，在公元前 2500 年，这地方遭到弃置，被 5 英里外的瑙舍罗（Naushero）新兴聚落取代，那里有恢弘的砖造堡垒和令人印象深刻的建筑物，包括一座神庙。这个聚落一直延续到我们所称的哈拉帕时代（Harappa Age）[16] ——即城市和文明的时代。

因此，最后考古学家总算能够追溯印度文明的根源。这根源可回溯至公元前 7000 年，而且是土生土长。到了此时，狩猎采集者在次大陆全境内活跃，他们至今仍然如此，尽管生存空间被独立后的国家逐渐压挤。在俾路支斯坦的这些村落中，我们可追踪出与世界历史接轨的直接痕迹。在公元前 3000 年，大城市兴起，文字出现，建筑和远距离贸易兴盛，预告了印度文明的诞生。

哈拉帕的考古发现

我们正在巴基斯坦旁遮普省，即“五河之地”的 5 号国家公路上。夕阳以火球之姿高挂沙西瓦尔（Sahiwal）天际，而车头灯在滂沱大雨中扫射。“休息一下，高速累人”——大广告牌上面写道。大型红色旗帜串着横越公路，宣传保护女性的新法案：女权是这个陷于伊斯兰传承和现代新兴中产阶级困境之间的国家的下一场大战争。巨大的新休息站宛如皇宫般矗立，处在一池耀眼的灯光照射中，快速蔓延的工业小镇点缀着从拉合尔（Lahore）到木尔坦（Multan）的道路。这是新巴基斯坦，自我 10 年前走过这条路后，这里已发生了戏剧性的现代化转变。巴基斯坦现在是世界上人口第六多的国家。它因国家主义和宗教问题于 1947 年和印度分离，但它仍是次大陆的一部分，仍是印度文明的继承人。

我们离开沙西瓦尔，驶离主要干道时，已是黑夜。穿越宽广如河的灌溉渠道，空

---

[16]　指印度河流域文明（公元前 2600—前 1900）成熟期。

气陡然变得冷冽，然后我们驶进一条空旷的乡间小路。巴士偶尔隆隆经过，喇叭大作。现在我们位于较为古老的路上。这是拉合尔和木尔坦之间的老旧主要干道，数千年来都是旁遮普的交通动脉，可追溯至旁遮普为印度文明心脏地带的时期。古代遗迹沿着这片平原屹立，数目之多可比伊拉克。然后，以乌尔都语（Urdu）[17] 和英语书写的路标出现了：哈拉帕。

我们的头灯陡然照亮一座已倾毁的莫卧儿（Mughal）[18] 客栈和泥土堡垒。几匹昏昏沉沉的骆驼耐心地嚼着草。詹姆斯·刘易斯，又名查理·梅森，这名英国逃兵走的就是这条路，他是第一个描述哈拉帕的外国人。梅森在 1828 年前往南方时的一个夜晚，趁黄昏时刻扎营，看见 3 英里长的城墙沿着起伏不定的苍郁土丘屹立，就在拉维河（Ravi）的老河床边。在浓密、纠缠交错的洋槐森林间——洋槐一度覆盖这一带的旁遮普——他注意到往昔印度教视为圣树的古老菩提树。梅森看见"倾塌的砖制城堡耸立……不规则的高岩上留有建筑物的残骸"，城墙和塔楼"虽早遭遗弃，仍高高屹立，显示岁月和衰朽的破坏痕迹"。他发现的是一座中世纪城市在其生命最后阶段所留下的遗迹，它建立在 50 到 60 英尺高的大片古老高地上，核心是巨大砖造堡垒、护坡道和护墙，这类像泥砖堡垒村般的大型棱堡遗迹在阿富汗和开伯尔地区仍可得见。这地点的最后主要工程是 18 世纪的锡克教堡垒。梅森爬上高地，检视一座遭到弃置、莫卧儿时期的砖造清真寺，窗户呈尖拱状。拉维河在中世纪改变河道时，这城市逐渐走向衰败。但当地向导告诉梅森另一个故事——传说"由于国王的贪欲和罪行，这个伟大城市因神特意的来访所毁"。他不知道的是这个城市的历史超过 5000 年。

我们终于抵达这里。小屋位于树丛间，伏窝在一棵巨大的榕树下。全身包裹紧密的人影出现，帮助我们卸下装备。美国—巴基斯坦联合考古团队现在刚巧不在，管理员让我们住进有三张床的卧室。纤细的苍白雾霭旋转着越过花园，飘进阳台，而探险队主厨坦威尔在寒冷潮湿的夜空中用毛毯紧紧裹住自己。我们在厨房里狼吞虎咽，吞下米饭、蔬菜和辣味印度菜，佐以热红茶。主管这里的考古学家哈珊留下来和我们打招呼，他穿着铺棉夹克，双手插在口袋里说："欢迎来到哈拉帕！"

我们尽可能让宿舍舒适，堆起摄影器材，边打开睡袋，边拍打蚊子。梅森在 1828 年为此所苦，他叫它们"小敌人大军"，后来他实在无法忍受，半夜起床，骑了 12 英

---

[17] 巴基斯坦和印度北部穆斯林用的通用语言。
[18] 从 16 世纪早期到 18 世纪中期统治印度大部分地区的伊斯兰王朝。

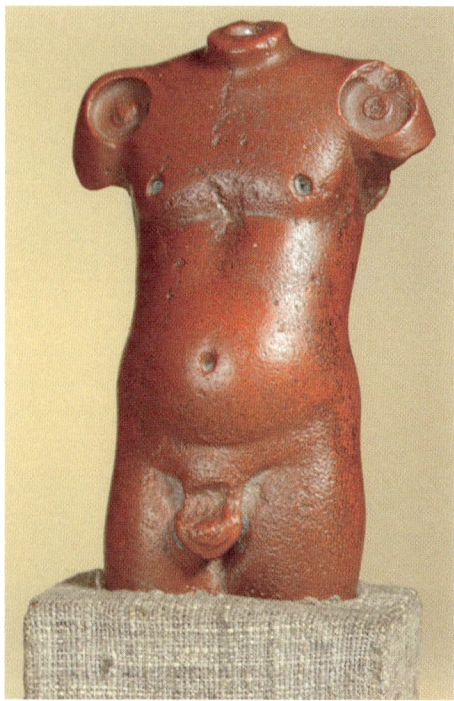

上图：公元前 2000 年左右的红色砂岩迷你身躯雕刻；这是印度河文明中罕见的肖像雕刻。

里的马逃到吉贾沃德尼（Chichawatni），在对哈拉帕惊鸿一瞥后便放弃营地。这很可惜，因为他没有时间画下它，为我们留下像他在印度河流域和阿富汗城市遗址所画的优秀画作。不到 30 年后，梅森所看到的景象因为英国铁路承包商在木尔坦和拉合尔间铺设轨道以延伸帝国的触须而为之全毁。他们在此找到现成的毛坯砖块，拆毁城堡，将砖块采下来作为数百英里铁轨的铺底碎石之用。他们从残骸中找到精致的陶器和奇怪的印章，最后它们流落到新成立的印度考古调查协会主席，亚历山大·坎宁安（Alexander Cunningham）[19] 将军手中。坎宁安在印章上看到一种陌生的书写系统。尽管他当时不知道，但此书写系统来自一个失落的文明，文字后来于 20 世纪 20 年代解译。之后，仅在数年间，印度文明史彻底被改写。英国考古学家约翰·马歇尔写道：

　　考古学家可不是常常有这种机会能为被遗忘的文明指点明灯，就像施利曼[20]之于梯林斯（Tiryns）和迈锡尼（Mycenae），或斯坦因（Stein）[21]之于土耳其斯坦沙漠。尽管如此，现在看起来，我们正站在印度河平原重大发现的门槛上……

挖掘过程非常缓慢，开始时只是小规模作业。最后，在哈拉帕的地表下，未受铁路承包商掠劫的一座城堡的庞大砖造护墙被挖掘出来。在西边，逃过铁路承包商的破坏，挖穿城墙便暴露出实心砖造、深 50 英尺的一道峡谷。它显然是座伟大城市的遗址，规模可比近东的城市重镇。哈拉帕以及 1923 年年底在信德（Sind）的摩亨佐－达罗（Mohenjo-Daro）的考古发现，在短短 18 个月内与李奥纳德·伍利（Leonard

---

[19]　1814—1893，英国考古学家和陆军工程师，创立印度考古调查协会。

[20]　1822—1890，德国考古学家，发掘史前希腊。

[21]　1862—1943，英国考古学家和地理学家，专攻中亚学。

Wolley）[22] 在伊拉克挖掘到乌尔（Ur）墓群同时发生，当然我们别忘了还有霍华德·卡特（Howard Carter）[23] 的图坦卡门。就工艺品的层面而言，哈拉帕的发现并未举世震惊，但它的意义远超过后两位的考掘。

此地和摩亨佐−达罗的发现代表印度次大陆历史的开端久远，其城市起源可远溯至公元前 3000 年——比吉萨（Giza）的金字塔还要古老。直到哈拉帕考古发现前，欧洲学者普遍认为印度文明是舶来品，由地中海、近东犹太—基督教传统的古典文明加上埃及和巴比伦古老文明衍生而出。尽管如此，印度婆罗门祭司长久以来便坚称他们的文明有数千年之久。在《摩诃婆罗多》（Mahabharata）史诗中的伟大战争传统可追溯自 5000 年前，而他们的传统系谱、称之为《往世书》（Puranas）[24] 的文献中所提到的国王列表如果为真，那印度编年史则可远推至青铜器时代。在 18 世纪，某些西方学者只看到这些概念的字面意义，试图在古埃及和《圣经》间寻找关联（现在看起来大错特错）。但殖民时代主流的东方主义学者倾向于驳斥印度教思想为迷信和拜物主义，视其为一种较为"原始"的文化阶段，亟须西方科学、理性和宗教的解放。没有人相信，印度本土文明可以远溯到地中海古典文明之前。

上图：印度河流域出土的印章，宝石雕刻艺术的小型杰作。（上）印度驼背公牛，喉带粗厚是其特征。（下）站在祭坛前的"独角兽"。这未知的书写系统也许是南印度达罗毗荼语的早期相关语言。

1924 年，马歇尔对哈拉帕的悠久历史可谓毫无概念，只知道"它比任何印度已知年代还要古老"，（并以诡异的直觉）认为它必是土生土长，像"尼罗河的法老般具有地域特色"。我看得头昏脑涨，于是合上他的记载，在梅森时代那些蚊子的子孙们最后的微弱攻击中终于入睡。

清晨五点多，坦威尔叫醒我们，端着热水和黑咖啡到屋后的那棵巨大榕树下。它像年迈的步兵般矗立，宛如来自这地区仍属于印度的时代。淡紫色光芒乍现，在迷雾中照出隐约轮廓，揭露这片盐壳地貌的白色尘土。喝下咖啡后，我们清醒大半，经过

---

[22] 1880—1960，英国考古学家。

[23] 1974—1939，英国考古学家，对埃及学贡献颇巨。

[24] 主要印度教宗教经典，包含宇宙创始和毁灭，帝王列传、印度教的宇宙论、哲学以及地理描述。

上图：今日的哈拉帕。它巨大的中世纪城墙和古老的护墙遭维多利亚时代铁路承包商拆除。这里所剩的仅有地下的遗迹。

遭破坏的土堆和残墙（那里毛坯砖块到处散落），最后抵达挖掘地点。我们在此地天际瞥见朝阳东升，周遭是羽毛状的树木，哈拉帕仅剩这片洋槐森林。四下一片寂静，周遭如鬼魅般惨白。苍白的烟雾从砖窑冉冉升起，越过田野，沿着地平线散布至西方，几英里外就可见其细长的烟囱。砖块是哈拉帕文明的建筑媒介，在旁遮普境内使用已达数千年。砖窑在数千工人建造这些伟大城市时一定超时运作，工人们建造了巨大砖造平台、对抗常常泛滥成灾的洪水的庞大护坡道以及堤岸。从我们的视角可俯瞰拉维河老河床，它曾一度从城墙下流过；我们可以听到村庄苏醒的声音，牛车轰隆滚动，经过灌溉沟渠的堤岸，宣礼员叫唤穆斯林祈祷。

巴基斯坦和美国联合团队正在挖掘新地点。我们可将知识前线再往前推，现在能将法国人在梅尔伽赫挖掘的俾路支遗址联结起来，将印度河城市纳入次大陆长达10000年的历史洪流中。小组里的美国人马克·肯诺尔是位杰出人士，他出生在印度，能流利地说四国语言，他的生活经验比读过的书更能提供他对印度文明源远流长的洞见观察。旅行开始前，我在英国和他碰面，他告诉我：

> 即使在今日的哈拉帕，你都能看到印度河流域城市的传承反映在建筑和聚落的设计中，而传统艺术和工艺仍在使用古老技巧。我们甚至挖掘到陶器玩具，它们和现今旁遮普所制造的毫无二致。这些是印度河流域古老城市和稍后巴基斯坦与印度人民的鲜活联系。

摩亨佐－达罗：死亡之丘

在哈拉帕南方150英里处，旁遮普的河流汇聚成印度河，这是印度名称的来源（波斯语为 Hindu）。20世纪20年代早期轰动世界的发现显示，如同尼罗河和幼发拉底河，印度河流域是一个伟大文明的故乡。就像其他喜马拉雅河流，印度河在春天因融雪而泛滥，尤其是夏天的雨季。在现代水闸建造前，河水载着数百万吨的淤泥，将其堆积在河床或三角洲口。自从亚历山大大帝以来，这逐渐堆积出平原，并将海口推远70英里，进入阿拉伯海。有时，淤泥过重，迫使河流冲破堤防，改变河道。斯特拉博（Strabo）[25] 的著作里有一段对亚历山大探险的著名描述，说他们看见"一片荒芜的工

---

[25]　公元前63—公元24，希腊史学家、地理学家和哲学家。

地，有超过百座城镇以及众多依附于城镇的村庄曾经位于此地。过去流经这里的印度河改变了河道、移到了左边堤岸的河床，使那里变得很深，水势汹涌如大瀑布。而这片土地不再受到灌溉沟渠的引导，印度河离它而去，空留下洪水警戒线，只有河床逐渐干涸"。

在哈拉帕的最初发现后，马歇尔和印度同侪在这片印度河南方地带寻找未经挖掘的地点。1923 年，他们在南方 400 英里远的信德干涸平原中选了一个潜力十足的地点。这里是片广大遗迹，仍矗立着贵霜时期（Kushan period）[26] 的佛塔，与西方罗马时代同时。摩亨佐－达罗——"死亡之丘"，静躺在当地人称之为"岛屿"的泛滥平原的一道山脊上。尽管这道山脊因为洪水年年泛滥而遭淤泥深埋（早在印度河流域文明时期[27]，河水一旦泛滥便会淹没整片平原），它在史前时代一定极为重要。早期城市屹立在庞大的人造

上图：摩亨佐－达罗风格：公元前 2000 年左右的赤陶器，上面绘有从公元前 7000 年便在此被驯养的动物——山羊。

平台上，俯瞰平原，在泛滥期完全被水包围。尽管岁月摧残，不时的泛滥在此地割出一道大开口，遗址仍很庞大，为目前印度河最巨大的城市，延伸超过 1 平方英里，土丘与偏远郊区在其间零星散布。

土丘上，一整片房舍完整保存下来，内有砖造深井，每个街区尾端设置公厕，与宽大到可供步行的化粪池相连。每样事物都经过精确规划。马歇尔说："任何第一次走过它的人，都可能会以为他的周遭是兰开夏郡现今劳工城镇的遗迹。"摩亨佐－达罗最重要的部分是城堡里的大澡堂。那是精巧的砖造澡堂，长 40 英尺，旁有一栋大型建筑，可能是庙宇，或甚至是某种"大学"。理所当然，挖掘者拉克哈达·班纳吉怀疑这与之后印度教寺庙的仪式澡堂有关。城堡建造在泥土高丘上，令人印象深刻，其人造砖制平台据估得耗费 10000 名劳工和 13 个月兴建。这个高地城市从泛滥平原上拔地而起，涵盖 600 英尺乘 1200 英尺的面积。东方 4 英里远处有座古老砖造堤岸或水闸，将

---

[26]　贵霜帝国存在于 1 世纪至 3 世纪，源于阿富汗北部，105—250 年间扩展至北印度恒河流域。在此期间，大乘佛教兴起。

[27]　约在公元前 2600 年至前 1900 年间。

上图：印度河上的传统船只，船尾室和大舵雕刻精致，可见于出土的印章。直到最近，它们仍运载货物上下印度河。但这种古老的交通方式已几乎消失殆尽。这张照片摄于 1996 年。

印度河的洪水导引离开城市。

在摩亨佐－达罗繁盛时期，此城主宰从海岸到印度河平原北部的河流贸易网络，以及通往西方的波伦河谷山口的贸易路线。今日摩亨佐－达罗考掘者中的迈克尔·杰森则认为，这个帝国一定是以船相连："摩亨佐－达罗的生活靠陆路和水路两者。信德平原每年有四五个月的时间遭水淹没。城市间以河流相连，船只运输在那时一定发生过革命，才能创造出这般巨大的网络；这也许可解释物质文化的同质化现象。"靠近摩亨佐－达罗，在苏库尔的印度河畔，仍能看见这类船只——大木船的船尾装饰繁复，长 80 至 90 英尺，木制甲板室雕刻精细，船帆巨大——就像出土的印章所描绘的那般。平底的结构能轻易在宽广的浅河或强劲水流以及狂风中行驶，船只是青铜器时代以来的鲜活传承。

倘若从空中鸟瞰，摩亨佐－达罗在昌盛期一定呈现不规则的庞大六芒星形状，郊区由巨大砖造堤防保护，以防河水泛滥。城市的主要地区房舍聚集，精巧的城堡可俯览全景。想像在信德炎热的夏季，棉制凉篷遮住烈阳炙烤的庭院和街道，如同今日所见；或在寒冷的冬天，木柴燃起的炊烟从屋顶袅袅冒出，如飞沫般旋转不已，穿越墨黑色的雨季天际，而雕刻精细的船只扬着棉帆驶离码头，朝波斯湾往下流迈进，船上满载珍贵木材、象牙、棉花和天青石。

印度河流域文明

因此，20 世纪 20 年代的发现为印度最早文明的观点带来了戏剧性的快速转变。它的考古范围大于埃及和美索不达米亚或任何已知古老文明。我们现在知道，这时期曾有超过 2000 座主要聚落，远至北阿富汗阿姆河，而某些规划精密的大型城市则以近东模式为典范。大部分土丘都未经考掘，包括哈拉帕附近的几个大片区域。我们在此引用亚历山大时代的数据：希腊地理学家斯特拉博于 1 世纪时写道，旁遮普有 5000 座聚落堪可套用希腊"城市"（polis）这个词。这里的古老河床仍与伟大的城市山丘并列；而干涸的迦葛哈克拉（Ghaggar-Hakra）河床就有 1500 座史前地点，某些地点，如甘温利瓦拉（Ganwerianwala），范围和摩亨佐－达罗以及哈拉帕一样广大。它们不仅幅员辽阔，还人口众多。尽管无人确定，但这文明据估大约曾有 200 万至 500 万人，它也可作为一项指标：印度次大陆的人口今日逼近 15 亿，为人口密度最高之处，毫无疑问，在过去亦如是。但谁是统治者？考古学家认为有几条令人困惑的线索。摩亨佐－达罗展现某些强大国王或群体统治城市的蛛丝马迹，一种"创立者的城市"，比如亚历山大城——街道笔直，棋盘式规划；盖于石制地基上的砖房似乎依循标准设计；几乎所有房舍都与城市的下水道系统相连，每个街区至少有一口水井。但这里却没有我们像在埃及、伊拉克或中国发现的陵寝，也无宫殿的踪迹。尽管缺乏统治者的物质证据，但到处都是指向某种强大的中央集权组织影响的间接证据。谁监督海洋贸易、规范度量衡单位？谁建立手抄体的统一符号系统？如何解释超过 700 年，跨越几乎 30 个世代，但是显然相同的宗教、陶器模式和印度河风格手工艺品？"奇怪的是，这个复杂的古老社会缺乏明显的意识形态或集权领导的证据，像国王或女王，"肯诺尔说，"历史上实在找不到这类文明的类似模式。"

考古学家觉得最奇怪的是，他们没有发现战争和冲突的证据。在埃及和美索不达米亚，战争是青铜器时代统治者的主要任务。在铭文和石碑肖像、艺术和雕刻中，战

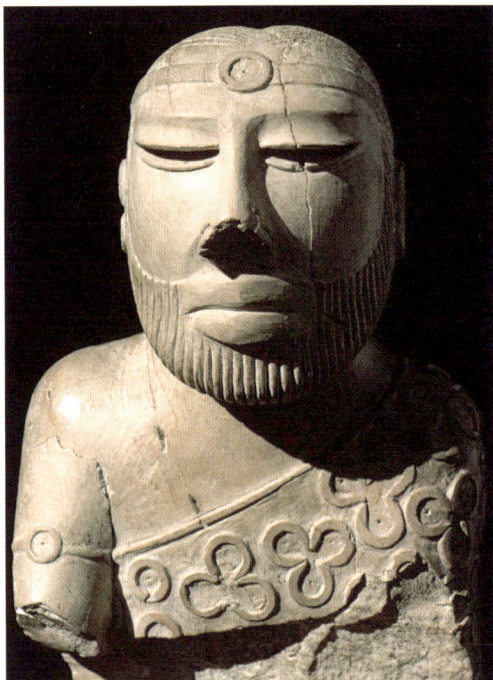

上图：摩亨佐－达罗所谓的"祭司国王"，身着"星星斗篷"、手臂戴着镯子，前额还有装饰圆点。我们不知道这位是统治者、祭司还是商人，或集三者于一身。

争是中心主题。但在这里并非如此。古希腊人不是说过，印度人从不在印度境外发起侵略战争，因为他们的文化根深蒂固地厌恶战争，并"尊重公义"？他们当然有堡垒城市，但数千个出土印章上没有战争肖像，也没有描绘战争、俘虏或杀戮的场景。

肯诺尔说："在城市时代前，当地文化经过4000年漫长、逐步的演变，他们在其间想出如何组织聚落，和其他社群交易，处理剩余物资，如何传授知识，以及如何化解冲突的方式——这是否可能？早期印度和其他文明截然不同，这一点让人困惑。我们并不知道答案。"

尽管印度稍后的历史经常充满不可思议的暴力，但显而易见的是，非暴力的概念在印度思想中根深蒂固。从佛陀、耆那教徒、阿育王 (Ashoka) [28] 敕令和笈多王朝 (Gupta) [29] 国王到圣雄甘地可见一斑，这在公元前 5 世纪可能已经不是新观念。特别是耆那教文化拥有非常古老的特征，可追溯至古吉拉特一带的印度河文明。但就算此点为真，它在人类的残暴历史中仍可谓独树一格。

文明为何瓦解?

在 700 年的安稳逸乐后，公元前 1800 年，印度河文明瓦解，城市遭弃。它显然没有留下多少痕迹便消失了，这衍生出另一个重大问题：是什么导致它的衰败。这可能有许多答案，包括我们将在稍后阐述的外来侵略。但专家现在趋向于认为气候变化为主要因素。我在伦敦和帝国理工学院的地质学家、水文学家桑吉夫·古普塔会了

---

[28]　公元前 304—前 232，伟大的印度帝王，曾经统治大部分的印度半岛。

[29]　320—540，以恒河流域中下游为基地的大帝国，是印度历史最强盛朝代之一，摩揭陀国中非常重要的王朝统治者，4 世纪初到 6 世纪晚期，帝国包括印度北部和中部，以及西部部分地区。

面。桑吉夫处理的是几十亿年的地质数据，对他而言，四千年不过恍如昨日。他的学界现在所能做的分析水平令人咋舌，比如，他能从河床上取来的沙子判断其来源。现在，他在研究早期印度史中最具争议的问题之一：印度河东部可能曾有一条伟大河流流域存在，却在青铜器时代干涸，有人认为它就是传说中失落的圣河，娑罗室伐底河（Saraswati）[30]。他仍在思考这个问题，并准备时机成熟时去实地探勘。

桑吉夫办公室内的计算机屏幕上是拉贾斯坦的卫星画面，用不同的颜色标示沙丘、菜园和水。他解释说：

旁遮普有许多失落的河道。河流在此戏剧性地改变河道，即使在最近的两三千年间，大部分的大河的改变便多达数英里。但目前最重要的问题是，是否真的曾有一条失落的圣河。在 19 世纪，英国人注意到当地口述传统，几位记者提出失落的河的概念。探险家斯坦因在 20 世纪 30 年代寻找与亚历山大大帝有关的遗址，他骑着马到比斯河（Beas），发现一片庞大的洼地，直径达 2 到 3 英里。现在让我们看看卫星照片……

计算机屏幕播放三张卫星照片后，接上一组蒙太奇，其中一条黝黑、蜿蜒的线条出现，从东北延伸到西南，越过拉贾斯坦沙漠。

注意这条蜿蜒穿过拉贾斯坦的黑线，然后它消失在塔尔沙漠的沙丘中。那里的确有东西，但我们得实地勘查后才能确认。那里现在杳无人迹，但看看这个：我们根据印度和巴基斯坦考古学家的资料，以及两国边界的地面勘探信息，将青铜器时代的主要考古地点数字化后，巴基斯坦团队在查里斯坦（Cholistan）沙漠找到 1500 个考古地点，这些似乎都与我们的臆测有关联。

屏幕上，一条橘红色圆点出现，沿着那条黝黑、蜿蜒的线条聚集，这些圆点全都代表着哈拉帕文明晚期的聚落。我们知道，在那时，像哈拉帕和摩亨佐－达罗这样的大城市还在运作。那条黑线似乎在塔尔沙漠里延伸了 90 英里，从拉贾斯坦穿越巴基斯坦边境。

---

[30]　印度古文献中提到的主要河流之一，亦是辩才天女娑罗室伐蒂的名字，作河流名时为娑罗室伐底。

我们可以进入屏幕，集中在单独地点。我们来选个地点。就这个，哈拉帕东南 120 英里外，印度考古学家在 20 世纪 70 年代考掘的卡里班根（Kalibangan）。它是哈拉帕时期的重要城市，就矗立在你在计算机上看到的干涸河床上。显然这里曾经有水。在青铜器时代，卡里班根是在河边，或说是在主要季节性水源旁边，为人口主要集中地。如果以前没有水，就不可能有这么多地点，它们存在之因就是河流，我们可以精确判断出其干涸时间。那里的人到底出了什么事？现在，看看这个。

屏幕上出现新的数据：一连串绿点闪现，从失落河流的地区延伸到恒河和朱木拿河（Jumna/Yamuna）平原。沿着印度河的地点数目现在变少，从传说中的失落河流地带完全消失；但现在，更多圆点出现在恒河－朱木拿河冲积地（两河之间的土地）。它看起来像聚落和人口的大举迁移。

"这些绿点是印度河城市衰败后人口聚集的地方。那些城市在公元前 1800 年左右的 1 到 2 个世纪间消失，包括所有沿着失落河流的地点；然后这些地点发展起来，往东移进恒河和朱木拿河上游谷地，成为下一阶段印度文明的中心——直到今日都是如此。"

"他们迁徙是因为环境崩坏还是气候改变？"我问。

"也许是雨季系统改变了，"桑吉夫说，"不过看起来，如果迦葛哈克拉河的河水量变少，这就会促使人们往东迁移。但我们能确定的唯一方式是实地勘查地质和沉积物，这样才能得到确切日期。"

失落河流的线索

早期英国行政长官是这些改变末期的目击者。1919 年的塔尔地区指南描述了两个迥然不同的世界：西方是印度河丰饶的冲积平原；东方却是沙漠。这本老旧的指南也提到出现在桑吉夫计算机上的卫星照片中那条失落河流的关键信息。下游河流称为纳拉河（Nara），注入卡察荒地（Rann of Kutch），连接上卫星照片中的那条线。但指南亦证实，所有河道并未完全干涸。纳拉河仍有年度泛滥，一个世纪以前，一位地区官员报道说："浓密的红荆、牧豆树和阿拉伯相思树丛林散布在一片无尽的常绿草坪上，衔接巨大的深湖，在几英里外与沙丘接壤，山谷里永远都有河水奔流。"在洪水泛滥时期，这里几乎是一片汪洋。这些湖中最大的是马奇当德湖（Maakhi Dhand），在19世纪90年代为藐视英国军威的逃犯和抢匪藏身之处。在英国人建造了灌溉沟渠后，这些湖随之消失，但这描述也许能为我们提供此地在青铜器时代的景观。令人惊异的是，我们可以在印度神话中找到印证。最早的梵文诗歌成书于印度河城市陨落后的时期，诗中提到一条大河在印度河东方出海；后来的传说说这条河消失，但今日的祭司仍记得这条圣河，并尊其为女神。她的名字就是娑罗室伐蒂，意为"湖之河"。因此，失落的河流曾真实存在——这里曾有青铜器时代的文明重镇。也许它的河水不曾像旁遮普的河流般滚滚如潮，而是受到季节泛滥宰制的一连串湖泊和河道，在历史中其大小曾变化数次。当部分河道干涸或水量减少时，大片土地遭受旱灾，城市和聚落衰亡。哈拉帕文明的数千处遗址，以及在青铜器时代末期人口移入恒河流域，强烈显示印度河文明之所以衰退肇因于城市遭弃，环境改变导致印度河下游和旁遮普的河流改道，以及迦葛哈克拉河干涸。

现在我们检视印度第一个伟大文明结束的证据。许多原因造成它的衰退，但现代考古学家认为，印度河世界在稳定了700年后发生重大变化。摩亨佐－达罗在公元前1900年至前1700年间屡遭洪水淹没；城堡的辉煌建筑瓦解成小房舍和工作室；大澡堂上另有加盖。多拉维那（Dholavira）的平民百姓搬进公共建筑。哈拉帕的高丘上人口拥挤；排水沟无人清理，街道到处都是垃圾，包括死亡被弃置的动物。我们亦可见到暴力的证据。摩亨佐－达罗的骸骨当街曝晒；在哈拉帕，关节断离、显然遭到暴力杀戮的骸骨被重新埋葬，显示城市进入动荡期，而那些埋葬装饰品和珠宝的主人从未返回。在罗索尔（Lothal），港口设备遭烧毁；贸易和远距离商业活动消失殆尽；来自美索不达米亚的证据也显示与印度河流域的贸易中断。书写系统当然停止使用，显示精英权力结构瓦解。虽然有一群人仍固守在印度河流域，但许多人离开此地，到朱木拿河和恒河的新土地耕种。这是一个伟大时代的结束，但这漫长而缓慢的衰亡，并非一夕剧变。

因此，印度河城市的世界瓦解，一个次印度河文化混杂着新元素浮现。但城市的陨落是否伴随着新移民和入侵者的到来？新移民的问题是印度历史界近年来最大的争议之一，给印度认同的辩论抹上浓厚政治色彩。这个故事的下一阶段集中讨论一个简单但不容置疑的事实：从北印度到孟加拉国的人民所说的语言可追溯到城市陨落之后，这些语言与横跨欧亚大陆的印欧语系密切相关。大家都同意这点，却对其意义见解分歧。这论点的许多层面仍然成谜，我们可以从许多地点开始这个故事，但最适切的是东印度公司时代的加尔各答。

亚利安人的到来

1786 年，加尔各答的英国法官威廉·琼斯爵士有一重大发现。琼斯是威尔士人，是优秀的语言学家，能说希腊语、拉丁语和波斯语（在莫卧儿印度任职的法官和行政长官必须会说波斯语）；他非常想学梵文，那是古印度教文献和法律的语言。最后，一位婆罗门终于肯教导他，他在研读梵文文献时，发现它与拉丁语、希腊语和现代西方语言非常类似。有些非常明显：比如"父亲"（father），在希腊语和拉丁语里是 pater，在梵文里是 pitar；"母亲"（mother）亦然，meter，在梵文里是 matar。某些类似则精确无比："马"（horse，梵文里是 asva）和立陶宛语一模一样，而后者远在波罗的海沿岸。为什么会这样？

1786 年 2 月 2 日，琼斯在新成立的孟加拉国亚洲协会上的演讲发表他的见解：

> 梵文虽古，但比希腊语完善、比拉丁语丰富，洗练优雅更胜一筹。三者多有相似，绝非偶然。由于联系紧密，语言学家在考察它们之时，必定认为它们同宗同源，尽管这种共同起源可能已经不复存在。

（刘耀辉译）

实际上，琼斯不是第一个发现这类关联的人。早在 16 世纪，更早的访客，如英国耶稣会传教士托马斯·史蒂芬就注意到梵文和拉丁语以及希腊语之间的类似性。但琼斯则依此证明这些语言拥有相同根源。他首先臆测印度本身是母国，但他后来认为语言是自外引入——梵文不是印度本土产物，而是由外人带进次大陆的。在 19 世纪，从这个观念衍生出亚利安人到来的理论。亚利安是早期梵文使用者，即梨俱吠陀（Rig-Veda）[31] 人民拿来描述自己的字眼；它意味着"高贵的人"，来自 Eire 和 Iran 这两个字眼的相同语根——"亚利安人之地"。但亚利安问题如今在印度引发重大争议；1997 年，在印度教民族主义政府命令下，历史教科书遭到改写。

许多印度学者和辩论家回头引用早期的概念，主张亚利安人为印度土著居民，印欧语言是由印度西传至欧洲的，因此，印度河流域文明是亚利安和梵文文明，而最早和最神圣的亚利安文献《梨俱吠陀》描述的是摩亨佐－达罗和哈拉帕的世界。而现在

---

[31]　成文于公元前 16 世纪至前 11 世纪，印度最古老和最重要的宗教文献和文学作品。

某些人宣称，亚利安这个假设，不过是英国人创造出来的东方主义论点，用来为其统治辩护（即使这个理论是由德国人提出的）。这个问题很复杂，但优秀的语言学家都同意一点：琼斯是正确的——这些语言互有关联；而印欧语系的起源之久，分布之广，排除掉印度作为源头的说法。梵文一定起源于印度之外。但远至何时？从哪里发源？它是由入侵者或旅行者，精英或大量移民带来的吗？

这是现代印度最热切辩论的议题之一，从19世纪英国人统治以降，对历史就有诸多论辩，现在它成为政治和教育的重大议论，因为牵扯到身份认同的关键疑问。议者甚至引入DNA证据，但精英分子很少留下这类证据：例如，很难在印度人身上找到英国人的DNA，即使后者在语言和文化上影响深远。简言之，语言不等同于种族。如往常般，这是如何诠释证据的问题。它的答案可能牵涉到文献历史、考古学和语言学，甚至遗传学。但所有的争论都得回到最早的印度圣典——这文献在公元前2000年写成，不可思议的是，直到中世纪，仍是由口述传承，从老师教导给学生，而在今日的传统吠陀学校仍是如此。

《梨俱吠陀》：印度史的第一个文献

"找到了，第14卷！"比斯瓦教授说，她打开手稿时整张脸亮了起来。她戴着眼镜，头发挽成发髻，穿着浅棕色纱丽，她欢愉的微笑缓和了学者的严肃。

图书馆目录将这列为《梨俱吠陀》最古老的手稿；它写在纸上，成书日期是印度历1418年，也就是公元1362年。"非常老旧"，目录上说。这是你可称之为中世纪的书写文献，来自长远的口述传承。《梨俱吠陀》内的颂歌一定流传了数世纪之久，但最古老的也许源自公元前2000年中期，还可能更早。了不起的成就，不是吗？

我们正在加尔各答亚洲协会的阅览室。巨大的雷声噼啪作响，屋顶颤抖，雨季狂流从墨黑色天空倾泻而下，顺着屋檐奔流。墙壁上一块匾额纪念着创办协会的琼斯。在壮观的新古典风格楼梯上是众多伟大英国人的半身雕像和肖像画，他们在18世纪开启印度学风潮，即使在独立的印度时代，他们仍因重建印度史的角色而备受尊崇。这个协会仍是重要研究机构，收藏了大批手稿，我们周遭有许多学者于早期优异人物的凝视下在桌旁苦读。教授叨念着她的故事：

> 《梨俱吠陀》大约包含了上千首颂歌。它们由吟游祭司的家族所吟唱，赞颂神祇和国王。国王驾驶战车或马车，打仗，建筑堡垒，喝下神圣的苏摩酒，那是神祇的长生不老之药。神祇则和今日你所见的诸神有所不同：它们代表自然力量——雨、风、火和雷电——非常像希腊神祇。事实上，琼斯写信回家乡，要他的朋友们想像印度是个希腊国度，人们仍崇拜阿波罗和宙斯，只有祭司阶级才能一窥圣书。你看到的文献是秘密：它们只在婆罗门间代代流传。它们经过口述相传超过二千年。直到中世纪，第一则文献才被写在棕榈叶上（即贝叶经），后来才誊写在纸上，就像这份。几乎是个奇迹，对不对？

比斯瓦教授所言极是：这是个了不起的成就。经过这么长久的时间，你可预期文献遭到损坏，但考虑到最早的手抄本来自中世纪，这本《梨俱吠陀》的保存相当良好。所有手稿都忠于口述版本，即由祭司家族所保存的主要版本；而这个书写版本相当忠于初始的青铜器时代结构。代代以来，这些家族费尽心力确定口述精确，即使有些部分的意义已经失传。今日它仍使用相同的字眼，不管是在克什米尔地区、奥里萨邦（Orissa）[32] 或泰米尔纳德邦；这是比某些希腊和罗马古典作品更为精准可靠的口述著作。在 20 世纪，吠陀学校逐渐仰赖书写文本，这意味着纯粹口述传承可能在此时灭绝，而今日的文本衍生自书写版本。尽管如此，在今日倾听经文背诵，就像在听三四千年前的录音带一般。

但要了解《梨俱吠陀》则是另一回事。它搜集了如谜题般难解的文本，充满高深莫测的隐喻，以非常古老的文字书写而成，因而令人生畏。书中大部分是赞扬和祈求诸神的颂歌；许多片段唱颂着苏摩圣酒带来的欢愉；也有庆祝击垮敌人的战歌，收到酋长礼物的感谢诗（在盎格鲁–撒克逊和古斯堪的纳维亚诗歌中为人熟知的文学类型）。至于日期，我们则无法确定，但在 20 世纪 20 年代有一非常重要的线索出土。从叙利亚北部米坦尼王国（Mitanni）[33] 的一份可追溯至公元前 1380 年左右的盟约中，学者们惊讶地发现统治者的名字完全可用梵文来念。这份盟约也列举了吠陀神祇因陀

---

[32]　印度东北部省份。
[33]　公元前 1500 年至前 1300 年间的北叙利亚国家，统治幼发拉底河流域。

罗（Indra）[34]、密特拉（Mitra）[35] 和伐楼拿（Varuna）[36]，且出场次序一如《梨俱吠陀》的公式化顺序。本文也向吠陀诗歌中非常重要的孪生神祇双马童祈求。另一本米坦尼文献写着战车和训练马匹事宜，以米坦尼统治者所使用的印欧语言写成，其数字和科技术语与梵文非常类似，可见米坦尼语刚与亚利安语分家不久。这些神秘的米坦尼统治者可能是战士精英，在公元前 1700 年左右来到北叙利亚，统治现在的库尔德斯坦。他们的文献强烈显示《梨俱吠陀》的早期颂歌来自相同的时期，即公元前 1400 年左右。更多线索支持这个理论。《梨俱吠陀》颂歌描述了一个使用青铜的世界（铁器约在公元前 1200 年出现在印度）；它们的作者似乎对举如摩亨佐－达罗这样的大城市毫无所知，仅知人们所逃离的废墟，"为火神阿耆尼所驱离"。这些都显示此书于印度河流域文明之后写成。我们得到一个结论：此书成书过程也许横跨数个世纪，在公元前 1500 年左右开始，或可能更早。

亚利安人的故乡

白沙瓦上方的开伯尔山口位于巴基斯坦西北边境省境内。道路迤逦转上童山濯濯的棕色高山，经过累累岩石，上面画着维多利亚女王时代于此处进行无情战争的英国陆军军团徽章。从山丘俯览阿富汗边境小镇托克哈姆（Torkham），我们可以看见巴基斯坦和喀布尔之间的道路上排满货柜卡车。直到 20 世纪 70 年代，人们仍可见庞大的骆驼商队，长达 5 英里，每周两次顺着山口蜿蜒而下——司机们有着中亚和蒙古族脸孔，长长的发辫，满口金牙，穿着颜色鲜亮的衣服，带着老枪和匕首，将孩子背在背上，狗儿身大如驴。商队载着花毯和布卡拉地毯、从巴达桑（Badakshan）[37] 来的珠宝、从布卡拉（Bukhara）[38] 来的香料、药物和香草。此地数千年来一直是个交会点，一条迁徙路线。

从这里远眺，越过喀布尔河山谷，可以看见兴都库什山脉为白雪覆盖的山脊，山脉到处是古老山口，可从中亚抵达印度。《梨俱吠陀》记载，亚利安人从此地区往东

---

[34]　吠陀主神，掌管雷雨。
[35]　印度教神祇，主管友谊和结盟。吠陀中称为密多罗。
[36]　印度教神祇，主在维护秩序。
[37]　位于阿富汗。
[38]　位于乌兹别克，曾是丝路重镇。

上图："越过许多山谷，穿越河流和峡谷"：喀布尔河和兴都库什山脉的地貌，是亚利安人最早在印度落脚聚落的所在。

进入印度，从由喀布尔河、库伦河 (Khurram)、哥穆尔河 (Gomal) [39] 和斯瓦特河 (Swat) [40] 灌溉的肥沃土地而来。从这里，稍后的文本说 "有些人往东……但有些人留在西方的故乡"，后者之间有个犍陀罗部落 (Gandhari) [41]，后来成为西北边境省的古名。考古学家、语言学家和遗传学家——加上点常识——都赞同下述观点，即说印欧语的早期人类，他们的逐步迁徙超过数个世纪。如上所述，《梨俱吠陀》的诗人们描绘的世界与印度河流域文明截然不同：它缺乏庞大城市的记忆，只提到废墟。

《梨俱吠陀》早期诗歌的背景是在旁遮普和阿富汗东部，以及喀布尔河、斯瓦特河和印度河上游河谷，书中强烈暗示这里并非亚利安人的故乡。他们知道亚利安人从

---

[39]　河流流经阿富汗和巴基斯坦。

[40]　位于巴基斯坦西北边境省内。

[41]　吠陀时期居住在库巴 (Kubha) 地区，后来成为波斯帝国的一部分。

上图：阿富汗正经历快速改变，但作为开伯尔典型地貌的泥砖堡垒农场，仍可在这片冲突不断的土地上见到。

远处迁徙而来："因陀罗背着雅度（Yadu）和特瓦萨（Turvasa）[42] 穿越许多河流"，经过"狭隘山口"。语言学家仍可追溯到这些迁徙浪潮的残迹：最著名的是兴都库什山脉的卡非尔人（Kaffirs）这些奇特拉尔的异教徒，他们是印度—亚利安人的后裔，直到19 世纪还广布在阿富汗努里斯坦地区（Nuristan）[43]。亚历山大大帝在公元前 4 世纪左右东征至此，他们仍说着古老印欧语言，依旧膜拜古老"亚利安"天神帝宙（DiZau），与希腊的宙斯（Zeus，Dia）和梵文的 Dyaus-pitar 同源。迁徙的痕迹存留至今。但如果他们的民俗传说称他们来自遥远的西方，那亚利安人的发源地究竟在哪？

---

[42]　为亚利安部落名称。
[43]　意为"光明之地"。

中亚的新发现

　　哥诺泰贝（Gonur Tepe），土库曼斯坦。狂风呼号，掀起突来的沙尘暴：当我们的吉普车驶近红海沙漠和咸海以南那片遗世独立的考古地点时，漫天沙砾吹进眼睛和嘴巴。我们沿着从阿什喀巴德（Askabad）的老旧道路行驶了数小时，这里在土库曼巴斯（Turkmanbashi）[44] 的最后治期时曾兴盛一时，他在苏联解体后担任这个沙漠国度的第一任总统。我们走着老丝路，越过厄尔布尔士山脉（Elburz mountains）的北部平原抵达马利（Mary），马利也就是莫加布绿洲中的古城木鹿（Merv）[45]。现在它是一大片废墟，在 13 世纪遭蒙古人所毁，这个绿洲自史前时代就是文明中心。最后，夕阳西沉，低矮土丘在北方隆起：我们在它附近看见一座泥砖小屋和一大片帐篷，帐篷开口在强风中噼啪飞舞。在凉篷下，俄罗斯和土库曼考古学家正在审视一项重大发现：一匹在公元前 1900 年埋葬的马。

　　维克多·萨里安迪热烈欢迎我们。我只能用"传奇人物"来描述他。他结实粗壮，魅力十足，头发花白。沙漠烈阳将他的皮肤晒成深棕色，他的声音像骆驼清喉咙时般洪亮如雷。萨里安迪是个成就斐然的学者：在北阿富汗的地利亚泰贝（Tilya Tepe，意为"黄金山"）挖掘到大批大夏黄金的人就是他。伟大的考古学家都有高深莫测的天赋，知道该到哪里挖掘，他在此地再次挖到宝藏：一个未知的文明。萨里安迪在莫加布绿洲画出超过二千处青铜器时代遗址，这些地方因气候剧变而横遭瓦解，大约与印度河流域城市的衰退处于同一时期。他认为这里可能是最大的遗址。果不出所料，在开阔的沙漠中，他挖掘到一处巨大堡垒，加上一座独立的庭院，他认为后者是个神圣院落。

　　出土文物不仅包括马匹和马车，还有弯曲的泥砖火祭坛，样子像长形的马蹄铁，目前印度的吠陀仪式仍在使用相同的形状和设计。出土的还有碗，里面含有圣酒的材料痕迹，主要是麻黄，一种细枝的高山植物，据信是《梨俱吠陀》提到的苏摩酒所用的基本材料。麻黄泡在沸腾的水中后，会让喝的人产生强烈的晕眩感（我可以证明此点）。但在此地，它和其他材料混合——罂粟种子和印度大麻——非常印度！

　　傍晚时分风势增强，从铲车上卷起大片尘土云朵，萨里安迪租用这些机械来搬开考古地点上层堆积的成吨沙子。这是大规模的考古运动：主要范围长 41 英里，而那座

---

[44]　1940—2006，原名尼亚佐夫（Saparmurat Niyazaov），为土库曼第一任总统。
[45]　最古老且保存最完好的中亚丝路绿洲城市。

上图：在土库曼沙漠的营地里与传奇人物萨里安迪合照。

神圣院落和圆形角塔的直径超过 350 英尺。

萨里安迪带我到一个正方形地坑，里面有匹埋葬的马：小马的骸骨保存完整。"马祭对他们而言是种特别仪式——就像印度的亚利安人和其他印欧民族，甚至远至古爱尔兰。"

缺乏哪种民族住在此地的证据：他们没有文字，但其物质文化却与古印度－伊朗以及印度－亚利安文献有太多雷同之处。看着这些出土文物——马葬、战车的轮辐、以麻黄为基底的圣酒、火祭坛——你一定会联想到吠陀文化。萨里安迪认为，他可能找到了印欧早期移民的伊朗分支的祖先，他们后来迁移入伊朗和次大陆。但他也发现与美索不达米亚北部的物质联系；他相信定居在哥诺泰贝的民族曾和美索不达米亚文化地带有过接触，他们隶属于在公元前 15 世纪左右，离开北叙利亚米坦尼这个印欧语系王朝的迁徙运动。

他的理论是，亚利安人祖先隶属于一个巨大语言体系的一部分，这个语言体系在四千年前散布于里海和咸海之间，他们的语言是现代欧洲语言的根源，包括英语、威尔士语、盖尔语、拉丁语和希腊语，还有波斯语以及主要的现代北印度语。这个民族

上图：哥诺泰贝的贵族或皇族陵墓，公元前 2000 年左右。我们不知这民族所使用的语言，但它可能和印度 – 亚利安人祖先所使用的梵文有关。

拥有新科技（马拉的战车）和可广泛称之为"吠陀"的宗教信仰。然后，在公元前 2000 年，"亚利安人"为气候变化和人口压力所驱使，被迫几度迁往南方，进入伊朗和印度——对印度和全世界而言，这都是历史大事。

强风再起，帐篷开口用力飞舞，铲车发出隆隆巨响，驶回夜间营地。当我在写这些笔记时，狼群在厨房帐篷远处凄厉嚎叫。因此，这里是来自西方或西北方、一大批组织严密的团体迁徙时的停留点。萨里安迪这般结论："他们在公元前 2000 年进入绿洲，在公元前 1800 年或稍后、马哈布三角洲干涸时离开。"

所以，他们也受困于影响印度河流域文明的大型气候变化。他们从这里循着河流，往南朝赫拉特（Herat）[46]，往东朝阿姆河迈进，兴都库什山脉自此拔地而起，横贯阿富汗北部平原，进入南方天际线。阿姆河距离开伯尔只有 200 英里，在此可首度望见印度平原。这些迁徙包含许多这类族群，移动时间超过数世纪，他们缓慢翻越阿富汗山脉，一路奋战，最后在印度北部的丰饶平原为自己打造王国。

"印度的伟大史诗"

因此，亚利安部落从阿富汗进入这片次大陆，也许是在青铜器时代晚期，长达数世纪之久。尽管这些议题在印度引发严重学术论战，《梨俱吠陀》内的证据显示，这些新来的人自视为征服者，以因陀罗为典范。整个部落或数个部落进入次大陆，一路血腥征服。《梨俱吠陀》的晚期诗歌诉说着当亚利安人往东扩张领土时，发生在印度北部的战争：他们有时和土著居民作战，后者有着非亚利安的古怪名字；有时又和酋长结盟；有时则同室操戈。在某些地方，他们与地方势力和平共存：一首诗提到亚利安敌

---

[46]   位于阿富汗。

上图：《摩诃婆罗多》：人类最伟大的故事。（上）般度兄弟。

人，一位叫作桑巴拉的国王的堡垒在"第四十年"才惨遭蹂躏。这些吟游诗听起来像真实历史事件。当他们往东移动，得到更多土地时，山脉总是"在左方"（这在梵文中仍旧是指"北方"），征服在旁遮普的次哈拉帕民族是《梨俱吠陀》的一贯主题："你杀死 50000 名黑人，你蹂躏他们的城堡，之后它就像件破旧衣物。"因陀罗本人"毁灭桑巴拉的 99 座堡垒……因陀罗摧毁 100 座碉堡……杀死 30000 名达萨人"。就像荷马史诗中的希腊和特洛伊英雄，我们无须把这些数字当真，但这里的意义再清楚不过。这不是小规模战争，迁徙亦非和平完成。

《梨俱吠陀》的诗歌中提到 30 个亚利安部落，但主要书籍中仅书写两个部族的历史——原人（Purus）和婆罗多族（Bharatas）——他们如何兴起，彼此混战，最后通过通婚而结盟。《梨俱吠陀》写道，原人的戏剧性胜利是在靠近拉维河的"十王之役"。

上图：俱卢之野大战。超过数世纪以来，《摩诃婆罗多》以印度不同族群语言重述无数次，成为印度本身的故事。

之后，他们在旁遮普建立王国，后来扩展至恒河－朱木拿河冲积地。他们得以控制印度最肥沃的土地，使用马匹、战车和进步的武器（以铁打制）拓展势力，征服土著居民，即后婆罗多族人民和较老的部族，许多部族自石器时代就居住在邻近森林内。《梨俱吠陀》指出，亚利安人烧毁森林作为农耕之用，用泥土建筑堡垒，以木材兴建城墙。他们将剩余物资分配给武士阶级，后者因而致富，社会大概分成三个阶级——祭司、武士和农夫。在他们之下的是工人、仆人和奴隶，来自土著居民部落。这可能就是种姓制度的起源。这个阶级分类显然奠基于肤色和出身（你出身的社会或工作种类阶级）。肤色很可能被白皮肤的移民拿来用作种族隔离的手段。稍后，语言和宗教仪式成为关键界线。种姓制度传承自青铜器时代，仍延续至今；在今日，大部分的下层阶级仍是土著居民的后裔。

战争时期也许可从印度最著名的史诗《摩诃婆罗多》中一窥其惨况。那是"印度的伟大史诗"。如同荷马的《伊利亚特》，即特洛伊的故事，成为界定希腊文化的重要著作，《摩诃婆罗多》也成为印度的国家史诗，超过两千年来，以许多形式被重新诉说无数次。对正统印度教徒而言，它描述的战争是区分神话与事实的界线：这场战争为政治史的开端。

《摩诃婆罗多》诉说两个部族的故事，般度族（Pandavas）和俱卢族（Kauravas），他们同为祖父俱卢（Kuru）的后裔，俱卢后来成为一个真实部落的名称，曾在《梨俱吠陀》出现。这是个战争的故事。如同《伊利亚特》以阿喀琉斯（Achilles）的愤怒"导致希腊人无可形容的悲惨"作为开场，《摩诃婆罗多》开头便叙述灾难性的倾轧，"俱卢王皇族后裔，持国王（Dritarashtra）的愤怒儿子……神祇种族的神圣男人之间的混战"。这故事诉说引发争论的王位继承，这是印度史的一贯主题。最终，发生一场可怕战争，最后善的一方获胜。但就像特洛伊，双方的英雄几乎都战死沙场。

故事发生地点和后来《梨俱吠陀》的历史诗歌一样——在朱木拿河，集中在俱卢之野（Kurukshetra），即"俱卢族的祖传土地"。由此衍生出第一个界定印度的神话，描绘神话与道德规范的伟大巨著。后来一位评论者说："这本书有的，别的书没有；它没有的，别的书也没有"。印度观众深爱这个故事，欣赏它的人物，超过两千年来，视其两难困境和道德判断为行动准则，特别是法的关键概念——你必须恪尽己责。

这部史诗有大约十万首诗歌——为最长的史诗——也许是在公元前最后 1 个世纪和公元第 1 世纪间形成。但它的雏形是更早的吟游诗歌：梵文诗歌仍带着早期印欧诗歌的公式和痕迹。倘若我们能阅读文法学家潘尼尼（Panini）在公元前 5 世纪读到的版本（只有现今的五分之一长），毫无疑问，我们会惊讶于它和荷马的作品以及其他铁器时代英雄诗歌的类似性。在 2 世纪早期，一位希腊作家谈到印度人时，说他们有"一部多达十万首诗的《伊利亚特》"，强烈显示那就是如今我们看到的版本。但晚至笈多时期（320—600），故事仍在扩展，因为它提到罗马人、安提阿这个希腊化城市，甚至匈奴在 5 世纪入侵印度。

因此，"原始的"《摩诃婆罗多》不像《伊利亚特》，后者成书于铁器时代，于更早期其诗歌形式便已定型。但在 20 世纪，考古学在恒河的发现使这首史诗出现崭新面貌。如同考古学家谢里曼和他的后继者在特洛伊、迈锡尼和诺索斯的发现证实希腊英雄时代为真，印度考古学家也试图发掘一个真正的印度英雄时代，他们开始在为恒河所宰制的俱卢兄弟之地，"哈斯蒂那浦（Hastinapur）的皇宫"考掘。

区分事实与虚构

我们正开车横越"牛带"，也就是恒河平原、印度文明的心脏地带，从德里东北方 50 英里外的密拉特（Meerut），朝哈斯蒂那浦这个小村庄迈进，它是《摩诃婆罗多》的中心。举目所见，周遭是绿油油的田地。恒河平原为全球最肥沃的土地之一，不断吸引人们前来：北方邦和比哈 – 恰尔肯德（Bihar-Jharkand）两邦的人口比美国还多。从西北方来的"亚利安"聚落在公元前 1000 年间于火神阿耆尼的领导下（《梨俱吠陀》如是说），清理此处大片土地作为农耕之用。

现在是夕阳西沉前的"牛尘时分"，牛车纷纷返回村庄，车轮扬起的尘土飞舞进炎热的空气和金色光芒中。我们立即进入村庄，经过朝圣者投宿的旅舍，他们大都是耆那教徒，宣称此地是两位史前创教者的出生地。一座山丘在现代寺庙后方耸立：这便是皇家城堡的山丘，印度传说中的特洛伊，俱卢族的居所；这里就是引发毁灭性战争，结束神祇和英雄行走于世间的英雄时代的地点。但这个故事可有历史根据？在印度，人们相信《摩诃婆罗多》描述的是"发生过的事"，但殖民时代的学者不但驳斥史诗的文学价值，还怀疑其历史根据。

在独立后不久，一位印度考古学家 B. B. 拉尔（B. B. Lal）[47] 决心辨其真伪。我在出发前往哈斯蒂那浦之前，曾到德里拜访拉尔。尽管已 80 岁高龄，他仍健壮如昔，热心亲切，非常有幽默感，但注重细节。长久以来，他在早期印度史和考古学的众多争议中频频发言。他在家中为我播放他于印度独立一两年后于乡间拍摄的黑白幻灯片——这些景象现在看来几乎像古代历史，比较接近史诗世界，而非现代密拉特的霓虹灯街道。"嗯，你瞧，我最烦恼的问题是《摩诃婆罗多》的史实性，因为有两种分歧的看法。一方认为，文本所写的全是事实。另一方则认为它全是虚构。我纯粹由考古学来看待这问题。"

---

[47]　1921 年生，印度知名考古学家。

上图：靠近哈斯蒂那浦的牛尘时分（cow dust hour）。亚利安人畜养家畜，并吃肉；我们仍不清楚为何素食主义和牛只保护后来在印度文化中变得如此重要，也许那是南方传来的习俗，南方至今仍是素食主义的大本营。

　　在印度独立后，他的发现是印度考古学家的首要重大考古发现。在任何国家，即使是在现代民主制度下，建立共有的过去都是关键事务，而在超过许多世纪以来，《摩诃婆罗多》在印度人民对过去历史的概念中占有举足轻重的地位。以现代观点来看，撰史这件事由英国殖民势力所创立。但如《摩诃婆罗多》和《罗摩衍那》（Ramayana）这般的史诗可追溯到更古老的传统，通过民俗表演、诗歌、歌曲和故事展现出北印度主要国家文化。拉尔检视《摩诃婆罗多》中所提到的地点，他引用的法则与谢里曼、威汉·德普菲尔德（Wilhelm Dorpfeld）[48] 和阿瑟·埃文斯（Arthur Evans）[49] 在考掘希腊青铜器时代时相同。尽管后来的吟游诗人加以夸大，但史诗可有记载真实地点，甚至真实事件？

----

[48]　1853—1940，德国考古学家，希腊古建筑研究权威。

[49]　1851—1941，英国考古学家，发掘克里特岛上的诺索斯古城。

上图：18 世纪手稿中的黑天和大力罗摩。黑天在最后战争前夕对值班的阿周那战士的建议，成为印度人处世态度的典范。即使是尼赫鲁这个世俗主义者，他的床边也摆放了一本翻看无数次的《罗摩衍那》。

拉尔在 1949 年秋季抵达哈斯蒂那浦。这个古城在耆那教和佛教文献中被称之为俱卢人的首都，曾静躺在恒河河畔，但现在离河边 3 英里远。山丘的北面是高达 60 英尺的峭壁，下方是翠绿的农田，一道溪流缓慢流于其间，当地农夫仍叫它做"老恒河"。山丘边缘有座献给"般度的主人"——湿婆的庙，庙并不古老，却见证了仍流传在当地民间记忆间的故事。虽然河流早已消逝，一座老旧河阶曾伫立在河边，仍被称作黑公主（Draupadi），即史诗中的女主角。拉尔考虑到这些细节，在山脚为雨水所侵蚀的峡谷中寻找陶器，他不久便找到一些独树一帜的灰色薄陶器，上面常有圆点形成的几何设计。"那是装大盆菜的盘子和碗，没什么特别，就像我们今日在用的，"拉尔告诉我，"但我们立刻怀疑它属于史前时代，为北印度铁器时代的遗物。因此，我们在1950年重返此地，度过三季。我们住帐篷，当地的耆那教小区让我们用他们的厨房。我们用牛车搬动工具和装备。我们决定在发现那些灰陶的峡谷里，挖一条贯穿山丘的壕沟。"

灰陶在日期鉴定上至为重要。拉尔认为，城堡被使用到公元前800年左右，后遭弃置。稍后，于《往世书》中提到的系谱学家描述到哈斯蒂那浦的遭弃，统治者在大洪水后搬迁到朱木拿河下游的憍赏弥（Kausambi）。拉尔记得这个故事，当他在半夜提着油灯，走到考古地点，看到铁器时代的遗迹的确遭到洪水终结时，高兴地想着："我找到了！""这是考古学家最为兴奋的时刻，"拉尔绽放微笑，"你欢欣莫名，想着'没错，我找到了！'"

这些当然都无法证明《摩诃婆罗多》中所描写的战争曾经发生过，或其人物为真，但它证实了在铁器时代创作故事雏形的吟游诗人描述的是当时早期的皇家重镇和部族：故事背景可追溯到公元前1000年的开端。

拉尔士气大振，继续探勘。他和同侪勘查《摩诃婆罗多》中提到的另外30多个地点，都挖掘到相同的灰陶。他们也在德里北方的俱卢之野考掘，那里是发生决定性战役的传说地点，它也是印度史上数场战争的背景。这里是圣场（dharmaksetra，又称为"法地"），土地的中心，据信战争发生于此地。黑天（Krishna，也有译为克里希那）打扮成战车的驾驭者，在战争前夕，黑天显现他是毗湿奴的本尊，对英雄阿周那（Arjuna）教诲，并说了那些有名的智慧言论，这就是《薄伽梵歌》（*Bhagavadgita*）[50]，广受所有印度人的喜爱。拉尔和其团队再度从陶器上辨识出一个早期铁器时代聚落，在距中世纪城市半英里远的农地定居，山丘上有座村庄和一座古老崇高的湿婆庙。

今晚是湿婆之夜（Sivaratri）[51]，这时拜访俱卢最为吉利。现在正值二月的满月时分，一整天下来，人群从城市经过乡间小路川流不息，道路旁满是卖朝圣装饰品和纪

---

[50]　成书于公元前5世纪至前2世纪，为印度史诗。
[51]　印度教湿婆教派最重要的节日，专门祭祀湿婆神。

念品、食物，以及印度大麻绿色浓茶的摊贩，后者为这位伟大的毁灭之神的夜晚增添了一抹狂乱况味。我经过圣人投宿的旅舍，老迈或生病的牛的退休之家，抵达湿婆庙和其澡堂，里面挂着彩色小灯。不若哈斯蒂那浦，这里只是个小地方，但在铁器时代，也许真有一个皇族将此地当成大小恰当的堡垒。也许这里是俱卢族的真实故乡：一座皇宫建造在皇家土地上，朱木拿河畔的小麦田迎风飘舞，泥土堡垒矗立。

拉尔没有证实那个故事为真，但就像发掘特洛伊和迈锡尼的谢里曼，他证明吟游传统记述了曾在特定时间存在的真实地名，而后来的世代也保存了这些地名。但他们确切记得的是什么？史诗或真实事件？或是两者的想像混合？根据《往世书》，倘若系谱学家保存了真实系谱，那战争的确切年代应该是公元前 9 世纪。超越城墙、陶器和"传说"的隐晦日期，拉尔决心描绘出古老战争的阴暗轮廓。根据彩绘灰陶，他认为《摩诃婆罗多》中的战争大概发生在公元前 860 年左右。如同特洛伊，我们无法断定它是否曾真实发生，但鉴于印度民俗记忆的格外坚韧，我们如果不假思索便排除这个可能性实为不智之举。

身份认同：过去的精华

当我们返回密拉特（印度兵变〔Great Indian Mutiny〕[52]，或以印度人的角度来说，第一场独立战争开始的城镇）的旅馆时，夕阳缓缓西下。我们眺望拥挤的市集，吃着晚餐，人们纷纷出门庆祝节庆。经理听说我们去过的地方后，告诉我们一个密拉特民间故事。他说，在 14 世纪，帖木儿（Tamburlaine）[53] 的军队入侵印度，蒙古铁骑席卷恒河－朱木拿河冲积地，烧杀掠夺，势如破竹。

但在密拉特，本地学者和诗人组织了一支英勇的防卫队，号召人民"想想黑天对阿周那说的话，即使战争似乎无望，仍坚持奋战"。女人和小孩也加入，他们组织游击队，在森林间神出鬼没，勇敢执行最残酷的报复，"为保卫婆罗多（Bharat）[54] 的人民和土地"而对抗入侵。最后，饱受折磨、困惑不解的莫卧儿人终于撤退。

沉思着经历的故事，看着湿婆之夜的灿烂烟火在街道上如大炮般频频发射，我对

---

[52]　印度人称为抗暴起义。1857—1858 年发生在印度北部和中部的印军叛乱，反抗英国统治。这次起义终结了英国通过东印度公司管理印度的间接体制，使得印度由英国直接统治。详见第六章。
[53]　1336—1405，突厥征服者，信仰伊斯兰教，帝国版图包含中亚、俄罗斯到地中海一带，成就辉煌。
[54]　印度人在公元 4 世纪前自称其国为婆罗多，婆罗多相传为一国王名，系月神后裔。

《摩诃婆罗多》突然有了另一种理论。它描述一个状似永恒的过去，总是在那里，诱引某些人将印度视为一片只会思考、停滞不前的大地。但事实正好相反：这个国家产生自多方挣扎。古老的评论家视史诗为 sruti，即"真正发生过的事"。那份直觉是对的。它诉说"真实的"世界，战争和毁灭，暴力和背叛，野心的虚幻，愤怒和仇恨的徒然。它的英雄也许纯属虚构，但即使在宇宙毁灭的时代，善最终仍战胜恶。因此，史诗是个行动剧，超越核心的所有魔障，历史悲剧的写实观点昭然若揭：双方的好人忍受痛苦，最后死去；时间洪流奔流向前，史诗城市为恒河淹没。新的首都建立。历史创伤日久痊愈。在往后的三千多年，希腊和贵霜王朝，土耳其人和阿富汗人，莫卧儿王朝和英国人、亚历山大、帖木儿和巴布尔（Babur）[55] 都拜倒在印度的无穷魅力下。而印度最大的优势，只有最古老的文明才有这种优点，就是采纳异己和顺势改变，善用历史资源，抚平伤痕。但不知怎的，不可思议的是，它永远是印度。

---

[55] 1483—1531，莫卧儿皇帝及王朝创建人，帖木儿第六代直系后裔。

2
理念的力量

贝拿勒斯（Benares）[1] 的破晓时刻。我窗台上的鸟儿高声鸣啭，宣告夜晚结束。苍白的黯淡光芒轻抚着土邦王公的宫殿那摇摇欲坠的立面，遍洒在火葬柴堆管理员的屋顶上那几头昂首阔步的老虎身上。大批朝圣者包裹着毛毯抵御寒风，鱼贯走下河水边缘，脱掉衣物，跳入水中。冷冽的河水使他们不禁喘口大气，他们伸直手臂，舀起一手掌的水，朝向朝阳的第一道粉红色光辉，背诵着古老的祷文："生命的赋予者，解除痛苦和忧愁，快乐的赐予者，宇宙的创造者，愿我们接受您毁灭罪恶的光芒；愿您指引我们的心灵向善……"

过去这些年来，我来到这里许多次，但熟悉感并未破坏这片场景带来的兴奋。尽管现代化造成破坏、基础建设不堪一击、恒河污染严重，贝拿勒斯仍旧是座美丽的城市，是最能唤起情感共鸣的地点。它是座想像的城市，一向能够满足追求神秘和狂喜的欲望。大众传播进入全球时代，科技优势往往在几代内扼杀过去，破坏古老的价位。但在这里并非如此。贝拿勒斯拥有两千五百年的历史故事，充斥着生活在城市窄巷里的种种生命。贝拿勒斯人有自己的寺庙、音乐、习俗和方言，以及火葬柴堆。浓郁苦涩的凝乳放在手工制陶碗里，静置在小巷里冷却，他们准备大瓮装着绿色酸味的印度大麻汁，在湿婆之夜为这位毁灭之神庆祝——在这些有幸出生于这座古老城市的人心

---

[1]　即瓦拉纳西，恒河畔的印度圣城。

上图和前页图：贝拿勒斯的恒河，贝拿勒斯是印度最伟大的圣城。在公元前 6 世纪，于城市建立之前，这地方是否已是印度宗教的圣地，如今尚未得到证实，但可能性很高。

中都烙印着看不见的地貌景观。

民宿在河阶的陡峭阶梯上看起来摇摇欲坠。从屋顶可眺望城市在河湾处延伸 3 英里的壮观景致，太阳越过宽广的沙洲和丛林，在下游东升，而在滂沱的雨季时，洪水扩展至天际线。当太阳自树梢升起时，它轻划过水面，小帆船摇着长桨顺着闪烁的河面漂浮，宛如水蝇在金色路径中前进。在我下方，通过古老菩提树的枝丫间隙，就在我们前门，一位身着黄色纱丽的女士在大树脚下，在湿婆的林伽上洒着茉莉花瓣，然后，将恒河河水倾倒于矗立在盘根交错间的朱红色石器上。小巷里，男孩们匆匆赶去吠陀学校，摔跤学校的师傅耙着沙坑，算命师则竖起破烂的雨伞，放好翻过无数次的历书，准备迎接客人。这是印度教复兴时代的伟大印度教城市。但以往城市景象曾有度相当不同。

印度的故事现在将我们带到公元前 5 世纪，那时希腊文明雄霸东地中海，而波斯统治世界上最大的帝国。大流士征服了从爱琴海到印度河的疆土，促使旁遮普、恒河流域以及朱木拿河流域的早期印度王国接触到远方语系和文化表亲的灿烂帝国文明。贝拿勒斯是佛陀第一次讲道的地方，它也是一个北方印度小王国的首都。那是今日的印度教成形的时代，而现在我们在每个街角所能看到的崇拜和神祇尚未存在。尽管学者告诉访客这座城市遥远古代的神话（在印度，神话总是诡异地创造自身的真实感），但考古学家告诉我们，贝拿勒斯的第一个城市聚落成形于公元前 6 世纪，从现在知名的罗赫迦特（Rajghat[2]，国王的河岸）发展起来。这里曾是伟大历史路径的交会点，后来成为大干线（Grand Trunk Road）[3] 的重镇，今日有一座卡桑铁道桥穿越恒河。城市内有泥砖建筑，也许曾有砖造堡垒城墙，以及防止河水泛滥的泥土堤防。但此处在公元前 5 世纪迅速扩展，成为远距离贸易和纺织品生产的重心，至今仍是如此。我们缺乏它规模大小的确切证据，但同时期的憍赏弥已考掘出土，发现石头水泥覆盖的毛坯砖造围墙，周长 6 英里，这些都显示，这里曾有大批人口，而强有力的当局有能力调度大规模劳工。我们下一阶段的印度故事地点就在这个新城市文明。

轴心时代

通常伟大文明的成就涵盖从实际和艺术到知识和精神的所有人类创造层面。而印度最能验证这项真理。在印度文明中，追求知识几乎等同于宗教价值，即使现在印度急着现代化，这点在今日仍未改变。文明形成时期大约在公元前 500 年左右的几代之间。此时被称为轴心时代，因为许多古老世界的伟大思想家都活在这个时代：印度的佛陀和大雄（Mahavira）[4]；中国的孔子、老子和庄子；旧约先知；希腊哲学家；甚至据传琐罗亚斯德（Zoroaster）[5] 亦是。但这个观点最近饱受批评，比如琐罗亚斯德显然出生于许多世纪之前，那时中亚学者纷纷出现。而这些历史理念的伟大发展之间是否真曾互通有无，这点遭到质疑。尽管如此，我认为，这份见解实用且大致为真，因为在铁器时代中期，从青铜器时代的古老文明流传下来的那些老旧、仪式性的宗教概念基本上都是统治者的意识形态的表达。正因如此，它们在城市社会中势必会遭受严重质疑，当时，古老社会秩序初逢改变，新的商业阶级兴起。显而易见，在欧亚大

---

[2] 也是圣雄甘地火葬之处。

[3] 从加尔各答至巴基斯坦，总长约 3000 公里，建造于 16 世纪。

[4] 公元前 599—前 527，印度耆那教第二十六代祖师筏驮摩那（Vardhamna）的称号。

[5] 约公元前 6 世纪，印度宗教改革家和祆教创始人。

陆数处都是如此，特别在黎凡特（Levant）[6] 的文化混合地区，以及希腊铁器时代，那时，近东的"东方式革命"转变了古希腊文化。

公元前 5 世纪的恒河平原，新兴都市正在发展，贸易路径逐渐横越世界。波斯帝国的崛起也许加速了这个转变，波斯的官方语言与梵文有相同根源。（实际上，在整个印度史中，印度文与波斯文的类似性成为次大陆、中亚和伊朗高原之间知识传递的要素。）在这时，不同领域出现了许多思想家——天文学、几何学、文法学、语言学和语音学（自印度河城市那个尚未破解的书写系统消失后，在公元前 3 世纪，文字首度被引进印度）。但这也是思考人类生存状况的本质的时代。

重新思考世界

毫无疑问，在《梨俱吠陀》的时代及更久远之前，印度人便开始思索宇宙的本质，以及人类在其间的定位。这个基本的固执观念在公元前 5 世纪得到阐述，那时，道德和社会秩序越来越受到质疑，而在严格种姓制度中的婆罗门祭司挺身而出，宣扬这些理念。人生的意义为何，而人类又在存在的锁链中扮演何种角色？权力体系根据何种权威，宰制人们的生活，甚至超越生死？吠陀信仰相信生命循环，相信因果报应和重生，让穷人甘于困苦，富人的地位在他们之上，这模式在他们的子孙身上重复，永不得翻身。今日印度仍在与这个传承搏斗。即使在现在，贱民和下层阶级仍受制于可怕的歧视和暴力。尽管这类辩论在许多世纪前便已展开，但是他们最近才在印度的后独立民主制度中找到发声的机会。

在公元前 5 世纪，于恒河平原的城市中追寻真理的人们数量庞大，身份多样，如同在希腊和爱奥尼亚群岛的前苏格拉底社会的同时代人物一般。他们有怀疑论者、理性主义者、无神论者和决定论者。有人完全扬弃来生的观念；有人提议世界是由原子组成，就像他们的同时代人物，以弗所（Ephesus）[7] 的赫拉克利特（Heraclitus）[8]，后者相信"所有都是改变"。有些人相信所有改变都是虚幻，而宇宙遵循永恒不变的规律。但也有人完全否认神祇，扬弃婆罗门的宇宙秩序。

---

[6]   指地中海东部地区。
[7]   位于现今的土耳其。
[8]   公元前 540—前 480，希腊哲学家，以宇宙论而闻名。

在长久的真理追寻者之间最重要的是耆那教徒，他们对印度思想和社会的深远影响长达两千多年。商人阶级一向支持他们，尤其是在西印度的古吉拉特（Gujarat），这是印度河流域文明青铜器时代的重镇之一。他们的主要领导者大雄（意为"伟大灵魂"）是佛陀的同代人物，在耆那教传统中为一长串大师的最后一位。虽然这宗教在公元前 5 世纪才兴起，但它可能拥有更为悠远的根源。某些耆那教教义，特别是对所有生物（包括昆虫）的不杀生或者说非暴力原则似乎相当古老。有可能是史前时代的理念吗？不论如何，这宗教至今仍然存在，而它的不杀生概念是印度文化的伟大理念之一，甘地和自由运动也深受其影响。

话说回来，不仅在印度，而是在全世界，最有影响力的早期团体是那些以佛陀为师的人。佛陀是一位王子，家族拥有大片土地，他的部族统治尼泊尔台拉平原，那是印度和喜马拉雅山西麓之间溪流遍布的边境。他的理念传播超越印度，扩及中国、韩国、日本乃至整个东亚，甚至远及阿富汗和中亚，可见印度的智慧同时诱惑着东方和西方。因此，这段印度史是伟大帝国和人物的迷人故事，但最重要的是，它诉说着理念的力量。

佛教：苦难的结束

这时是深夜两点。我们从嘎雅火车站抵达古典饭店，饭店人员以普里面包（puri）[9]、蔬菜和热甜茶欢迎我们。我们从贝拿勒斯搭火车南下，由于火车误点，我们旅行数个小时。早报报道着贝拿勒斯的爆炸事件，发生地点在火车站和猴神庙。这提醒我们，史上没有任何社会能逃脱暴力阴影，印度虽有非暴力传统，仍非例外。实际上，印度史是充满暴戾的独特历史。人们因此可以推论，也许正因如此，印度才能长期处理暴力，努力探讨其原因，并极力控制它。自从独立后，暴力依然是次大陆经验的一部分，我们可举巴基斯坦战争、孟加拉国冲突和克什米尔战争为证。这些都是 1947 年因宗教理念不同而造成印巴分治[10] 的余波荡漾。这些事件持续让宗派倾轧升温，1992 年在阿逾陀（Ayodhya）发生清真寺遭捣毁事件，这是自印巴分治后，印度史上震惊全球的最大憾事。由此引发更多冲突，如 2001 年古吉拉特地震后围绕捐助、分

---

[9]　在印度酥油中油炸过，未经发酵的面包。
[10]　1947—1948 年间，四个国家——印度、缅甸、锡兰和巴基斯坦自英属印度独立。

上图：18 世纪缅甸手稿所绘制的佛陀奇迹般的诞生。佛陀故事在 1 世纪和 2 世纪的贵霜王朝治下沾染上神话色彩，当时佛陀的故事沿着丝路传播到中国和东亚。

发和接受资助等造成的争端。佛陀的世界则与我们的迥然不同。但佛陀就像一位精神治疗师，诊断人类的心灵状况，而我敢说，这一部分丝毫没有改变。我们若过于低估过去人物的影响力是不智之举。

在火车站外的街道上，佛教朝圣者坐上黄包车，准备前往不远的菩提迦耶（Bodhgaya），那是佛陀成等正觉之处。我们穿越绿油油的田地，沿着帕尔古河（Phalgu

---

前页图：菩提迦耶的巨大佛像：佛陀本人会排斥这种"神化"行径。

上图："单手持莲花"的观世音菩萨石雕。在北印度于 6 世纪至 9 世纪间，佛教故事里增添了许多菩萨——它们是佛陀早期的想像化身。

river）前进，后者在每年此时城市干涸：它变成一条黄色沙道，沙尘随风吹起，两边是丛林，远处则是葱郁的山丘。佛陀从一小块祖传田地中走过来，穿越这片土地。据说他在此从一名女性手中接过粥饭，打破斋戒和苦修，传说中，那名女性叫做苏佳塔（Sujata）。这是他迎接命运时刻前的最后阶段。

　　这位年轻男人是古老刹帝利（武士阶级）的王子，拥有大片土地，他的部族是释迦族，他们从尼泊尔边境的山脚南下而来。但他是位扬弃富足生活和特权的王子。他的出离据说有四种理由。在亲眼目睹老人、盲人、死人，接着是尸骨后，他通过疾苦、病痛、苦难和死亡看清人类生命的真相（这些是你目前仍能在印度街头看到的景观）。王子于是离开家，扬弃他的阶级的所有欢愉，前去寻找答案：苦难的结束。他抛弃最亲密的人类关系，离开他挚爱的妻子和无助的儿子，以此发现他的人性。矛盾吗？佛陀的人生充满了矛盾。自他的时代后，出现许多有关他的神话，数不清的奇迹故事，这使我们难以回溯到佛陀本身，以及他真正讲述的道理。但我们可以仰赖相关历史文献厘清真相。他和持其他宗教观点者论战，特别是婆罗门。他挑战他们的宇宙仪式性观点和人类社会的命定阶级概念。佛陀的理念引发激烈反应，然后是对古老秩序的质疑。他是位坚持异议的论者。

　　因此，他的出生死亡日期非常重要，但不幸的是，我们连他活在哪个世纪都无法确定。根据传说，他的死亡时间大约是公元前 486 年，但最近有学者强烈主张，应该要提早到 4 世纪，几乎与亚历山大大帝同时。这争论依据的证据，是佛教文献中所描述的恒河平原的社会特质，所有经典都是在他死去很久之后才写成。这些文献描绘城市社会，不是村庄，而是城市。商人阶级特别认为他的讲道值得信赖，认为他的道理才是"正确行径"。文献描述佛陀旅行时拜访昌盛的城市，而许多在公元前 5 世纪应该

上图：佛陀（拜访他过世的母亲后）在僧伽施从天堂下凡的传说，僧伽施现为北方邦的一处小地方。阿育王后来下令纪念这个事件。

只是新兴城市——如果它们曾真实存在的话。另一个让学者困惑的事实是，佛教在他死后超过两个世纪的时间内默默无声，直到阿育王（Ashoka）[11] 在公元前 270 年继位为止。佛教是否停滞不前，一直是种微不足道的地方宗教，直到帝王采纳，将它变成一种"官方"意识形态为止？这点让许多学者争论日期应该定在公元前 4 世纪，而佛教在帝王采纳前极有可能只是个小宗教（我们在此可举君士坦丁大帝 [Constan-

---

[11]　公元前 304—前 232，印度孔雀王朝帝王，统治几乎全印度次大陆，领土包括巴基斯坦、阿富汗、孟加拉国和印度等，信奉佛教。

tine][12] 信奉基督教这段历史为佐证）。

　　至于那些城市，某些经过考古挖掘，如憍赏弥和其周遭的城墙，它们的确存在于公元前 6 世纪。因此，传统日期仍有其参考价值。支持这个论点的关键证据为斯里兰卡从 4 世纪到 6 世纪以巴利文（Pali）[13] 记录的传统编年史，它取材自历史事实，可追溯至孔雀王朝（Maurya）[14] 开国帝王旃陀罗笈多（Chandragupta[15]，公元前 332—前 298），那是在阿育王两代以前。综观这些证据，显示传统日期的精确性。因此，尽管传统上指称佛陀活了 80 年，极有可能是为了凑个整数（他真的花了 45 年徘徊在比哈和北印度乡野？），但他很有可能死于公元前 5 世纪，甚至精确到 485 年或 486 年。

悟道之路

　　因此，悉达多王子（他曾经是）离开家庭，过着禁欲和摧残肉体的生活。你仍然可在路上遇到这类人——虽说如今他们可能带着手机——聚集在年度庆典，长年挨饿，过着苦行生活，一只手臂高举空中，单脚站立，沉默不语。就像年轻的佛陀希望的那般，这样做的目的是挣脱人类生存的桎梏。后来归诸他的一个怪异说法倒是说得很真切。这个说法以佛陀独特的口吻说出——活泼生动、自我贬低和切合实际："我的双腿变得像木棍般细长，我的臀部变得像牛蹄般疖瘤丛生，我的肋骨看起来像倾塌的小屋。这对我一点好处也没！"

　　他最后终于抵达菩提迦耶。这地方矗立在两座低矮山丘上，周遭是苍郁的森林，一旁是帕尔古河的宽广沙床。考古学家特别根据传统故事在此考掘。此地的出土文物可追溯至从红铜时代（公元前 3000 到前 2000 年）到 12 世纪的聚落痕迹，这非常久远的土著居民文化提供了佛陀来临时的精确景观，这可相当罕见，且未受后来佛教传说的干扰。这地方现在是位于道路底端的肮脏田野，就在摩诃菩提大塔的院墙之外。整体破烂而遭受漠视，遗址的基脚可追溯到三千年前。倘若传说为真，佛陀正觉之处早是弃世者、耆那教徒、婆罗门和披散长发的琐罗亚斯德教徒常来拜访之地，后者的文化比亚利安吠陀宗教还要久远。他在此面临改变。那晚，他对苦行高僧的自我惩罚手

---

[12]　272—337，第一位信奉基督教的罗马皇帝。

[13]　古印度语言，现为佛教宗教语言，畅行于斯里兰卡、缅甸和泰国。

[14]　公元前约321—前187，古印度摩揭陀国王朝，后为巽伽王朝取代。

[15]　即月护王，孔雀王朝（约公元前321—前187）开国君主，统一印度北部，创立印度史上第一个帝国。

上图：菩提迦耶的菩提树据传是佛陀坐于其下正觉的那棵树的后代。这故事在印度有古老渊源：在印度河流域出土的印章中，雕刻有圣人坐在菩提树下莲花座上的肖像。

法感到绝望，于是坐在一棵菩提树下，决心在悟道前决不离开。

我们的历史英雄通常是战士或敢于采取行动的人，这往往意味着，不管好坏，他们诉诸 暴力。这就是我们在学校里教导小孩的历史。这些人是历史的创造者。但在这里，这位英雄坐在树下，只是静静冥想。那一晚，他有了一个想法，一种自我追寻知识的手法。而这个理念的力量如此之大，它将改变半个世界，不是借由战争、暴力和胁迫，而是通过好奇、对话和对知识的渴望散播。

关键理念状似简单。人类生存的基本本质引发苦难：人类的自我、欲望、不舍、爱恋和贪婪导致苦难。只有在排除迷恋——这个所有人类的烦恼、忧愁和敌对的根源之后，人类才能找到平静。解放之路不是通过膜拜神祇（或任何事物）而来，而是变成完全独立存在和充满同情心的人类。简言之，这些是崇高的真理，佛陀将它们称为八正道——正确行径和真理之一。若要进一步阐述他的理论需要再写一本书，而我并不精通佛陀思想的细微之处。但在这个定义上，人们可以加上一份更深远的观察——佛陀的逻辑中隐射，即使人类信仰本身都是一种欲望和依恋形式，为自我的产物和苦难的肇因，因为它阻止人成为独立存在和自由的人类。这堪称是对历史的不平之鸣。

灵鹫山之路

距离迦耶 35 英里开外，一道岩石累累、庄严的棕色山脉从比哈邦北部的绿色小麦田高高耸立。这仿佛古老乡间，贫穷的村庄内是圆顶茅房、干草堆和泥土屋。在田里，骨瘦如柴的牛只有着长长的牛角，沿着灌溉沟渠旁是成列的白鹭，井上汲水的木制桔槔发出噼啪声。这些是佛陀看见的景观，当然还有地主和贫穷农夫的封建制度。道路攀进山丘，穿越蜿蜒绕着赤裸崎岖巉崖达 48 英里的巨石城墙，然后进入王舍城（Rajgir）[16]。这些巨大的干砌城墙有着正方形塔楼，在佛陀的时代于城市外形成外围保护。城门旁是座漆绘俗丽的迦梨（Kali）[17] 神庙，而在一座陡峭的天然水池上，女人在清洗鲜丽的棉制床单，将它们摊在岩石上晾干。

佛陀时代的王舍城是摩揭陀王国的首都，后者隶属位于恒河平原、越来越繁盛的六个王国之一，而从城墙的周长之大判断，它曾经人口众多。今日，它是座灰扑扑的小乡镇，有为日本、韩国和缅甸（更别提西方人）的佛教朝圣者设置的旅店。在镇中心的观光巴士站和茶馆旁有片竹林。当地传说称，这些是佛陀第一位重要的赞助者摩揭陀国王早期送给佛陀的礼物。尽管历史起起落落，这片竹林在王舍城正中心形成荒野蔓生的氛围。他来回在恒河平原漫游和授道，从一个雨季走到下一个雨季的四十五年间，这里是他的庇护所。

走下主要街道，穿越一座位于外围的停车场，里面散布着饮料摊和纪念品商店，然后，便抵达通往灵鹫山的路径开端。这现在是一条熙来攘往的朝圣路径，一条圣路，可见扛着运载病人和老人轿子的轿夫。顶端有座洞穴，入口挂着祈福旗帜，佛陀曾在那里停留了许多年。你得弯身才能进入，但里面的空间够大，可让人四处走走。在洞穴后方是个临时神龛，前有许愿礼物和冒着烟的炷香。从外面的露台可眺望王舍城偎依的环状山丘的壮观景致。薄暮时分，太阳消失在山丘后方，成串的祈福旗帜越过佛青色的空中噼啪飞舞。灵鹫山是个幻魅之地。桑坦·赛斯是位佛学老师，他告诉我："佛陀深爱这个地方。你在此可以看出他和我们并无二致。在这样的傍晚，你可以感觉到他的气息。"

我们所听到的故事拥有童话故事的所有魔幻元素，它在数世纪后形成，几乎成为神话。我们所能撷取的真实事件来自佛陀死后收集的各类传说。他所漫游的山峰主要

---

[16]　佛陀时代为强国摩揭陀的首都。
[17]　印度教女神，形象可怕，能造福生灵，也能毁灭生灵。

限于恒河平原，以及像王舍城这般的雨季僻静之所。

因此，佛陀漫游讲道了四十五年，他对王子和平民传道。以来世论的术语而言，他似乎从未扬弃轮回转世的概念；在他所有的传道中，轮回转世是个前提。而人生的目标就是脱离苦海。他的理念攻击婆罗门的信仰，甚至有人试图谋杀他，但他最后拥有力量强大的支持者——商人、地主，甚至像摩揭陀国王这样的统治者。他最后抵达尼泊尔，靠近家乡台拉平原。佛陀的旅程在拘尸那罗（Kushinagar）结束，它现在是座繁忙的小乡镇，位于往戈勒克布尔（Gorakhpur）的主要卡车干道上。

"这是个丛林中的荒凉小镇，"他的门徒说，"你不能到有名的地方离世吗？"

"小地方正适合我。"佛陀回答。

英国探险家于 18 世纪来到此地，试图找到佛陀人生的消失地标时，这地方老早遭到遗忘。遗址隐秘，被纠缠的丛林掩盖。阿育王久远以前竖立的佛塔（那座圆顶舍利塔）遭到当地人掠夺，拆下砖块，为树木覆盖。考掘者在清理丛林后，发现寺院建筑、旅店和小寺庙的遗迹。令他们惊异的是，倾毁的寺庙里埋藏着一座精致、比真人还大的佛陀雕像。佛陀侧躺着，进入涅槃状态——圆寂时刻。那是 15 英尺高的笈多时期杰作（5 世纪），出自一位叫作地那（Dina）的伟大艺术家之手，自那之后，又发现数件他的作品。寺庙得到重建，安静的花园环绕。这座寺庙在日升时分非常静谧，缅甸和尚吟诵经文，蜡烛和油灯发出柔和光芒，朝圣者则以安静的热情，温柔地为雕像披上金色丝布，仿若那是佛陀的真实肉身。

我们回到主要街道，茶馆、网吧和电话亭栉比鳞次。海报摊展示现代印度的象征——佛陀画像的大型塑料板、毗湿奴和吉祥天女、"学者"尼赫鲁、民族主义者"内塔吉"·鲍斯（'Netaji' Bhose）[18]，以及下层阶级的英雄 B.R. 安贝卡（B.R. Ambedkar）[19]。当

上图：莲花宝座。佛陀在印度平原的形象是侧卧，但在这座十二三世纪的雕像中，他在打坐。这个姿态在喜马拉雅山山区和尼泊尔相当常见。

[18]　1897—1945，印度独立运动领袖之一，死于空难。"内塔吉"意为"受尊崇的领袖"。
[19]　1891—1956，印度教民族主义者、法官、政治领袖、哲学家、历史学家和佛教改革者。

然还有宝莱坞巨星——影后艾西瓦娅（Aishwarya），前任世界小姐，她就像活生生的女神，是欲望、虔诚和吉祥的永恒象征。

"现在全世界都对佛陀有极大的兴趣，"我问照顾寺庙的缅甸寺院住持，"你觉得原因为何？"

他绽放微笑。"当然，"他说，"因为佛陀的教诲是真理。"

涅槃：结束和崭新的开端

火化场就在小镇外面，河流下游，靠近矮树林和一座猴神庙。那里有一座小墓园和一群以草覆顶的房屋，女人们用碾轮将甘蔗压扁。佛塔是一座饱受岁月侵蚀的大型红棕色圆顶建筑，以毛坯砖块建成，耸立在菩提树后绿意盎然的草坪上。

在所有后来的叙述和描述中，佛陀人生的最后场景都被理想化成人间传奇。事实上，他已老迈，在吃了猪肉后得了痢疾，病得很重（就像大部分的古老印度人，佛陀

上图： 贝拿勒斯外的鹿野苑佛塔是佛陀第一次讲道之处，他最后讲道之处亦在此。

上图： 一幅收藏在拘尸那罗的西藏绘画中描绘佛陀弥留的场景。

不是素食者）。他知道自己快死了。在那个时代里，佛陀的弘法完全没有记录：那时没有文字。他的讲道后来以巴利文在 4 世纪之后写成。但在他的门徒坚持要求他持续指引时——他们因快失去他而感到绝望："我们的僧团该怎么办？"老人迫切但愤怒的响应却相当写实。他一直告诉他们，他的教诲只是像借以渡河的船或竹筏："一旦抵达河的另一边，你不会将船扛起来，到处走动；你会将它留在河边，然后继续前进。"他的生命力逐渐消退，他说："你想从我这里得到什么？我已经教导你们真理。我毫无保留……你们现在就是僧团了。你们要做自己的明灯。你们要做自己的庇护所。不必寻求他人。"他最后的话语是这些："所有的事物城市灰飞烟灭。继续寻求真理。不要放弃。"

　　事后想来，佛陀的出发点并非创立新的宗教——人们可以质疑这是否为佛教的观点。以虔诚的基督教徒和伊斯兰教徒看待他们信仰的角度来看，佛教的确不算一种宗教。佛陀也未曾宣称自己神圣。他坚决要求追随者不要神化他。佛教也许原本只会成为一种地方教诲，是公元前5世纪在恒河平原兴起的众多思想体系之一，那时的思想家彼此认识，相互拜访和辩论。在他们之中有耆那教徒，他们仍是一种印度现象，并对印度文明产生深远影响。

今日，佛陀的教诲令人折服，它的影响力如此远大，它留下的历史轨迹则无可避免，但佛教不会像其他轴心时代的宗教般昙花一现，如阿耆毗伽主义（Ajivikism）[20]。我们知道，在佛陀死后不久，他的教诲立即由追随者记录下来，就在王舍城举行的议会中。但到二百年之后，他的教诲才开始散播到更远的世界。当时，一个强盛的地方王朝建立印度第一个帝国，采纳这个地方宗派，确立它为官方意识形态。因此，这故事的下一个舞台与伟大历史事件紧密相连。而如同在历史中往往可见，它的促成因素是战争。

亚历山大大帝和希腊人的到来

回到公元前500年——也许就在佛陀的年代——波斯国王大流士侵略印度，并要求其人民称臣纳贡。在他的铭文中，犍陀罗（Gandhara[21]，靠近巴基斯坦的白沙瓦）的人民臣属于他，而波斯波利斯（Persepolis）[22] 的大宫殿围墙上雕刻着"印度"大使的使节团带着看起来像是好几捆的精致印度纺织品（当然还有其他贡品）等着进贡。波斯人试图往西推进，但在公元前480年的决定性战役中败给希腊。希腊人未曾忘却波斯人曾亵渎他们的神殿，在公元前334年，亚历山大大帝东征亚洲，施行迟来的报复。在公元前331年的10月，于阿贝拉（Arbela）的沙尘暴中，印度象和士兵吓得落荒而逃，当时亚历山大打败帝王的军队，摧毁波斯君主政治。四年后，马其顿人入侵印度平原。公元前327年，大军冲越开伯尔山口，在印度河上筑桥，占领旁遮普的印度城市塔克西拉（Taxila）[23]。那年5月，雨季大雨降下时，亚历山大强渡杰赫勒姆

---

[20] 存在于公元前2000年前、后来消失的印度宗教，这宗教认为禁欲不能消除生命业障，主张报应循环，天理昭彰。

[21] 即古王国 Mahajanapada，位于今之巴基斯坦、阿富汗。

[22] 为伊朗古城。

[23] 位于现今巴基斯坦。

河（Jhehum River），打了一场血腥战争，战胜旁遮普的地方王侯；希腊人说他的名字是波罗斯（Porus），可能是古老亚利安的原人部族之一。后来的希腊文献说明了亚历山大的军队对印度的种种反应——对它的气候和雨季，其植物和动物生态的反应。希腊植物学家和哲学家提供印度的第一批观察，甚至指出语言之间的关联性（希腊文隶属于东印欧语系，这包括古伊朗文和梵文）。这是长久互动的开端，成就斐然。

希腊人相信印度是片狭窄的半岛，东边边境与"大海洋"接壤，亚历山大于是在327 年的雨季从旁遮普往东前进。他在 9 月上旬横渡奇纳布河（Chenab）和拉维河，停留在比斯河，即阿姆利则外的舒适乡野。这片土地战略地位重要，自从《梨俱吠陀》时代到锡克人抵抗英军为止，战争连连。我们并不清楚希腊人对前方路况得到何种情报，但他们似乎知道，前方恒河下游有强大的王国，而在统帅激烈辩论后，疲惫的大军转头回去。他们沿着今日拉合尔南方的河流苦战，围城攻略，哈拉帕的古城遭到围攻，但希腊人因战斗和疾病流行而死伤惨重，亚历山大自己差点因伤口恶化而丧命。最后，他领着大军从马克兰沙漠的致命荒地撤退，离开印度河三角洲。不管希腊人怎么粉饰，印度征战都以反高潮结束。尽管亚历山大野心勃勃，想要统治印度和一探世界尽头，但他从未再踏足印度的土地。

第一个印度帝国

因此，亚历山大来了，看见了，却未征服印度。亚历山大在西方历史中举足轻重，但早期印度史却对他只字未提。尽管如此，希腊－印度的接触却开花结果，丰富多彩。在文化和政治层面，特别是在西北部，这段接触持续造成冲击。原本封闭的世界被打开了。他的东征，与伊拉克和印度河流域间的政治暴乱，促使印度第一个伟大帝国崛起。统治这个帝国的是旃陀罗笈多，为印度史上最伟大的领袖和组织者之一。他来自王舍城附近的摩揭陀，天性喜欢冒险。据希腊人说，年轻的旃陀罗笈多曾见过亚历山大，深为亚历山大的权势、魅力和暴力美学所折服。但他白手起家与得到天启的故事只见于希腊文献。

摩揭陀的难陀国王（Nanda King）将他驱逐出境，流亡的旃陀罗笈多领导反抗军，将希腊部队逐出旁遮普。在一连串的战争之后，他推翻国王，取而代之。这场激战在佛教传说中留下阴郁的记忆，称之为"八十具尸体的舞蹈"，充斥着断头台和残酷刺刑。之后，旃陀罗笈多拓展权力，遍及从印度河至恒河的北印度。亚历山大的东

上图：著名的亚玛·齐塔拉·卡撒漫画系列中旃陀罗笈多的故事。

希腊帝国继承人希腊国王塞琉古一世（Seleucus Nicator）[24] 发动大军讨伐，两军在印度河谷地交战，但前者无功而返。公元前 302 年，旃陀罗笈多成为印度第一个伟大帝国的统治者，这帝国堪称是今日印度的雏形。

时时警戒，疑神疑鬼，专横傲慢，为女性禁卫队——印度的亚马逊女战士——所环绕，旃陀罗笈多非常了解权力的本质，在一个草木皆兵的帝国中，残忍地四处部署间谍和刺客。一本描述他的统治实况，流传至今的书是著名的《政事论》（Arthashastra）。这是印度第一本专论统治手法的重要文献，据说是由他那位狡诈的大臣考底利耶所著，他是旃陀罗笈多得以打败难陀国王的主要幕僚。虽然我们现在的版本经过许多增添（后来的多位帝王觉得此书非常实用），但那个传说可能不假。它成书日期远早于马基雅维利（Machiavelli）[25]，此书针对人性及其弱点的心理学精辟见解让所有读者印象深刻，甚至成为现代印度商业学校和军事分析师的范本。

此书的中心理念是王国的利——如何达成和保持繁荣。考底利耶提倡在国土外安插间谍，不断监督和运用外交手腕，以确保帝国优势（《政事论》中最著名的谚语之一就是"敌人的敌人是我的朋友"）。国家不被视为一种道德秩序，而纯粹是种权力关系的体系，且局限于实际可行的手段。权力中心是国王，他的敌人是他的邻国；而敌人的邻国却是他的朋友。考底利耶说，统治者掌握权力的能力仰赖权力的七种支柱。它们是：国王及其大臣的个人特质、王国和主要城市的财富、他的国库、军队，最后但最重要的一点是，远交近攻的成功外交手腕。如同历史上的伟大统治者一般，旃陀罗笈多证明他能娴熟运用这些技巧。

公元前 300 年左右，旃陀罗笈多与塞琉古一世签订和约，巩固权力。他以 300 头

[24]   公元前 358—前 281，马其顿将领，塞琉西王朝和亚细亚塞琉西帝国的缔造者。
[25]   1467—1527，意大利作家和政治家，《君王论》的作者。

战象（"还有一些强力春药"）交换一纸和约，以界定印度的"天然边界"——印度后来所有帝国主义者都汲汲于追寻这个目标，连英国人也不例外。印度以兴都库什山脉、阿富汗山脉和俾路支沙漠为界。他迎娶一位希腊公主作为交换条件，因此，他的孙子阿育王——可能是印度史上最伟大的帝王——也许有希腊血统，甚至可能还会说点希腊文。

就我们所知，在这些事件的余波中，第一批西方人抵达印度心脏地带。公元前302年左右，一个由大使麦加斯梯尼（Megasthenes）[26] 所领导的使节团拜访恒河平原。麦加斯梯尼后来写了一本书，内容是他在印度的时日，现在已经逸失，但我们可从其他作家的引用中找到残篇断简。那是描述印度的第一份外国记载，也是第一份我们知道书写日期，对印度的社会秩序、习俗、种姓制度和王权的可靠记录。它的轶事提供了一窥早期印度世界的迷人窗口。

希腊人从巴比伦出发，在漫长的旅程后，穿越开伯尔山口，直下从塔克西拉横越旁遮普的古老路径（这是大干线的前身）。他们在路上经过亚历山大设在比斯河的祭坛，根据希腊人普卢塔克（Plutarch）[27] 的说法，旃陀罗笈多后来举行了多次礼拜仪式，以纪念这位马其顿国王。然后，他们坐船顺朱木拿河和恒河而下，经过憍赏弥和贝拿勒斯。毫无疑问，他们一定如同后来的旅行家一般，赞叹乡野的丰饶和美丽。麦加斯梯尼的残篇断简鲜活描述了希腊人进入这个外国世界时的惊异万状，而亚历山大只得一瞥其边境，并且是通过战争手段。他们驶下恒河，亲眼目睹"印度最伟大的河流，受到所有印度人的崇拜，宽达11英里，有时宽广到无法看到对岸"。

他们最后抵达旃陀罗笈多的首都，巴达弗邑（Pataliputra），也就是今日比哈的巴特纳（Patna）[28]。现今的观光路径罕少提到这个拥有150万人口的忙碌城市，但它却是印度史上最重要和有趣的地方之一。它建立于公元前6世纪，直到公元4世纪的笈多王朝，以及后来的莫卧儿时代、东印度公司和独立运动时期，它都是印度北部的主要城市。它是印度史这出大戏活生生的见证。

---

[26]　公元前 350—前 290，古希腊历史学家和外交家，著有《印度志》。

[27]　公元 46—120，希腊历史学家和传记作家。

[28]　古称"华氏城"。

巴特纳：印度的第一个帝国城市

我们在拂晓时分由巴特纳船夫驶离克雷特河阶，英国人从 18 世纪以降，便在这个靠岸地点建造办公室、别墅和鸦片仓库。就像希腊人在久远前那般，我们缓慢朝下游漂流，经过清晨来河流沐浴的人，直直驶向东升的太阳——恒河在经过这个城市时水流都是往东。从河流眺望，巴特纳的房屋低矮，森林、花园和棕榈树点缀其间。河岸边处处可见色彩精美的印度寺庙和穆斯林清真寺。在中世纪，巴特纳摇身成为伊斯兰的重镇，十几位重要的苏非派（Sufi）[29] 圣人陵寝都在此地，白色洋葱状圆顶装饰着堤岸。不久后，船只漂流过巨大宫殿遗迹、中世纪莫卧儿堡垒，鼓塔倾塌，倒入河水中，庞大的塔墙为无情的河水水流淹没，巧克力色的厚重淤泥硬生生地困住摇摇欲坠的棱堡。当太阳高挂城市天际时，我们感觉仿佛以慢动作驶经印度的罗马。

河水的淤泥逐渐将水道导离古老城墙，船只沿着白色沙岸漂浮，堤岸离水边大约 20 英尺。在城市和河流之间的河岸上可见十几座高耸的砖窑烟囱，一座比一座高，有些在黎明的天空中冉冉冒着肮脏的细长烟雾。整个景观开始染上科幻小说中乌托邦幻灭后的奇异色彩。登陆地点有三艘大型木制驳船，船尾舵和三角帆巨大无比，破烂和处处缝补的灰色船帆有气无力地挂在凝滞的空气中。一些女人在船边用营火烹饪，其他穿着鲜亮纱丽的女人则在沐浴和纵声大笑。船夫用长而弯曲的竹竿抵住堤岸，竹竿上的旗帜随风乱飞，我们匍匐攀登上岸，经过湿婆庙和一棵大树枝叶伸展下的猴神庙。从堤岸旁走 100 码，穿越一片砖墙院子，里面有高耸的烟囱，这里曾是中世纪的滨水区，地势陡峭，红砖宅邸和古老寺庙栉比鳞次。以前的登陆台阶现在又高又干，上面有一座精巧的苏非寺院，这里曾能眺望河边美景。我们遂进入这座古老的莫卧儿和英国城镇，这城市的东端在印度史上近 10 个世纪以来扮演如此重要的角色，因而成为继德里之后，印度最伟大的帝国城市。

佛教传说说，佛陀曾预言，巴特纳将成为最重要的贸易和人口中心。在公元前 1 世纪，《四时代往世书》（*Yuga Purana*[30]）的作者认为，孔雀王朝时期的巴特纳为早期印度都市生活的最佳表征。他写道："在恒河南方这个最丰饶的河岸上，皇家贤者将建立一座伟大的城市，人口众多，充斥着花园。而这个繁盛的城市将延续五千年。"

---

[29] 伊斯兰神秘主义教派，兴起于 7—8 世纪，11 世纪时由苏非大师胡吉传利在印度发扬光大。
[30] Yuga 指印度解释宇宙历史分期的四个时代；Purana，意为古代，作为典籍体例，一般译为往世书。

上图：巴特纳的黎明。顺恒河而下，可见倾塌的堡垒、宫殿和寺庙的壮观全景。

　　希腊人记载，旃陀罗笈多的首都屹立在恒河和埃拉诺波阿河（Erranoboas）交会处（后者源自宋河的梵文古名 Hirayabahu，意味着"黄金盔甲"）。此城沿着恒河延伸将近 10 英里，深达 1.5 英里，周长则为 22 英里。根据麦加斯梯尼的描述，这座城市有 46 道城门，570 座高塔。这些数字看起来似乎不可思议，但在一个世纪前的英国时期所发掘的防洪木栅和塔楼地基的残骸几乎可肯定他的故事。考虑到季节性泛滥的庞大摧毁力，这些防洪木栅以大型木桩组成，篱笆沿着河边插入，以提供防御恒河泛滥的绝佳保护。主要城门有着宽广的走道，上铺木质地板，穿越城墙，桥梁横越外围沟渠系统，水则引自宋河。宋河宽达 600 英尺，丰沛的河水足以供应小型运河网络。城市内则是毛坯砖块砌成的大型建筑，挺立着石制或木制廊柱，以熟石膏装饰。"我看过不少东方的伟大城市，"

上图：1825 年左右的巴特纳街道，当时城市已因中世纪防御工事而缩小为其古代规模的三分之一；英国测量员弗朗西斯·布什曼估计，此城仍有 30 万人口。

麦加斯梯尼写道，"我见过苏萨（Susa）[31] 和厄巴塔纳（Ecbatana）[32] 的波斯宫殿，但这里堪称是全世界最伟大的城市。"

从远处眺望，花园、树木、森林、公园和动物园的景观赋予人一种大型游乐花园的印象，比较像柯勒律治描绘的忽必烈迷人的世外桃源，或唐朝诗人笔下的长安那些充斥着牡丹和樱树的花园。换言之，这座亚洲城市也许可视为一座皇家仪式庭院，而非今日印度那些忙碌的无产阶级城市。但就近观察后——印度大臣和武官不断提供他们难以想像的事实（有些无疑是为效果而加以夸大）——希腊人立即发现，巴达弗邑实际上是个军事基地。南方城墙外有处广阔的军营，后来英国人也证实了这点。在当

---

[31]　伊朗西南部古城遗迹，为古代埃兰国首都。

[32]　今伊朗西部高原中心哈马丹（Hamadann）。

时，此地是处半永久的皇家军队营地，而希腊使节团被告知，总共有 40000 人住在此地（官方宣称其军队总人数高达 40 万人，还有 3000 头战象）。至于帝王居所是位于南方的长方形宫殿，四周有护城河环绕。旃陀罗笈多居住于此，彻夜预防叛乱，"他从不在白天睡觉，"麦加斯梯尼写道，由"只效忠于他"的女性禁卫队守护着，但到了夜晚还是"常得换床，以防谋杀"。

早期印度社会的画像

即使从后代历史学家所保留的残篇断简中，希腊人对印度的首批观察，如同科尔特斯（Cortes）[33] 从墨西哥捎来的信，是告诉我们与另一种世界接触的感受的最早历史文献之一。"印度有 118 个王国，"麦加斯梯尼不无惊奇地写道（而告诉他的人指的可能是孔雀王朝治下的土地总数）。难怪希腊人为其规模深感折服，而印度的异国情调有时让他们的笔调降格成不可思议的童话故事。叙述气候、习俗，甚至印度人相貌的片段得以流传下来。他们往往偏离正题，长篇描写大象和老虎的狩猎过程，以及棉花和榕树。希腊人厌恶地指出，在地中海地区，集体进餐也是一种宗教仪式（至今依然如此），但印度人并不把进餐当成社会仪式。"印度人，"麦加斯梯尼评论道，"随时都可进食，甚至单独用餐。"

就像现代访客，麦加斯梯尼注意到印度人"极为喜爱装饰品"，特别是黄金和珠宝，他们的"棉制衣服颜色非常鲜艳，比其他民族来得亮丽"。他又说："他们非常重视美观，因此，他们尽可能地美化外观。"但特别让希腊人印象深刻的文化特征是印度人"非常尊重智慧"，他们在日常生活中强调简单、朴实、"秩序"和"自制"。他的惊人观察是"印度人不会越过自己的国家发动侵略战争，因为他们极为尊重公义"。

希腊人来自一个有着高度文化素养的社会，因此，他们对一个以背诵为主的社会却"缺乏文字"的现象非常吃惊，这里的每件事物"都仰赖记忆"。考虑到此点，麦加斯梯尼的记载中最令人惊诧的片段，是旃陀罗笈多统治如此辽阔帝国的组织水平之高。政府各部门各司其职，监督公共工程、道路、物价、市场和海港，并有掌管军事、运输和海军配给的联合行政单位，记忆和习俗规范印度社会的程度之广，完全展现在麦加斯梯尼逸失的一段引人入胜的片段里，提供了第一份描述种姓制度的外国记载：

---

[33]　1485—1547，西班牙殖民者，1519—1521 年间推翻阿兹特克帝国，为西班牙夺得墨西哥。

印度人民划分为七种阶级。最高阶级是哲学家团体（婆罗门）。这阶级的人数远比其余阶级少，却最为尊贵。他们不必尽公共义务，但必须为私人执行生与死的必要仪式。因为人们相信他们最接近神，他们最熟知灵魂世界的事务。他们提供服务后，往往收到价值不菲的礼物和特权作为报酬。

麦加斯梯尼在其他地方（根据地理学家斯特拉博的记载）提到山区的婆罗门膜拜狄俄尼索斯（Dionysus，或许指湿婆），而平原的婆罗门，尤其在秣菟罗（Marthura）[34] 附近，膜拜的是赫拉克勒斯（Heracles，对应黑天）。他对一项每年举行的巨大庆典也有一小段引人的描写，可惜很少有人注意，"它被称之为大聚会"。它每年一月于北印度举行，那时，"所有的哲学家（婆罗门和圣人）聚集到国王的城门前"，他们表演仪式，排解民法和宗教法的纠纷。皇家趁此时大量布施，而中国佛教僧侣玄奘在 640 年描述这种聚会"可远溯至古代"的钵罗耶伽（Prayag），即今日的安拉阿巴德。在此，每年庆典仍然照常举行，每十二年则举办大壶节，为全球最大规模的节庆。

麦加斯梯尼也描写了印度社会的其他阶级。他写超过人口半数的农夫，他们必须"缴纳土地税和生产量的四分之一"，还有放牛人和牧羊人、猎人、设陷阱捕兽人和抓鸟人，以及工匠、木匠和金属加工工人。他书中第五个阶级是军队（刹帝利），为一人数众多的阶级，在和平时期生活悠闲。他们"组织严密，随时准备应战，备有大象和战马"。麦加斯梯尼也告诉我们，有一支皇家舰队，造船者和"第一位海上军阀"在和平时代出航通商。与我们在早期印度文献中发现的四种阶级不同的是，他将公务员独立成为一个阶级，"他们的责任是监督印度境内每样事务，并向政府或地方长官报告"。他划分第七个阶级，人数最少，由议员、行政长官、省长、法官、军队指挥官和治安官组成。麦加斯梯尼最后下结论，种姓制度"不允许人们与不同阶级通婚，或从事不属于他阶级的行业：士兵不能成为农夫；工匠不能成为（婆罗门）哲学家"。

麦加斯梯尼的迷人记载是描写印度社会和种姓制度的第一批外国纪录。饶富趣味的是，他拓展了古代文献中的 四个基本阶级——婆罗门、武士、商人和农夫——将印度人细分为七个阶级，我们可在南印度的婆罗门记载中发现这种阶级体系，但毫无疑问，在当时，就像在现代，存有数千种次阶级。基本上，他证实了《政事论》中的数据，后者的最早版本可溯至旃陀罗笈多时代。他也提到，在几个地区显然仍居

---

[34]   北方邦的省会。

住着石器时代的土著居民部落，孔雀王朝的人民和他们接触频仍，他们之间有一批"野人"住在恒河源头的喜马拉雅山区。仍有许多这类部落存留至今。身为外国人，他也许接触不到的阶级（尽管在《政事论》中未曾遗落）是贱民（untouchables）。他们住在镇外，被视为肮脏之源，因此他们被禁止，举如，使用其他阶级的井水。这类压迫如何形成仍饱受争议，但它是实施超过千年的习俗，至今仍旧根深蒂固，即使印度自 20 世纪 80 年代便在民主宪法和民法中立法，寻求废除贱民制度。一般而言，种姓制度不若麦加斯梯尼描述的那般严苛，中世纪穆斯林和后来的英国观察家同样受到误导，种姓其实相当多样化，阶级间仍可相互往来。但种姓制度的核心原则仍在运作，在今日印度周日报纸的婚礼专栏便可见一斑。

旃陀罗笈多的传奇

　　旃陀罗笈多的首都未留下多少遗迹。广阔的地势仍然存在，恒河在雨季时宽达 5 英里，界定城市的北方界线。宋河已经改道，现在在恒河上游 20 英里处与恒河会合。这是个重要的考古地点，但挖掘工作却很少。直到约莫一个世纪前，英国考古学家劳伦斯·华德（Laurence Waddell）[35] 才兴奋地证实，古代的巴达弗邑就静躺在现代城市之下。他甚至找到麦加斯梯尼描写的木制城墙。城墙由娑罗双树的树干兴建而成，顶端距现在地平面 20 英尺，而麦加斯梯尼提到的大护城河以及宋河的老旧水道仍然存在，宽达 200 码，仍在某地以"帝王的护城河"而闻名。

　　但旃陀罗笈多留下一个令人惊异的特殊传承。这就是卡玛达耆那教寺庙群，它们静静屹立在城市内如诗如画的葱郁半岛上。它们旁边就是一池美丽的湖泊——"莲花池塘"，渔夫仍从船上撒网捕鱼。此地距火车铁轨只有数百码远。湖泊旁的果园如今遭到巴特纳中产阶级都市成长的逐步破坏，但我们仍可想像希腊人描述中的湖泊和花园城市。主要寺庙耸立在古代瓦砾堆的土丘上，摇摇欲坠的砖头基柱为树木所环绕。爬上一排烈日烧炙的灰泥阶梯，顶端是座小圣庙。据管理员说，此地纪念的不仅是 24 位

---

[35]　1854—1938，英国探险家和作家。

前页上图：2001 年的大壶节。这个全球规模最大的节庆在英国统治时期形成今日风貌，但其前身也许是古希腊人描写的"大长老会议"，中国人在 7 世纪也有类似记载。
前面下图：圣人在圣河交会处排队等着沐浴，占星学家说，这是 144 年以来最吉祥的时刻。

耆那教圣人之一，还祭祀旃陀罗笈多本人的精神导师婆陀罗波户，据说他死于此地。在这个帝国城市几乎遭到遗忘的角落，我们也许可以找到流传自亚历山大大帝时代的真实关联和鲜活传统。

耆那教传说带给我们有关旃陀罗笈多的众多惊人传奇。根据传说，在一辈子追求丰功伟业和军事征服后，他逊位成为耆那教僧侣。卡玛达寺庙的管理员告诉我接下来的故事，当时，我们坐在满天金光的晚天空下，眺望巴特纳的湖泊，远处是交通尖峰时刻的轰然巨响，以及拥挤的通勤火车的嘟嘟声。耆那教徒仍然如此诉说这个故事。

在旃陀罗笈多的统治巅峰期，一位耆那教导师警告他权势的极限。不久后，一场可怕的饥荒降临，百姓大量死亡。尽管他拥有装饰精美的大象、庞大宫殿、无数保镖和准确无误进行的老虎狩猎，他仍然无力阻止这一切。旃陀罗笈多坐在金箔宝座中，死亡的腐臭味和哀伤的恸哭声从街道传来。最后，他请那位导师入宫，奉他为大师，旃陀罗笈多的儿子宾头娑罗（Bhimbisara）[36] 将继位为王，而他自己则穿上僧衣，拿着碗化缘。他向宫殿人员以及家人告别，走出城门，踏上朝圣之旅，往南进入德干高原的崎岖山脉。他在湿拉瓦那贝拉果拉（Sravanabelgola）这个最神圣的耆那教地点的洞穴里绝食而死。这里今日仍是朝圣者必到地点。2006 年，来自全球的数百万耆那教徒为十二年一度的大节庆祝，在筏驮摩那（这位古老的耆那教大师也抛弃了自己的王国）大雄雕像上倾倒大桶的椰奶、檀香膏、番红花和朱砂。大雄裸身站立，面无表情，陷入沉思，攀爬的人在他周遭聚集，他的眼睛凝视远方。雕像成为戏剧性的象征，代表印度古老信仰中的无穷知识可以打破人类存在的枷锁。

崎岖山丘和饱受风霜的裸岩环绕这片魔幻之地，耆那教禁欲者仍在此地修行，供养大师肖像，只吃米饭和豆类。人们为我指出，伟大的旃陀罗笈多度过最后岁月的巉崖洞穴，数百年来络绎不绝的朝圣者将入口摸得平滑。地板上有一对石足雕刻，已磨损不堪，苍白的米粒和芙蓉花瓣散布地面，随着温热的微风飘荡而起。从洞口涌入刺眼光芒。国王在此死去，身躯只剩皮骨，他的心灵却漂浮到翠绿色山丘上。

"旃陀罗笈多到此地寻找解脱，"一位朝圣者告诉我，"他在此忏悔，而忏悔时不能进食，所以他死了。但他找到完全的自由。"

---

[36]　公元前 297—前 272 年在位，孔雀王朝第二位帝王。

阿育王和理性的统治

旃陀罗笈多，印度史上第一位伟大的政治天才约死于公元前 297 年。他的儿子宾头娑罗扩张帝国版图，得到"杀敌人者"这个恰当封号。稍后的泰米尔传奇中甚至提到孔雀王朝攻打朱罗（Cholas）[37] 和潘迪亚（Pandyas）这些南方王国的故事。宾头娑罗持续与希腊保持外交关系。一个令人莞尔的故事诉说他向叙利亚的安条克（Antiochus）[38] 要求购买无花果、希腊酒和一位希腊修辞学老师。安条克将无花果和酒送给他，却附了一张纸条写道："不幸的是，希腊法律不准买卖老师！"

之后，公元前 268 年，在宾头娑罗死后的权力斗争后，旃陀罗笈多的孙子阿育王继位。阿育王是印度史上伟大的人物之一，他的故事遍及南亚和远东的传奇、民间戏剧和文学，如同西方的亚瑟王和查理曼大帝。根据传说，他年轻时相貌丑陋，皮肤很差，不得父亲宠爱。但他是位有效率的行政长官，后来被封为乌贾因（Ujain）的总督。他住在那里时，遇见毗底沙（Vidisa）镇一名商人的美丽女儿，并爱上这个叫提毗的女人。他们育有两个孩子，但似乎没有结婚。后来，阿育王派往锡兰的佛教使节团中就有他的儿女摩晒陀和僧伽蜜多在列。从锡兰流传来的佛教资料说，提毗是佛教徒。文献也宣称她是佛陀家族的一个分支，释迦族的成员，这个部族后来迁移到毗底沙。我们无法确定她与佛陀的血亲关系是否为真，但佛教传统坚称她启发了阿育王，影响他采纳佛教。

阿育王终于成为国王时（他此时可能已经 30 多岁），提毗留在毗底沙，没有搬去巴特纳。有人主张，这是因为宫廷不喜欢佛教，但较为可能的是（如果这些故事有点真实性的话），她会留在乌贾因，是因为她并非合法妻子，社会地位不高。阿育王继位时，迎娶了其他女人，包括高贵的善无续（Asandhimitta），她后来成为皇后。

在他父亲死时，阿育王似乎并非指定的继承人，而在某些故事的版本中指出，王位继承斗争长达 4 年。稍后有个传说，他父亲的大师，一位阿耆毗伽圣人告诉宾头娑罗，在他的儿子中，阿育王是能力最强的人，并预言他会成为伟大的国王。中国故事则说，佛陀托梦给宾头娑罗，预示阿育王的统治，他将会统一印度。某些重量级大臣

---

[37]　又译为"注辇"，建立于 1 世纪至 13 世纪时的南印度王朝。
[38]　公元前 241—前 187，塞琉西帝国的第六位帝王。

前页图：2006 年的湿拉瓦那贝拉果拉大典有数百万来自全球的耆那教徒聚集，他们在筏驮摩那大雄雕像上倾倒大桶的椰奶、檀香膏、番红花和朱砂。

支持他，认为他是最佳人选，但阿育王的兄弟反对他。后来的故事说，他血腥镇压，杀了 99 位兄弟，只饶恕最小的弟弟一命。一个较为可信的平实版本是说，他杀了 6 名同父异母的兄弟。不管是否为真，现在拿后来时代中兄弟之间的血腥继位战争来看，故事的基本部分显然一点也不夸张。

让我们再多提些传奇故事。佛教传说指出，在统治早期，阿育王花了许多年追求逸乐，因此得到"阿育欲王"的封号，这个双关语大致可翻译为"欲望的追随者"，或甚至"花花公子阿育王"。随后是极端暴力和邪恶的时期，因此他们称他为"阿育暴王"，即"残酷大王"。在那之后，于这个道德寓言典范中，他终于皈依佛教，过着虔诚的人生，因此被称为"阿育法王"，即"公正者"，天理的追随者。这些故事无疑是由后来的佛教护教者所杜撰，它们的流传时期是在 1 世纪到 2 世纪间。令人吃惊的是，他的残暴故事流传久远，广为人知，很难想像它纯属虚构。他在年轻时代"非常狡猾"，当他后宫的女人告诉他，他有多丑时，他甚至杀了她们！

上图：自从 20 世纪人们重新发现阿育王后，他就成为小说、历史、漫画的主人公，宝莱坞最近甚至以他为题材拍成一部电影。

在最著名的故事中，阿育王的首席大臣告诉他，要成为伟大帝王必须残忍，因此，他需要替他行刑的人，因为国王不适合亲自弄脏手。因此，他在巴特纳打造了一座监狱，号称"人间地狱"，里面充斥着行刑者和异想天开的折磨工具。根据现在仍流传的传说，行刑地点在巴特纳的阿格井（Agam well）。阿育王会亲赴现场观赏，发明拷问的新手法。根据故事的某个版本，当一名佛教和尚在"地狱"遭到拷问时无动于衷、毫不退却时，国王遂对这男人所展现的奇迹力量感到着迷，导致他皈依佛教。耆那教徒当然也有他们自己的版本，他们宣称那名受刑人是耆那教徒。

如何在这些传说纠葛中找到真实历史？历史学家认为，阿育王是位极度邪恶的人，他的突然向善只是种民间幻想。就像所有历史上的伟大统治者，从亚历山大和成吉思汗到拿破仑，阿育王在死后也留下数不清的传奇。我们能确定的是，在他父亲死时，也许曾发生继位斗争，而宛如某些莫卧儿帝王，阿育王也许杀了一个或多个反对他的

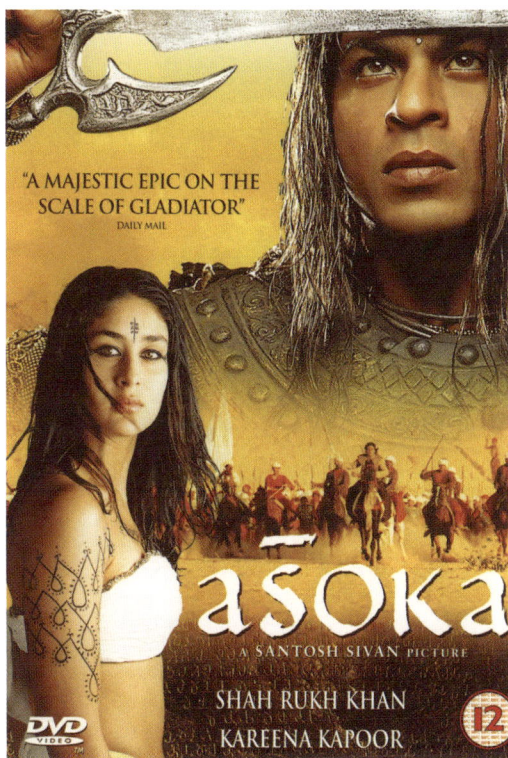

兄弟。他的统治初期丝毫看不到旗鼓相当的敌手。接着在八年后起了戏剧性的变化。

就像所有早期的帝国，孔雀王朝到处发动侵略。它要求邻国称臣纳贡，国王则穷兵黩武。阿育王的祖父和父亲都是征服者，他在统治早期亦跟随他们的脚步。登基后第八年，他攻击羯陵伽（Kalinga）这个独立王国，它位于现今奥利萨的东方海岸（希腊的资料指出，这个王国仅在阿育王一代之前，就能集结 60000 名步兵，1000 名骑兵和 200 头战象）。日期可能是公元前 262 至前 261 年。我们所根据的故事是阿育王稍后自己铭刻在石柱敕令上的字句，但直到 2006 年都还没找到实际战争的证据。之后，一项考古学的惊人发现提供了阿育王的故事中最重要的谜题之一的解答。这场改变印度历史的战争地点究竟在哪？

奥利萨和羯陵伽战争

夜幕低垂在离加尔各答南方 300 英里的国道上，这条古老的滨海道路从孟加拉国的恒河流域蜿蜒至印度南端。这是印度史上的重要路径之一，为印度最佳的旅程之一——倘若你有时间花上数天细细品味，探索旁边的小径，走进希腊、罗马和阿拉伯商人都曾踏足、沉睡着的静谧小镇中。这旅程带着你沿着肥沃的沿岸冲积平原前进，背后是东高止山脉丛林葱茂的蓝色山丘。奥利萨有着印度最旖旎的风光。汹涌海浪拍击的岸上是魅力十足的峡弯，举如吉尔卡湖（Chilka Lake），长 50 英里，岛屿点缀其间，冬季则是大批候鸟栖息之地。扬着竹制席子的大三角帆的平底船不断横越其间。更往南方是羯陵伽帕纳（Kalingapatnam），即"羯陵伽的海港"，位于安得拉省和达罗毗荼人土地间的边界。今日，它只有一小片沙滩和英国人建立的灯塔，但在古老世界里，奥利萨人与泰米尔人、斯里兰卡僧伽罗人以及罗马人，还有海洋对面的爪哇和苏门答腊的王国进行贸易。到 19 世纪，从这里已有直抵缅甸仰光的蒸汽邮轮。因此，羯陵伽是个有辉煌历史的古老王国，贸易频繁，而在历史上，奥利萨的独特地理优势使它拥有自己的特异文化和政治历史。

黑夜就快降临，我们越过默哈讷迪河（Mahanadi river），进入仍因雨季泛滥而被洪水淹没的绿色沿海平原。我们抵达加普（Jajpur）这个乡间小镇时，天色已黑。我们的小饭店外面挂着瀑布般的小灯饰，以庆祝杜尔迦女神（Durga）[39] 的节庆，狂野的烟

---

[39]   伏魔天女，是雪山神女化身之一。每年 9、10 月举行的难近母节是印度东部孟加拉国等地最隆重的节日。

火射向夜空，镇民在街道上大肆狂欢。那晚，我重读阿育王有关羯陵伽战争的自传。

> 登基 8 年后，神之挚爱（阿育王以此封号闻名）攻打羯陵伽。俘虏了 15 万人，10 万人战死，差不多 10 万人在战后死去……

在热切描绘战争场景后是死亡人数。羯陵伽被摧毁。然后，那个巨大的转折点来临……

> 在羯陵伽遭到蹂躏后，国王心中升起一股冲动，一种追求法（或者说意义）的渴望，然后为出兵征服的懊悔所取代。因为征服自由民众意味着杀戮和奴隶。现在，国王发现这成为他痛苦的来源，这是非常严重的事。（石敕 13）

今日，想到现今苏丹达尔富尔和伊拉克的灾难，阿育王的字眼显然发人深省。他

上图：在亚玛·齐塔拉·卡撒的漫画书中所叙述的阿育王攻打羯陵伽的故事。

点出历史上最危险的概念之一：攻击战争是错误之举。他在后文中指出，我们都有共通的人性。

住在此地的许多人民——婆罗门、佛教徒和其他教派、家庭的户长——都拥有基本的人性价值，如尊重父母、以善待人、尊重长者，对朋友、熟人、同伴和亲戚仁慈忠诚——对奴隶和仆人亦是如此——但他们全得忍受伤害和杀戮，与挚爱分别。这对每个人来说都是一场悲剧，国王本人更是绝望无比。

因此，阿育王告诉我们，他决定放弃暴力，往后"只为信仰"出兵征服他国。"他冀望所有万物都能处于非暴力、自我控制、公正和快乐的状态。"我们当然不能轻易相信政客的话，但阿育王的敕令如此发自真心，别具风格又自我谴责，很难想像这只是表面功夫。这个故事在后来的时代中传颂，穿越印度和世界的狂暴历史，直抵甘地和独立运动的脉动。阿育王的狮子因此被选为现代印度的象征，而他纪念碑上的法轮位于印度国旗正中央，背景是白色（象征和平），上下则是代表印度教和伊斯兰教的橘色和绿色。但阿育王的命定之地在哪里？羯陵伽王国在恒河河口南方延伸将近300英里。这场战争的范围一定相当广阔，但主要战役应该发生在皇家中心，这倒有两处：一个靠近现今的寺庙城市，布巴内斯瓦（Bhubaneswar）；另一个则靠近加普北方的战略地点，控制北印度地区河流交会处。在此，奥利萨的考古学家有重大发现。

羯陵伽战争的地点

我们在清晨微光中横越布拉马尼河（Brahmani river），往南驶上一条迤逦朝海的乡间道路。不久后，我们便抵达一片雾蒙蒙的绿色平原，周围耸立着3座圆顶高丘。牛只的角很长，在田里拉着木犁，牛车则有木制车轮。后来的佛教朝圣者描述阿育王在此竖立了10座巨大佛塔。而在维多利亚女王时代，英国地方官员发现此地有佛教雕像，尤其在靠近乌达其里（Udaigiri），也就是"曙光之丘"附近。现在，戴伯拉·普拉汉博士在平原的山腰高处挖掘到一座巨大正方形佛塔的基座，附近则有佛教岩石雕像和数十个小型纪念佛塔出土。令人兴奋的是，岩石上雕刻着阿育王的名字。

"我们认为挖掘到了后来的中国旅行家所提到的阿育王佛塔，"考古学家兴奋地说，"但后来我们有了关键性的发现。它就在眼前。我们循着早期发现的路径和本地口述传统，调查古老旅游指南中提到的小村庄，拉加纳格（Rajanagar），即'国王庭院'的田野。然后就找到了。"

人们很容易错过这个地点，但在低矮的清晨曙光中，我们可以看出蜿蜒穿过梯田的防御线。一道有两个城门的城墙，入口由高耸的巨大棱堡守护，还有 9 座塔楼的地基。它是个粗略的不规则正方形，每边长约 1300 码。森林下是宽达 40 英尺的砖造城墙，保存良好，高 20 英尺。

"里面是耕作过的田地，沉积物有 26 英尺深。想想看！"普拉汉博士说着，兴奋得喘不过气：

> 然后是最终线索。我们在城墙上尝试挖掘一个地方，立刻得到成果。这地方在公元前 6 世纪建立，持续了约千年左右。在 4 世纪到 5 世纪，人们仍居住在这里。现在当然还有人住在这里。城市的规模缩小，但莲花池旁仍然有座小村庄。在黑色亮光陶器的铭文上写着堵舍离（Tosali），我们知道那是羯陵伽的首都。更棒的是，我们挖掘到一位国王的赤陶俑，戴着耳环，头绑头巾，铭文写着"阿育王"。

他将关键出土物留到最后。我们回到考古小屋，奥利萨的八月暑气将仓库变成闷热的烤箱。他打开装着饱经侵蚀的金属制品的塑料袋，里面是一堆孔雀时期的箭头和矛尖。他转动它们，若有所思地点点头："这些全来自城墙上几平方英尺的小块区域。一定是场闪电战，箭如雨下。"

阿育王的皈依和生命之法

我们从阿育王的敕令上的日期拼凑整个故事，大致可以推得后来发生的事。次年，在他统治的第 10 年，阿育王到乡间朝圣，经过佛教圣地，最后停留在菩提迦耶的菩提树下。

在传说中，这里成为他个人的朝圣地点，后来故事峰回路转，这棵树成为他与皇后帝舍罗叉（Tissarakha）注定产生分歧的原因。一个传说指出，他请一位大师来开解他的困惑，于是一名佛教僧侣优波笈多前来，他是秣菟罗香水商的儿子。但同时代文献却对此只字未提，只说阿育王在菩提迦耶对穷人布施，并和大臣商量"如何在王国中推动善行"。在他心中，一种政治秩序逐渐成形，以前我们从未见过他如此。

此举标志着新秩序的开端。阿育王尝试要做的是，采纳佛教怜悯和泰然自若的理

念，加上耆那教的非暴力概念，使它们成为不仅是个人道德，也是政治道德的基石。他思想和行动的纪录保存在一系列冗长的敕令中，后者先是雕刻在帝国重要地点的岩石上，后来则铭刻在大石柱上——有些早已竖立，有些则是新近竖立。目前发现约 60 道敕令，令人吃惊的是，近 50 年来就发现了 20 道。他统治的第 13 年（约公元前 258 年）开始铭刻这些敕令，宣称他要"通过法，而非暴力来进行征服"。在接下来的 16 年内，他颁布了 25 道敕令。早期敕令内容普通，晚期的则带有佛教口吻。阿育王年纪越大，似乎越倾向于佛教，但他从未正式皈依，只是位世俗子弟。他在此展现了孔雀王朝的典型君王特征，不管个人倾向为何，他们没有兴趣推行国家宗教。从孟加拉国湾到阿富汗坎大哈（Kandahar），从巴基斯坦的西北边境省到南印度克里希那河（Krishna river）下游都可见敕令的踪迹。它们告诉我们，阿育王

上图：阿育王的狮子柱头在独立建国时，被国大党选为印度的象征。

统治的疆土范围之广阔。他拓展他祖父的疆域，他的帝国是史上第一个统治今日大部分印度的王国。

在敕令中，他列举政治新概念，巨细靡遗。第一个关键概念是所有生命的神圣性，此为耆那教的特定理念。国王并未放弃自卫下的暴力，但废除死刑，后来有些王朝也如此效法，比如笈多王朝。在早期印度，吃肉非常盛行，因此，国王仅试图限制，而未加禁止。令人惊异的是，阿育王的法律亦试图阻止环境破坏，他说，"如非必要，不得摧毁森林"，其他命令则呼吁物种保护，从恒河海豚到犀牛，甚至白蚁，不一而足。

另一个关键概念则是容忍和同情其他宗教的信仰和实践。麦加斯梯尼在说到印度的多样性时，他说，印度有多个"国家"，宗教派阀时常激烈内斗。一道特别敕令（12）特别强调这点。人们必须自制，勿论邻居宗教的长短。阿育王说："因为所有的

前页图：兰丹葛尔：公元前 3 世纪的砂岩石柱上面铭刻了阿育王的 7 个敕令，仍保有其初始的狮子柱头。附近是一座巨大佛塔遗迹，直径约 500 英尺。

宗教都有相同的目标，那就是自我克制和追求心灵纯洁"。因此，尽管各个宗教在外在层面截然大异，却在基本法则上万流归宗，所以，"必须避免所有夸张和暴力的语言"。我们无须指出，从远古开始，印度的每位帝王都尝试解决这个难题。这曾是莫卧儿帝国最伟大的国王阿克巴大帝（Akbar，1542—1605）的重要议题，对草拟印度现代宪法的开国者亦是如此。当然，这类理念至今仍是全球的相关议题，在许多宗教都主张拥有绝对真理的情况下，每天都有因真实或想像的宗教侮辱而发出的死亡威胁。

良好统治的实用理念亦可见于阿育王的敕令，其中包括待客礼仪和提供旅客粮食。孔雀王朝是优秀的道路建筑者。有人认为大干线可追溯至那个时代，而从巴特纳到蓝毗尼（Lumbini）的道路上仍四处屹立着阿育王的石柱。麦加斯梯尼对孔雀王朝的这项统治成就印象深刻。他写道："……每隔10个史塔帝亚（stadia）[40] 就竖立石柱指示旁道和距离"。50 年后，阿育王告诉我们："我在道路上种植榕树以提供人和牲畜遮阴。"主要道路旁挖有水井，遍地种植芒果树，广设客栈，石柱上标示汲水地点的距离。这是古老的印度传统，至今仍广被遵循，提供食物和住所给在印度全境内川流不息的商人和虔诚的旅客，并给予良好照顾。

当然，政府想做的事和实际做的事，理念和实践之间存有巨大鸿沟。以我们的术语而言，这些敕令显示阿育王治下是个非常道德化的保姆国家，你可以思考或相信你想相信的事，但你的所言所行必须遵从政府的命令。阿育王不可能松懈他祖父对国家的监督，他继承了所有国家控制的机制，如特别审查部，这个单位不但执行动物生命具有神圣性的法条，还命令人民"尊敬长者"，遵从食物和祭祀法律，甚至"女性道德"。

这习惯法的某些层面可能流传到现代印度社会。就在20世纪，在克什米尔，仍设有由五位梵学家组成的特别法院，他们都是传承已久的世袭法官，也许是阿育王时代的子孙，他们审判违犯印度教经典的大不逆行径。而在维多利亚女王时代，世袭的婆罗门官员特别负责监督在德干高原的许多地方违逆种姓制度的举止。任何参加过今日印度游行的人一定会对孔雀王朝的一个小细节感到熟悉。麦加斯梯尼指出，当帝王出巡街道时，随从拉起警戒绳，不让群众靠近，"超越那条绳子意味着死刑"。今日，即使死刑已经废除，群众仍然不敢越雷池一步。

---

[40] 古希腊测量单位，约等同于 600 英尺。

弘法于世

阿育王的弘法野心不局限于印度。敕令告诉我们，他派遣佛教使节团远赴阿富汗犍陀罗和克什米尔、喜马拉雅山区，远渡重洋至斯里兰卡、泰国和缅甸。但到西方的使节团则身负特别任务。阿育王派遣大使摩诃勒弃多长老（据传他是希腊人）到臾那人（Yonas，希腊人）居住的地方，即现在的阿富汗和巴基斯坦；某些使节团远至地中海世界，抵达希腊国王治下的埃及、叙利亚、安纳托利亚、塞里尼（Cyrene）[41]、伊派拉斯（Epirus）[42] 和马其顿。因此，在亚历山大为印度河流域带来火与剑之后，历经三代时光，印度首度望向西方，派遣使节宣扬佛法，散播阿育王的友善和兄弟情谊。我们知道，希腊大使亦曾拜访孔雀王朝首都。比如，在托勒密时代（Ptolemaic）[43] 的埃及，狄奥尼西（Dionysius）曾经在印度住过一段时间，而根据普林尼（Pliny）[44] 的记载，他写过一本书翔实描述"印度王国，使我们眼界大开"。这类交流在西方文献中只字未提的现象值得我们玩味，但地理学家斯特拉博曾经告诉我们一个有趣的故事，从恒河平原到地中海之旅艰辛万分，阿育王描述这趟来回旅程长达 5000 英里。使节团抵达叙利亚的安提阿时，由 8 位只围着腰布的奴仆扛着礼物："只有 3 位存活下来，其他人都在旅途中死去。"派至东方的使节所负任务则较不明朗。我们知道，阿育王的儿子领导一个使节团至斯里兰卡。后来的故事说，其他人翻越喜马拉雅山到西藏和塔里木盆地，但我们无法确定。

梦想之死

阿育王晚年似乎失去权势。他在统治的最后 10 年间没有发布新敕令。有迹象显示，死前，阿育王将帝国划分给数个儿子。在他统治的第 29 年，他的皇后善无续逝世。4 年后，于公元前 237 年，他破格提升一位嫔妃帝舍罗叉，立她为后。她年轻美艳，阿育王倾倒在她魅力之下。在后来的佛教传说中，她摇身变成一位邪恶的皇后，其邪恶程度可比拟西方童话故事。她被描写成有仇必报、傲慢和愚蠢的女

---

[41] 位于利比亚。

[42] 位于希腊。

[43] 公元前 330—前 30 年。

[44] 23—79，罗马帝国作家和自然学家。

性，而善无续则是位对佛教徒友善的好皇后。故事说，2 年后，她因嫉妒阿育王对菩提迦耶那棵菩提树日渐增长的虔诚，竟然将一根针泡在魔药或毒药里，然后刺穿圣树，造成致命伤害。菩提树凋萎死亡（中国的版本则说它被砍下）。阿育王绝望异常，祈求树仍能活着，献上热诚的礼拜。现今管理这棵菩提树的佛教僧侣告诉我："阿育王倒上圣水，还有 1000 匹母马的马奶，尽管树已死亡，根部却又奇迹般地复活。"现今的菩提树，加上其他树，包括在斯里兰卡的那株，都是接枝而来，但人们毫不怀疑，原先那棵树曾经死去，即使现代植物学家主张一棵大树不会因刮到些毒药就颓然凋零。也许，这单纯只是佛教徒想抹黑皇后的童话故事？

　　邪恶皇后的最后传说则更为不堪，显示皇家面临分崩离析。这在优美的《阿育王传》（*Asokavadana*）中曾经提及。这本书是阿育王的故事集，写于 2 世纪。故事如下：阿育王有个儿子叫坎纳罗，非常英俊，他是才华洋溢的音乐家和歌手，有着深邃迷人的眼睛。但神曾预言他将变成瞎子。他的继母，邪恶的帝舍罗又为他着迷，这故事非常像希腊神话中的淮德拉（Phaedra）和希波吕托斯（Hippolytus）[45]。王子拒绝她的调情，于是她计划报复。阿育王生病时，她用魔法治好他，并要求赏赐。她得到阿育王的皇家印玺，以他的名义发了一封信到塔克西拉（坎纳罗正在那里平叛乱）。那封信命令省长刺瞎坎纳罗，然后杀死他。省长无法下此毒手，但遵从指示将他弄瞎。坎纳罗于是放弃王子的身份，成为无家可归的流浪汉，徒步横越印度，弹着维那琴、唱着歌，沦落为一个无名小卒。然后，某天，在巴特纳的街道上，年老力衰的阿育王从宫殿窗口听到歌声，认出这是他的儿子。在听过整个故事后，阿育王将邪恶的皇后赐死。

　　但真相究竟是什么？阿育王在晚年也许苦于帝国内的叛乱，并与皇后和王子不睦，但我们缺乏第一手数据。我们从某些敕令中得到的印象是，这是位日夜工作的辛勤男人，"随时随地"待命。"我从未对我努力而来的工作成果感到完全满意……但我必须拼命工作，这是为老百姓好。"（这使我们联想到腓力二世〔Philip II〕[46]，半夜还在埃斯科里亚尔城堡〔Escorial〕[47] 批阅公文，或拿破仑凌晨 4 点时还在为雅克－路易·戴

---

[45]　淮德拉是弥诺斯的女儿，忒修斯的妻子，她与忒修斯同亚马逊女王生的儿子希波吕托斯调情遭拒，愤而自杀。而希波吕托斯则遭到诬陷，海神奉命将他杀死。

[46]　1528—1598，在位期间为西班牙黄金时代。

[47]　距马德里西北方 28 英里，为腓力二世兴建。

维〔Jacques-Louis David〕[48] 的画摆姿势。)
他在 13 年内通过 25 道敕令，不断出巡所
带来的疲惫和倦怠，理念疲劳轰炸着他的
资政；对我而言，阿育王似乎是位工作过
于勤奋的人。"让最高阶级和最低阶级都尽
到他们的责任"，他劝告道。也许，他太相
信人性可以改变。而这是政治家的致命错
误吗？他在晚期的一道敕令中承认："我现
在了悟要说服百姓向善有多困难。"

阿育王驾崩于公元前 233 年或前 232 年，
他统治的第 37 年，大约是 72 岁。

还有最后一个故事。阿育王临死前想
将所有财富捐给佛教徒，但他的大臣和儿
子共谋阻止了他。当他要给他最喜爱的寺
院皇家布施时（这已成一种习惯），濒死的
阿育王身上仅有的财物是半颗芒果。"现在
告诉我，"他对资政们说，"谁才是这世界
的君主？"就像最棒的童话故事，这个故
事转个弯，又回到起点。但他真的悲伤又
失望地死去，失去所有的权势？根据佛教
传说，既然苦难是每个人必须承受的命运，
那么即使是伟大的阿育王也不例外。因为

上图和下页图：桑奇佛塔是阿育王所立的数千座佛
塔留下来之中最壮观的一座，于公元前 1 世纪改建。
我们不知此地与佛陀的人生有何关联，阿育王曾是
附近毗底沙城镇的总督，他的第一个妻子出身于此。

苦难在他辉煌统治期结束时降临，所以他承受的痛苦自然比较多。

在阿育王之后，孔雀王朝没能存续太久。尽管它的结局至今仍然疑云重重，我们
知道的是，它最后为重新兴起的西北印度希腊王国（Greek kingdoms）[49] 和大夏所灭。
长久以来，佛教便不再是推动印度社会的主要力量。你可以说，阿育王的梦想在白日
的冷冽光芒中消失，万丈雄心陨落，只有从坎大哈到孟加拉湾那些饱经风霜的岩石和

---

[48] 1748—1852，法国画家，新古典主义派代表，拿破仑的首席宫廷画家。
[49] 公元前 180—公元 10 年间在印度西北部建立的诸多希腊化国家。

悬崖上遗留下他的敕令。直到千年后，一位来自遥远国度的年轻人才终于解译它们。但阿育王创造了历史上伟大的一刻，我们借此可以观察理念如何在真实世界中发挥力量。孔雀王朝成为未来印度的典范。恒河平原的统治者自封为印度之王，这位统治者运用理念来界定政治道德。我们现代人常常欣赏过去的理念，而未领悟到它们亦和我们息息相关。但阿育王的"法"，尽管执行得未臻完美，却是历史的伟大理念之一，如同美国独立宣言或共产党宣言。他的敕令点出人生的重要道德问题。你如何劝人向善？在他们致力于实现理念的力量时，他们就像划过往昔历史的一道闪电。

印度佛教传承对世界的贡献

佛教从印度人心中消失，匈奴人、土耳其人、阿富汗人和莫卧儿人几乎使它消逝无踪，伊斯兰偶像破坏者和其敌人印度教婆罗门没有轻饶它。佛教在南方苟延残喘到15世纪，在东孟加拉国则是延续到现代。今日，在印度，它的力量局限于东北山区和拉达克（Ladakh）[50]，尽管这些时日以来，许多印度年轻人受到其教义吸引，许多贱民皈依佛教，希望借此摆脱种姓制度的桎梏。在阿育王世界的西方地带——伟大佛教之地犍陀罗——佛教在伊斯兰的浪潮下完全销声匿迹。但佛陀的教诲流传入印度和全次大陆的血液中，渗透今日乡间。阿克巴的传记作家阿布·法兹勒（Abul Fazl）[51]，一针见血地写道："扩散和普及印度的思想世界"。

但佛陀的理念对其余世界产生重要冲击。在西方，佛教对古代世界的影响力可能远大于人们的认知。比如，希腊的怀疑论派哲学家（Greek Sceptics）[52]认为他们的理念来自印度哲学家，后者就是佛教徒。怀疑论派的教义核心即在于追求心灵平静，消除心灵冲突和苦痛。"有智慧的人，"皮朗（Pyrrho）[53]这位哲学家说，"总能保持心灵平静。"怀疑论者相信，通过理性和讨论可以治愈人类的疾苦，如自我中心、轻率和教条主义。这些理念在文艺复兴时代对欧洲思想，以及后来的现代西方哲学整体有深远影响。

但中国和东亚受佛教影响最巨。这是印度最成功的文化输出。过去二千年来，佛

---

[50]   位于印度最北部的佳木克什米尔邦。

[51]   1551—1602，阿克巴之宰相和传记作家。

[52]   信奉希腊哲学家皮朗的怀疑论者。

[53]   公元前 360—前 270，希腊哲学家，怀疑论创始者。

教成为结合亚洲的文化理念，现在则团结数亿人口，而这并非通过胁迫而来。现在，在 21 世纪，亚洲再度崛起时，殖民时代的尘埃落定，历史悠久的文化早存在于西方短暂的强盛之前，人们现今重新审视他们于佛教内分享的理念、习俗和信仰通则。

我们活在一个挑战性十足的时代，佛陀在二千五百年前提出的苦难难题仍未获得解决。今日，人们在个人欲望和物质追求的普遍压力，以及环境破坏、物种濒绝和全球温室化的人类责任之间寻求折中之道。就像在其创始时期，现在佛教思想和这些领域都息息相关。如同佛陀最终的遗言所示："你们要做自己的明灯。不必寻求他人。不要放弃。"

3

文明的成长

卡朗格努尔的海岸上夜幕低垂，这里离喀拉拉海岸很近，雨后，棕榈森林的阵阵清新树香随风飘荡而来。我们的船是一艘120英尺长的远洋乌鲁（uru），和二千年前在红海与印度间往返的罗马船只一般大小。我们的船来自古德洛尔（Guddalore），船员说泰米尔语，载运水泥、胡椒和香料，在安达曼群岛、古吉拉特的西卡（Sikkal）和波斯湾间进行贸易。船员在航海四个月后，期盼着迪拜老港所能带来的刺激。舵手

上图：1世纪的一名希腊水手写道："印度有许多市场，适合航行至此的时间是七月。"

将豆蔻和姜搅拌进我们的咖啡，吐出槟榔，咧嘴而笑："男人在那里很自由！"

贸易是文明的关键要素之一。贸易让文明相互接触，分享和考验理念，并推动文明成长。我们对印度文明的印象受到殖民写作和撰史的影响如此之深，以致我们认为它是个停滞在过去的文明，但实际上，印度文明一直通过与其他文明的对话而有所成长和改变。印度历史的浪潮创造了伟大的本土王朝、伟大的外国统治者，它勇于接纳外来观念，外来经验一直是印度经验的一部分。在印度的故事中，许多最伟大的发展是通过与其他文明对话而形成，这可远溯到哈拉帕时代，当时印度船只与波斯湾进行贸易。自公元前500年起，印度和波斯世界的接触日益亲密，但要到公元前最后一个世纪，地中海地区和印度半岛间的定期航线才开航。到地中海地区的香料航线的开创推动了与罗马和南印度王国的接触，而丝路的发展则开创了中国、欧洲和印度之间的交流。在西方，这

上图：喀拉拉近海的一艘乌鲁船，载着木材、胡椒和香料。

是哈德良（Hadrian）[1] 和安东尼（Antonine）[2] 帝王时期，而历史学家爱德华·吉本（Edward Gibbon）[3] 则认为这是世界史上最幸福的时代。信不信由你，文明开始交流的主要动机是一种杂草的种子：胡椒。

我们的船驶过孟买的老港口，北上古吉拉特。早至公元前 3000 年，印度人就从这片海岸驶往波斯湾。在印度洋海港中，从阿曼到古吉拉特和喀拉拉海岸那些风景如画、停靠古老三角帆船的港口，仍然可以看到世界史上最早的远洋贸易的细微身影，它们连接了印度洋和阿拉伯海，开启前往东南亚和中国的航线。

他们仍在使用古老的科技。靠近科泽科德的贝普尔（Beypore）造船场几乎在 20 世纪 80 年代消失殆尽，那时，人才和技术都输往富裕的波斯湾。但近年来，古老的造船艺术由于经济因素再度复兴。古老船只仍有其经济价值。令造船者自豪的是，船主在 4 年内即可回本，而一艘好船的生命长达 40 年。喀拉拉的造船工人往往是摩皮拉人

[1]   76—138 年间在位，罗马皇帝。
[2]   即安东尼·庇护（Antonius Pius），138—161 年间在位，罗马皇帝。
[3]   1737—1794，英国历史学家和学者，著有《罗马帝国兴亡史》。

上图：贝普尔造船场的古老造船技术。

（Mopylas），是在久远以前归化印度的穆斯林商人和工匠后裔。他们娶了印度女人，在中世纪时还有自己的公会。但这里的造船师傅是个印度教徒，叫科库达斯，只有30多岁，他的父亲和祖先"从500年前"就是造船木匠。

在贝波尔河林木繁茂的河口，他的造船场在城镇底端，位于仓库和蜡烛杂货店后方。走进大门内，切割好的木材堆和两根树干静躺在两栋巨大的木屋前，木屋内是两艘如大厦般庞大的船骨，耸立在藤制屋顶之下。越过篱笆，在令人困倦的热气中，颜色鲜丽的渡船从河口对面棕榈树林的溪流中缓缓出现。船艏高挺，默默横渡河流，就像在罗马时代一般。

"我们不画蓝图，即使是这么大的船，"科库达斯说，"建造乌鲁的过程牵涉了许多秘密估算和数学公式，这些秘密从父传子。我们因此可以不画蓝图便将大船打造得很完美。我们在脑海里盘算船的弯度和整体形状以及结构。"

不可思议的是，在这个寂静的回水地带，科库达斯才刚打造了一艘长170英尺、宽40英尺的乌鲁。它有三层楼高，重量超过1000吨，载货容量达1500吨，现在在波斯湾和古吉拉特间进行贸易。若搁置在迪拜或西卡尔（Sikkal）的三角帆船场重新捻上船缝，它的寿命可以增长，回本好几次。"用老方法造船，顾客不会抱怨，"科库达斯

上图： 描绘喀拉拉采收胡椒场景的中世纪绘画。

继续说，"船只稳定强壮，无须改变。"

这让你对古老远洋运输的规模稍有概念：在罗马时期，从红海米奥斯霍米斯（Myos Hormos）[4] 出发的大型希腊和罗马货船每年有 120 艘。直到 1949 年，我们仍可见巡弋在南海到越南和爪哇的五桅舢板（20 世纪 80 年代早期，仍可见到它们停在沪江的身影，成为废船或船屋）。同理，曾在中世纪宰制中国贸易的大型阿拉伯三角帆船现在仍在卡拉奇（Karachi）[5] 或迪拜的造船场打造，即使船只现在不单靠船帆，也仰赖引擎。在现代世界的表面下，老旧方式运作如昔，特别是在印度。这点和全球化进展相互抵触：本地知识精神不死。

在贝波尔小港口河边的码头伫立着五艘大乌鲁，最大的一艘船来自杜蒂戈林（Tuticorin），一台起重机从它洞穴般的船体内卸下装苏打粉的袋子，扬起漫天令人窒息的白色灰尘。这艘船有一根大而短的主桅，一根巨大的樯桅和三角帆；接下来它要驶

---

[4]　公元前 1 世纪的古罗马重要通商口岸。
[5]　位于巴基斯坦。

上图：19 世纪 40 年代恒河上的香料市场——这场景自罗马时代以来几乎未曾改变过。

往安达曼群岛。船长的脸庞因强烈日晒而黝黑，他递给我一杯香料味很重的茶，以掩盖水质很差的怪味。

　　"我们在也门、亚丁、伊拉克、伊朗和索马里亚靠岸，"他告诉我，"在夏季，你可以从那里乘着西南风直接'进入'印度洋。"罗马航海家就是如此。就像他们，船长的货品中也包括一袋袋的胡椒，这些是吸引希腊人和罗马人到此的最初原因（"胡椒"和"米"的字源都来自泰米尔语）。在贸易巅峰时期，成吨的胡椒堆积在台伯河岸的仓库，价值不菲。根据小普林尼（Pliny the Younger）[6] 所言，"最低估算，印度贸易每年赚走我们帝国 1 亿塞斯特斯（sesterce）[7]——这是最低估算。这是我们为了奢侈品和女人所付出的代价。"那大约是 10 吨黄金，约莫等于罗马帝国西班牙金矿的年产量。而小普林尼在这里讨论的，可能只是经过红海的海上贸易，还未算进陆上贸易。有趣的是，印度仍然是全球最大的黄金进口国家——每年高达 90 亿英镑；这种痴迷是双向的，且

[6]　61—112，古希腊律师和作家。
[7]　古罗马货币单位。

仍旧如此。

罗马人对胡椒的狂热当然都是为了食物。没有任何概念更能界定文明，文明的故事也是食物和烹饪的故事；而印度烹饪——现在是英国主流——可能是世界上第一个国际料理。罗马帝国的名厨阿皮西修斯（Apicius）写了一本著名的烹饪书，其中的 500 道菜中就有 350 道——从香料腌火鹤、咖喱鸵鸟到塞胡椒子的睡鼠——用到胡椒和南印度香料。阅读阿皮西修斯的书后得到的印象是，如果在罗马帝国时期出门吃高级大餐，你的味蕾一定会炸掉。小普林尼对这些菜的愚蠢大发雷霆："胡椒竟然成为一种执念！某些菜的外表令人垂涎三尺；某些菜讲究的是味道或甜度。但胡椒除了辛辣之外毫无用处。为了这个，我们竟然远赴印度！是谁最先想到这个点子？"

印度洋的古老指南

在罗马人的地理志和旅游指南中，我们可以追寻他们念兹在兹的执着追求，驶下红海，横越大洋，直抵印度西岸。在 1 世纪的 70 年代或 80 年代写成的《厄立特里亚海航行记》（*Periplus of the Erythracan Sea*）这本提供希腊商人的印度贸易指南就是众多书籍之一。事实上，对我而言，它是最引人入胜的历史文献之一。一位叫希帕罗斯、在亚历山大出生的老水手游遍红海和印度洋，记下风向和潮汐、优良和恶劣港口，以及何时进货和该卖何物的细节。在过去这些年来，我踏足其中许多地方，夜晚于尼罗河沙漠路径的停留地点扎营；在闷热的红海港口，比如波伦尼克（Berenike）或阿杜利斯（Adoulis）捡到成堆的陶器；在古老的马萨瓦（Massawa）[8] 或厄立特里亚（Eritrea）[9]的咖啡店中等待风向改变；在也门的卡纳（Qana，今穆卡拉市）那片如诗如画的海湾，睡在满是淡红色珊瑚的白色沙滩上。《厄立特里亚海航行记》都提到过这些地方。从它的书页中飘来古老世界的异国风情：印度月桂和芳香油膏、胡椒、丁香、珊瑚、锑，红色和黄色雌黄，以及许多地中海世界热切渴望的奢侈品，比如象牙、棉花、中国丝绸和麦斯林纱，以及马纳尔（Mannar）[10] 湾的珍珠。

《厄立特里亚海航行记》提到印度西岸的 20 个港口，其中最重要的是位于南方的

---

[8]   位于埃塞俄比亚。
[9]   位于埃塞俄比亚。
[10]   位于斯里兰卡。

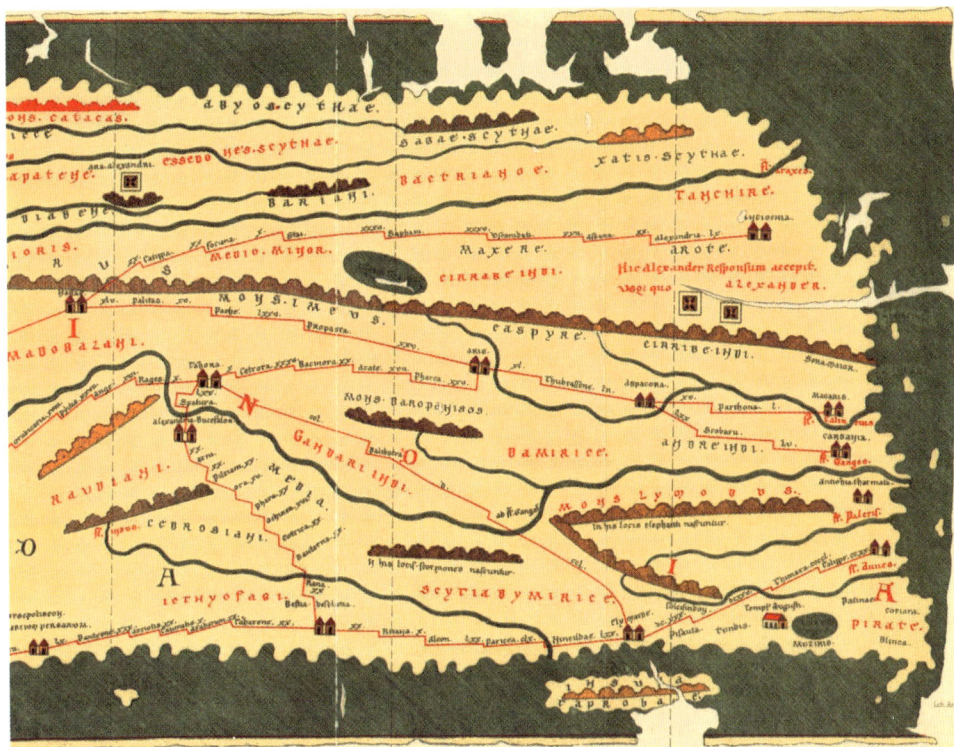

上图：皮尤廷厄地图显示的罗马世界，左下方是位于喀拉拉回水地带的谬济里斯港口，城镇里有"奥古斯都神殿"。

谬济里斯（Muziris）——小普林尼称其为印度第一个市场。这里是自希帕罗斯开始的希腊航海家从红海经过漫长的直航后登陆的地点。一份最近出土的莎草纸手抄本揭露了 2 世纪的船东和亚历山大商人之间的合约，合约向我们展示了谬济里斯的贸易组织，他们如何整合货物，几名商人共同分担航旅的花费、保险费以及"如何偿还每项在谬济里斯所达成交易的欠款"。在印度这边，根据泰米尔诗歌的记录，这个城镇叫做谬济里帕坦坦南（Muchiripattanam）——pattanam 在南方语言中意味着"贸易港口"。我们可以想象，它也是个众人追寻并充满幻想的所在，希腊水手称其为热带西风吹拂之地。这是一个贪图安逸之人的避难所，一个如此令人熟悉的第二个家，以致希腊和罗马殖民者甚至在此建立了自己的神殿，殿里有个特别壁龛供奉神格化的奥古斯都大帝（Augustus）[11]。所以英国统治下的加尔各答并非第一个竖立西方帝王雕像的印度城市。一份美丽、色彩缤纷的罗马地图——皮尤廷厄地图上面标示了这个城镇，但谬济

---

[11]　公元前 63—公元 14，古罗马帝国第一任皇帝。

里斯的位置从未获确定。我们知道它一定靠近卡朗格努尔，位于科钦北方，离一条大河（极可能是佩亚里亚河 [Periyar] 河口）2 英里远的内陆。问题是，这里的河流常常改道，喀拉拉海岸线更以经常改变而闻名，往往从沙洲和漂浮的岛屿中创造新海岸。物换星移，这里演变成一长片覆盖森林的干燥土地，将喀拉拉回水地区交错繁杂的潟湖与海洋相隔开来。但在 2005 年，喀拉拉的考古学家发现谬济里斯的确切地点。这地方现在距离海口 4 英里远，在安静的回水线之后，静躺在佩亚里亚河的古老河床旁，河流自罗马时代后改变河道，沿着岸边向上移了 2 英里。主要土丘有 650 码宽，棕榈树、香蕉树和木波萝蜜树荫遮天，胡椒藤蔓缠绕，悬挂树上。附近则有尼禄（Nero）[12] 和提贝里乌斯（Tiberius）[13] 的铜币出土，初步挖掘发现，土丘上埋满罗马双耳长颈酒瓶、破碎的赤陶壶、地中海的玻璃装饰和珠宝。土丘顶端屹立着一座非常古老的砖造女神神殿，据一名当地人说"有二千年之久"。她的名字是帕坦纳黛薇，她的村庄称作帕坦纳，无疑，这地方就是希腊和罗马人所知的著名港口，谬济里斯。

城市的影响

谬济里斯有码头和仓库，以及阿拉伯和犹太小区。它是块外国飞地（enclave）[14]，可能与那些在红海和印度洋的罗马贸易港口类似，后者在古代旅游指南和地理志中特别被标示为"指定海港"——也就是说，与当地统治者签订合约后设立的港口。本土城镇一定曾在附近的棕榈树丛间往外扩张，而没有英国人在他们统治时期划分的"黑"、"白"城镇那般泾渭分明。

因此，喀拉拉长久以来就是个大城市。毫无疑问，这片海岸有着丰富的传统。阿拉伯与喀拉拉的贸易远早于伊斯兰时代来临前，据说，印度最早的清真寺是卡朗格努尔附近的一座古老木制祈祷厅，那里的伊玛目（教长）告诉大家一个故事，这座清真寺是由先知的同伴，即穆斯林商人所兴建，这些商人在先知仍在世时便与此地进行贸易。犹太小区在此的历史最早可追溯至罗马时代，他们最初从靠近巴士拉（Basra）[15]的查拉斯（Charax）驶下波斯湾，带着伊拉克仪式前来。在乌尔（Ur）挖掘出公元前

---

[12] 37—68，古罗马帝国第五任皇帝，以残暴著称。
[13] 公元前 42—公元 37，古罗马帝国第二任皇帝。
[14] 指在本国境内隶属于外国的一块领土。
[15] 位于伊拉克。

3000 年的古老棋盘，而如今科钦的印度犹太裔老妇人玩的正是这个。从开罗旧城区的犹太教堂藏经库里保存的许多贸易商人的有趣信件中可知，犹太人与南印度的香料、药物和染料贸易可以追溯至中世纪。在 19 世纪，巴格达犹太家族，比如萨森，在科钦旧城区的"犹太镇"兴建香料仓库。即使在今日，仍有几个犹太家族住在谬济里斯的近郊，他们在旃达曼嘎兰（Chendamangalam）[16] 附近的森林里有一座前廊有列柱、小巧的犹太教堂。

近东的基督徒也于很早以前就在马拉巴海岸定居。究竟多早，我们不得而知。据说，使徒多马在公元 50 年左右来到佩里亚尔河，身负将基督教传入印度的使命。今日，一座闪耀生辉的白色叙利亚基督教堂屹立在此。根据最早的希腊传说——这说法可信度较高——这座教堂出现在旁遮普塔克西拉的印度－希腊宫廷。但在 2 世纪或 3 世纪，谬济里斯已经是地中海东部商人的贸易重镇，罗马－犹太人在《厄立特里亚海航行记》的时代抵达佩里亚尔河的说法非常可信。毫无疑问，这里是个恬静宜人的地方，许多犹太人、基督徒和阿拉伯人在罗马香料贸易鼎盛时在此登陆，而当圣多马教堂的晚祷声沿着随风摇摆的可可椰子树传来时，谁会怀疑这点？

今日，红绿色渡轮横越河口，从一个登陆点驶到另一个登陆点；向晚时分，鱼获卸下岸边；女士们穿着如巨浪般翻腾的柠檬色或鲜红色纱丽，轻巧地在登陆台上蹦跳前进，买好东西后便匆匆回家。我们可以轻易想像，外国人为何会选择在印度此处定居，趁每年西方船员大批涌入时，大发横财。他们在此可以享受家乡的舒适——阿雷索或科斯岛的美酒、意大利橄榄油和鱼酱（装在谬济里斯出土的双耳酒瓶进口）——他们高兴地将自己的神祇与当地神祇融合。这是印度丰饶女神的象牙小雕像抵达庞贝，并在公元 79 年的火山爆发中遭到掩埋的原因吗？在罗马时代后期，

上图：科钦的老犹太教堂。犹太社群最早可能在罗马时代因香料贸易而从伊拉克前来。

---

[16] 位于南印度。

泰米尔诗歌谈到希腊人时，总说他们是南印度的佣兵、商人，甚至雕刻家。这是一场久远的爱情关系的开端。

印度和地中海间的香料贸易持续到 4 世纪，后来为波斯人所取代，而在 7 世纪，在伊斯兰时代来临后，主宰贸易的人变成阿拉伯人和阿拉伯犹太人。但它留下许多痕迹，包括物质生活的痕迹和观看世界的方法。我们早在科钦、崔奇（Trichy）[17] 和卡鲁（Karur）[18] 出土的古代商人铁盘中发现罗马货币。即使在今天，依据南印度的婚礼习俗，新娘依然要挂上由小金币串成的项链，就像在古代图拉真（Trajan）[19] 和哈德良也挂着金币项链一样。另一个印度外来现象则更为有趣：印度资料指称油灯是由地中海传来的——"雅瓦讷（希腊）油灯"。如果此事为真，今日，南印度寺庙光辉灿烂得让人欢愉这一点，都该归功于在数不清的罗马遗址出土的不起眼赤陶油灯，它们从冷冽的北英格兰的哈德良长城（Hadrian's Wall）[20] 散布到气候温和的谬济里斯。1 世纪从巴勒斯坦传来的聪明童女（wise maiden）[21] 油灯仍在印度热带南方的印度教礼拜中燃烧火苗。

马杜赖：南方第一个伟大文明

从奎隆（Quilon）发出的早班火车往上攀爬，驶离喀拉拉海岸，向东蜿蜒，穿越西高止山的葱密山丘。我们在登加西（Tenkasi）中转站往北进入马杜赖（Madurai）平原，穿过斯里维利布杜尔（Srivilliputtur）。此地毗湿奴（Vishnu）[22] 庙的壮观门塔耸立于小镇之上，高达 250 英尺。它巨大的中古大厅充斥着雕像，展现民族史诗《摩诃婆罗多》的场景。对从喀拉拉抵达的旅客而言，这寺庙是他们对古老泰米尔建筑的最初一瞥，它代表印度南方特色，就像哥特式教堂代表欧洲一样。

1273 年，马可·波罗在此度过二个月，他认为此地是"全世界最高贵和庄严的地方"。若你在溽热来临前，于清晨驶近马杜赖，将会了解个中原因。天空清澈，空气清新，虽然城市笼罩在淡淡的雾气中，你仍能远眺蒂鲁伯拉克昆兰（Tirupparakunram）

---

[17]　位于泰米尔纳德邦地理位置中心。
[18]　位于泰米尔纳德邦。
[19]　53—117，古罗马皇帝。
[20]　罗马帝国于 122 年开始修筑的石制防御性长城，长 117 公里。
[21]　出自《新约圣经·马太福音》第 25 章。
[22]　印度教主神之一，守护主神。

的巨大棕色岩石。那里是大宝神（Murugan）[23] 的家乡，自罗马时期开始，泰米尔诗歌和歌曲就赞颂着他的山丘寺庙。我们绕过城市，抵达别墅，那是座屹立在帕苏帕提马赖（Pasupatimalai，圣牛山丘）的老式英国房舍。从那里可眺望外盖平原（Vaigai plain）的壮观景致，宛如一座天然剧院向外拓展进蓝色迷雾，往 50 英里左右以东的孟加拉湾的方向。从喀拉拉海岸，我们横越印度半岛的底端。这片平原是潘迪亚文明（Pandyan civilization）[24] 的心脏地带，泰米尔纳德三大历史文化中最南端的王朝，为罗马香料航旅时代南印度最强大的势力。在我们下方，这个古老著名城市的中心是米娜克什（Minakshi）大寺庙的高塔。

马杜赖是印度最迷人的地方之一。它是泰米尔纳德邦第二大城市，排名马德拉斯之后，为繁盛的商业都市，人口 100 万，到处是纺织厂和运输工具工坊。黄包车轰隆隆地驶上寺庙周遭窄狭的街道，喇叭声此起彼落，宛如愤怒的大黄蜂。一如古代，今日的城市仍以繁忙的贸易和金匠以及裁缝师进驻的工艺区而闻名遐迩。新建筑如雨后春笋般纷纷耸立，但这个现代城市仍未破坏其古老格局，且依循着传统文明的仪式时间表行事。街道呈同心圆状从寺庙周遭放射开来，这个格局决定了城市的地貌，或许至少可以溯至罗马时代。内层街道以泰米尔的月份命名，保存了城市最古老的风貌。这个城市的蓝图依循宗教圣典规划。圣城的概念由来已久，但大部分，如北京紫禁城，只以博物馆身份存在。但在马杜赖，这城市仍旧活跃嘈杂。

在城市的心脏地带耸立着一座大寺庙，塔门巨大，回廊宛如迷宫。在我的经验中，因为其气氛独特，世上很难有能超越它的建筑物。这是座湿婆庙，但实际供奉的是湿婆的妻子，她仍被视为城市的真正守护神。在此，她被称为米娜克什，即"鱼眼女神"，这是非常古老的名字，或许可以追溯至南方文化和语言的史前时代。早在罗马时期，泰米尔诗歌便已提到这位城市女神，但她的名字和象征则直指她与青铜器时代及之前的文化有更为悠远的渊源。

这里的文化成长年代漫长，若要描绘其背景，我们必须暂时回到印度河城市结束后的时期，也就是北方的《梨俱吠陀》时代。在南方此处，首先得到认可的文化始于沿岸的潘迪亚地区，位于马杜赖南方 50 英里，靠近坦布拉潘尼（Tambrapani）河口。

---

[23]　南印度泰米尔纳德邦神祇，坐在孔雀上，手拿长矛，象征刺穿所有愚昧幻象。随移民传到新马一带，以每年之大宝节举世闻名。

[24]　位于南印度的古王朝之一，公元前 4 世纪就已存在。

上图及下页图：马杜赖寺庙位于被称为"最后的古典文明"的城市中心。建筑主体竣工于 16 世纪，但一座供奉女神的寺庙在铁器时代晚期便已建立。

一个世纪前，在阿迪查纳卢（Adichanallur）出土的使用巨石的大型聚落可溯至公元前 1000 年，与稍后的泰米尔文化显然有所关联。最引人注目的是崇拜男性神祇的证据，他的象征是叶状矛头和一只孔雀——非常像泰米尔今日最喜爱的神祇大宝神，即"红神"，山丘之主。人们还挖掘到虔诚信徒用长刺刺穿下巴的遗物，这习俗仍沿用至今。2005 年，这里重新开挖，立即得到丰硕的成果。考古学家挖掘到一座泥砖要塞，城墙外铺石头，而陶艺家小区、铁匠铺、玻璃珠制造场和为数众多的高级墓地都聚集在一片巨大坟场，面积超过 150 英亩。在新出土的文物中，最令人瞩目的是一个骨灰坛的碎片，装饰美丽繁复，描绘着长着角并且翘起尾巴的鹿、鳄鱼、端坐在稻秆上的鹤、一束稻草，以及一个伸开双掌、瘦高纤细的女人——这可能是南方最早的已知艺术典范。

阿迪查纳卢的出土文物强烈显示某些仍然存在的泰米尔传统，举如大宝神崇拜，历史相当悠久。毫无疑问，驯牛节也是，它每年吸引 200 万人涌入马杜赖，在早期泰米尔诗歌中便已提及。2006 年，一把献祭石斧的斧头雕刻着印度字体的四个符号，在

靠近马雅雅兰（Mayayaram）这古老城镇的高韦里河出土，造成轰动，使先前的发现更具深意。专家认为它是铁器时代的文物，但它极有可能是更为古老的祖传遗物，它为何出现在此是辩论焦点。它是在印度河时代之后来到此地的吗？它是被移民或贸易带来？石头本身是采自北方或南方？在南方，某些现存部落和阶级的口述传统中宣称他们与西北方有古老关联，这文物也许可证明此点。在罗马时代的诗歌中，一个部落（靠近阿迪查纳卢）号称其祖先可回溯48代！

这个铁器时代文化在公元前最后一个世纪发展成城市文明，在公元前3世纪与孔雀王朝接触后遂采纳其文字。南方三大历史王朝——朱罗、潘迪亚和帕拉瓦（Pallavas）——最初在阿育王的敕令中被提及，从此在历史上出现。但麦加斯梯尼在公元前300年就有潘迪亚王国的记录，有人告诉他，此王国的女神是"赫拉克勒斯的女儿"，而王国军队拥有500头战象、4000名骑兵和（非常不可信）12万名步兵。尽管如此，在阿育王的敕令中，这些显然是强大而不可小觑的王国。它们静躺在克里希那

上图：公元前 2 世纪的希腊史学家波利比修斯写道："在早期，世界史由一连串毫不相干的事件组成，径自发生在彼此隔绝的当地。但从现在开始。历史成为一个组织严密的整体：欧洲与非洲的事务和亚洲以及希腊息息相关，所有事件相互交织，促成单一结局。"

河和严苛干涸的德干高原之外，孔雀王朝从来没有能力将它们纳入帝国版图。这些都能帮助我们了解南方令人惊异的文化持续力。

早期泰米尔王国与西方的接触

希腊人自公元前 1 世纪就知晓潘迪亚王国，马杜赖后来出现在托勒密（Ptolemy）[25] 的世界地图上。无独有偶，希腊人也出现在泰米尔诗歌中——他们是居住在某种殖民地

[25] 90—168，古代天文学家、地理学家和数学家。

的皇家佣兵，在街道上到处走动，像观光客般瞠目结舌的"愚笨的外国人"。诗歌中还有令人着迷的段落，提到希腊－罗马雕刻家在此地工作，在此城和泰米尔纳德邦全境内出土的成堆罗马货币为此景增添色彩，为我们在谬济里斯所见和罗马世界的商业贸易的更进一步证据。在公元前21年，奥古斯都大帝治期，一个潘迪亚使节团经海路从马杜赖远赴罗马。

马杜赖自这时期开始抵达文化巅峰。据传，此城是泰米尔诗人的"桑迦姆"（sangam），也就是学术中心。实际上，在泰米尔文学中，存有数个更早期、诺亚大洪水前的传说，但在罗马时期的一个传说应该为真。早在公元前2世纪，这个诗歌传统便是语言学分析的主题：泰米尔论及文法和诗学的最早期论文《妥迦比艳文集》（*Tolkapiyam*）中便假设有更为古老，但已逸失的诗歌。现在只存此书的残篇断简，其中有部《世界颂》（*Purananuru*），总共收集自1世纪的400首情诗和战诗，是涵盖150位诗人的诗集。无论男女，这些是诗人阶级的书写表现，得自于口述传统。这些诗歌包括对国王日常作息、功绩和战役的颂诗——活泼粗野、血腥但热爱生命——与后来称霸南方大众文化的泰米尔宗教诗歌的中世纪传统截然不同。尽管早已受到北方婆罗门文化的影响，他们所描绘的早期泰米尔王国图画让我们得以一窥前亚利安印度的文化景观。毫不意外的是，罗马时期的泰米尔诗集不但包含伟大的战诗，也收集情诗；诗人以心理学的写实主义和坦然的描写来描绘男女关系。

　　我的母亲怎么成为你的母亲？

　　我父亲对你而言又算什么？

　　你和我是如何相遇的？

　　但在爱情中，我们的心宛如红色泥土和倾泻的大雨：

　　紧紧交缠。

早期泰米尔文学传统另一个迷人层面是城市本身成为诗歌主题，它是一处魅力无穷、丰饶和奢华之所，与外国接触频繁，充斥着社会自由和性自由。城市生活开阔了身体、文化和心理的视野，文集中有拥挤的市集、寺庙和辩论厅的精湛描写，甚至通过希腊佣兵和泰米尔国王与酋长畅饮外国酒的场景流露异国风情。一首著名的泰米尔传统诗歌《马杜赖的花环》，灵活呈现了潘迪亚国王耐栋耆利衍（Nedunjeliyan）治下的活泼城市。诗中说，从几里外就闻得到从城市飘散而来的花朵、奶油和焚香香味：

"城市内插满旗帜，它们在贩卖食物和饮料的商店上随风飘扬；街道上人群川流不息，各种种族在市集内进行买卖，或跟着流浪乐团和音乐家高声歌唱。"这首诗在一个段落里描写寺庙周遭的摊贩，他们贩卖甜蛋糕、花环、香粉和槟榔。在另一个段落里，它列举某些在商店里工作的工艺匠——"用海螺打造手镯的男人、金匠、衣服商人，制作衣服的裁缝师；铜匠、花商、檀香商人、画家和编织工人"。这些可能仍是今日景观，马杜赖以延续历史传承的惊人能耐而闻名；潘迪亚王朝起起落落，但一支遥远支系在希腊和罗马人时期便已称王，而在英国于 1805 年开始统治时，这支旁脉仍旧掌权。

破解一个失去的古典文明

泰米尔文学像任何西欧文学一样丰富——只不过希腊和拉丁文学的历史较为悠久。尽管如此，罗马晚期和中世纪早期的泰米尔文学大部分都已佚失，直到 19 世纪才重新发现，但耆那教徒和佛教徒所写的某些文学作品则永远灰飞烟灭。当印刷术取代手抄本时，西方教育方式取得优势，欧洲基督教文学经典的价值大幅提高，棕榈叶（贝叶）手稿被视为毫无价值，因此遭到毁损。

19 世纪中期，重新寻回这些逸失手稿的工作才再度展开，斯瓦米纳斯·艾亚尔（Swaminath Aiyar）这位学者当时只是学生，他认识了一位地方长官，后者向他透露，古老经典的手稿仍然存在。艾亚尔在他精彩的自传（1941）中描述，在接下来的数十年内，他不辞劳苦地坐着火车和牛车在南部来回奔波，在古老的棕榈叶手稿被丢掉或当垃圾烧掉前努力抢救。令他极为惊讶的是，当他在如贡伯戈讷姆（Kumbakonum）这样的寺庙城镇探究时，他甚至会在无意间撞上传统的鲜活传承，比如，泰米尔耆那

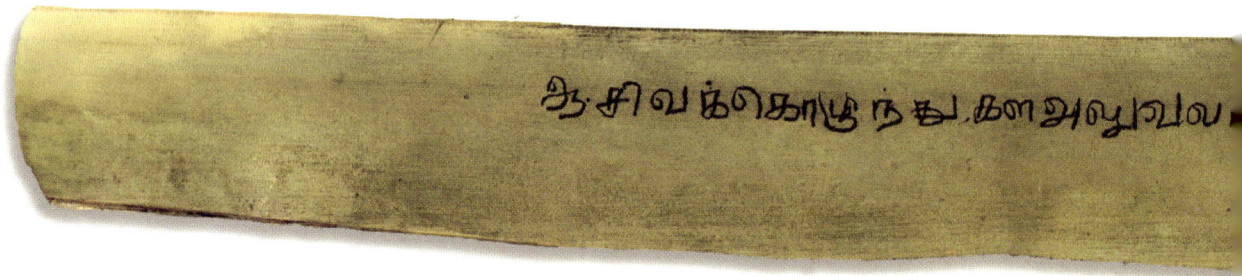

上图：棕榈叶长条经尖头雕刻，然后抹上灯黑颜料，显现文字。泰米尔学者斯瓦科卢杜博士为我写下这片棕榈叶，以展现古老手稿的制作过程。

教徒举行的年度古典诗歌朗诵会。这也曾让我大吃一惊,我发现,即使在现在,这类阐释的传统仍存在于泰米尔纳德邦乡间的小型耆那教社群。

现今,中世纪的学者最欣赏的五部经典史诗,其中二部已经逸失,一部尚待从泰米尔文译出。虽然大部分的早期诗歌已经不复存,但今日,我们仍能在私人收藏家手中发现手稿。拍摄节目时,我在马杜赖联络过的泰米尔学者打电话给我,说他有新发现。在一个风和日丽的春天早晨,我们安排在米娜克什庙碰面。旭日光芒斜照塔门,在女神寺庙的金色屋顶璀璨闪烁。我们在靠近寺庙办公室那片阳光遍洒的小庭院中,坐在苦楝树下,而斯瓦科卢杜博士小心翼翼地打开手稿,手稿来自城市外一座村庄的古老家庭。那份手稿是《西拉巴提伽拉姆》(*Silapaddikaram*)这部史诗的 18 世纪手抄本,写于 4 世纪或 5 世纪,部分场景设在马杜赖。

薄薄的长条棕榈叶以孔环联结在一起。棕榈叶用尖锐的金属头雕刻,然后抹上灯黑颜料显现字体。《西拉巴提伽拉姆》相当像莎士比亚晚期的一出戏剧:一个描述爱情与热情、错误身份、船难和海象万变,以及命定巧合的故事。这故事的角色和地点都反映着《厄立特里亚海航行记》的时代:因海外航程而致富的经历、雄伟的宅邸、迷人的妓女、珠宝、精致的华服……故事里有年轻情侣,船长的女儿卡纳基"身材妖娆",商人的儿子果瓦兰是"大宝神的化身"。故事发展到高潮,如黛斯德蒙娜(Desdemona)[26] 的手帕般,卡纳基的名誉遭到诋毁,她丢失的踝饰为她带来灾难。故事背景则是国际贸易繁盛的年代,"耶梵那人(Yavanas)[27] 的漂亮大船破浪而来",抵

---

[26]　莎士比亚戏剧《奥赛罗》(Othello)中的女主角。
[27]　指希腊人。

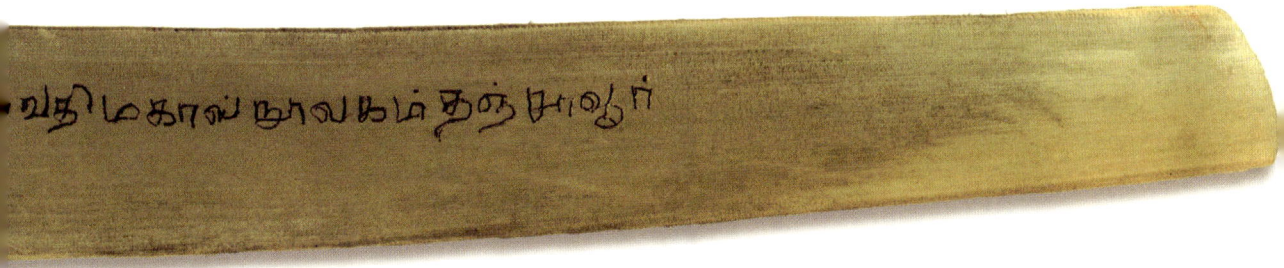

达泰米尔纳德邦最伟大的海港普哈（Puhar），或说卡维利帕南（Kaveripatnam）。今早，太阳升起于漆绘鲜亮的门楼，寺庙钟声悠悠响起，斯瓦科卢杜博士开始朗诵印度最古老、至今仍存的古典语言：

> 伟大知名的国王嫉妒普哈这座丰饶城市
> 那些渡海贸易商的惊人财富。
> 从外国土地来的船只和旅行商队倾倒
> 数不清的稀罕物品和多样商品。
> 整个世界都抚触不到这份宝藏，
> 它将要在汹涌的海浪上远渡重洋。
> 莲花眼的坎拿蒂和她亲爱的丈夫至为幸运：
> 他们是高层人士，像他们的父亲，也是大笔财富的继承人……

　　故事的背景在马杜赖和现已消失的城市——卡维利帕南之间游移，后者的寺庙和"高大宅邸"矗立在高韦里河河口，后来或被海浪冲走，或遭沙丘掩埋。现今，水下考古学家正探索浅浅的海床，希望能发现破碎建筑的残壁断垣。在内地，于森林夹道的路径尽头，屹立着消失宫殿的古老红砖地基，而古老寺庙里的祭司仍在诉说着沉入海中的辉煌城市的传奇：普林尼和托勒密称其为"卡维利市场"。泰米尔史诗则颂赞其为"普哈市，名声响亮如天堂，充满邪恶的欢愉"，这城镇到处都是"船只或旅行商队带来的外国珍品……喜马拉雅山脉的黄金、南海的珍珠、孟加拉湾的红珊瑚、恒河和高韦里河的农获、锡兰的五谷和缅甸最稀罕的奢华品"。

新世界：与中国的贸易

　　如果我们综合泰米尔诗歌、希腊和罗马旅游指南、契约和地理志，就可得到印度向世界开启的伟大故事。《厄立特里亚海航行记》也提供了印度与中国贸易之开端的细微线索。根据《厄立特里亚海航行记》，泰米尔人主宰印度东岸的贸易，他们劈开原木，制作大型航海双体船。作者说，从泰米尔土地沿着奥利萨海岸往南驶，

> ……海岸开始往东弯曲，海洋在右，土地在左；最后恒河映入眼帘……印度

上图：在丝路的支线上有面佛教雕刻，描绘佛陀授道场景。从 1 世纪开始，中国佛僧的印度之旅对中国和东亚史都产生重大影响。

最伟大的河流，像尼罗河般带来季节性泛滥。恒河边有个与其同名的贸易海港要冲，恒河镇，经由此地输出印度月桂、芳香油膏和梨子，以及质量最佳的麦斯林纱，称之为"恒河纱"。越过这个国家，一片非常庞大的内地静躺着，它叫做中国，从那里经由陆路带来生丝、丝线和中国华服⋯⋯

希腊航海家所提到的恒河海港，它的货物经由陆路运往中国，现在，我们通过最新的考掘知道它是坦路克（Tamluk），它现在仍屹立于胡格里河的支流，位于西孟加拉国，加尔各答南方 30 英里。港口现在淤泥阻塞，长满棕榈森林，成为印度那些被人遗忘的缥缈角落之一。它曾是古老的耽摩栗底（Tamralipti，即多摩梨帝国），从阿育王的时代开始就是一处繁荣海港。地理学家托勒密在 2 世纪曾经提到此地变成一座著名的佛教城市和学术中心，城里有 22 座寺院，后来名闻遐迩的旅行家玄奘在 7 世纪曾住在此。印度和中国两方的记载都显示，此地是通往中国最重要的起点，因为它是三条大贸易线的要冲。第一条是我们刚旅行过的海路，从东岸驶下南印度和斯里兰卡，越过阿拉伯海抵达西方。而抵达中国的古老路径有两条：横越孟加拉湾到爪哇、苏门答腊和印度支那的海路，以及经由北印度，翻越喜马拉雅山脉，抵达和田，连接丝路的这条陆路。此地在 7 世纪仍是个重要佛教城镇，直到 15 世纪，中国旅游指南和地图仍标示此地，但后来因为淤泥阻塞，遂失去其重要性，先被东印度公司的钻石海港（Diamond Harbour）、最后被加尔各答取而代之。

我们现在抵达历史的重要转折点。在新世界秩序浮现之际，"恒河河口的城市"位于世界贸易路径的枢纽。在《厄立特里亚海航行记》中，作者在列举从红海到非洲东部，远至占吉巴岛（Zanzibar）[28]、阿拉伯半岛、波斯湾和印度海岸的所有港口后，这是最后一处停留站。自那里之后，路径未明："中国难以抵达"——《厄立特里亚海航行记》的作者在公元 70 年左右，和一群老水手坐在地中海岸的酒馆中如此作了结论（"像绕着池塘的青蛙"——柏拉图如是说）。"鲜少有人从那里来，去那里的人也少。"越过此地则是旅行家诉说迁徙人民和游牧贸易商的故事，他们带着货品翻越山口到中国。而我们这位来自"记忆之城"亚历山大的水手写下这段谜般的最后话语："超越这些地方的疆域（比如中国）冬季漫长，霜害严苛，难以抵达，是未经探索的土地——也许亦受某些神明庇佑……"这就是 1 世纪 70 年代的地理知识。但当丝路开启，东方和西方终于能进行第一次直接接触时，这份知识迅速得到拓展。在那位老迈的航海家于亚历山大放下笔的同时，历史事件在遥远的东方急促开展，开启了印度史中另一个新纪元：一个有关遗失的宝藏、遗忘的帝国和个人戏剧的精彩故事；一个影响力可能相当于莫卧儿或英国的帝国故事，今日却被人淡忘。而这故事的起点在印度远处，靠近中国边陲，超越汉朝的第一道万里长城，在那里，一批被称为月氏的人民战败沙场，沿着塔克拉玛干沙漠的炽热荒地被赶往西方，在世界史中迎接他们的新命运和新地点。

贵霜王朝的长征

今日，我们习于通过国家边界的形式，来绘制我们的心理地图，了解人类地理。但大部分的历史并未如此截然分明。人类的迁徙和移动如同物质的溶解、重新形成和合并，横越地球表面一大段距离，无远弗届。印度屹立在旧世界的中心，从史前时代到现代都承受着这类潮起潮落。印度虽然常被描绘为静态文明，抗拒改变，但实际上，它是个极不稳定、不断丕变的文明：它的文明边疆曾拓展到远超过今日地图的边

---

[28]　位于坦桑尼亚。

界。达罗毗荼人、亚利安人、希腊人、土耳其人、阿富汗人、蒙古人、莫卧儿人、英国人……全都扮演了各自的角色，将新语言、文化、食物和概念带入印度认同的深邃内核里。它的历史为本土与外国不断互动的潮汐。贵霜王朝亦是如此，即使以印度的标准而言，它的故事仍旧开启了惊人视野。故事开展于新疆塔克拉玛干沙漠的荒地，在火焰山饱经岁月侵蚀的阴影之下，于吐鲁番炽热的绿洲和罗布泊的碎石荒原上。最近在此有项古怪的发现：红发人的木乃伊，有着高加索人的相貌。保存在佛教石窟的文字显示他们说印欧语言，为这一大语系最东端的旁支，与梵文、希腊和西方语言深具关联。这民族有许多自己给的封号，（令人吃惊的是）今日，在德里南方朱木拿河河岸的温达文（Brindavan），也就是"黑天（克里希那）之镇"附近的农夫仍然记得他们的一个名字。在托查利提拉（Tochari Tila，吐火罗族之丘），统治者在权势巅峰时期统治从中亚到恒河的疆域，他们自己建造了一座家庙。我们知道他们建立的是贵霜帝国，稍后将解释此名称之由来。

他们在历史上首度出现在中国史书中，被称为月氏，这民族越过万里长城的蛮荒地带，威胁着中国边境，而万里长城仍旧依山蜿蜒，从嘉峪关的天门延伸进塔克拉玛干沙漠的沙尘暴内。这第一道万里长城由汉朝在公元前200年左右兴建，用以防御这类蛮族和游牧民族。后来，月氏被汉朝军队打败后，收拾帐篷，往西进入位于西藏北方的塔里木盆地。他们统治和田一段时间之后，往西迁徙，在公元前160年至前120年间进入中亚和大夏。

在一个世纪内，他们摇身变成兴都库什山脉北方阿姆河地区的强权统治者。中国人记载道，他们有90万人，分成四个部落，其中一个部落的名字流传至今：贵霜。《后汉书》提到一位叫丘就却（Kujula Kadphises）[29] 的国王，他是贵霜王朝开国君主。他统一了"大月氏部落"，侵略喀布尔谷地、犍陀罗和克什米尔，后来以80高寿死去，也许在公元80年左右。在接下来的10年或20年间，他的儿子无名王（Vima Takto）[30] 将北印度纳入贵霜疆土，而"从这时开始，"中国人记载，"月氏变得极为富有"。我们现在也可以在西方史书中找到他们的身影：希腊史学家曾经写道，大夏，这个波斯和希腊帝国在北阿富汗的老省份，遭到神秘外族并吞。因此，在1世纪晚期，就在《厄立特里亚海航行记》为我们描绘地中海和印度洋间的精彩世界的同时，贵霜

---

[29]　30—80，贵霜王朝开国国王，45—77 年间在位。
[30]　80—105 年在位。

的势力已从大夏翻越兴都库什山脉，进入犍陀罗和西北印度。贵霜帝国在短时间内成为世界强权，进而控制亚洲最重要的二条陆路。

　　一旦进入阿富汗和印度河流域，与印度及印度－希腊文明有所接触后，贵霜文化开始惊人的转变。在这些地区的印度－希腊王国（Indo-Greek kingdoms）[31] 长久以来是多语言的国度，他们甚至用希腊和梵文铸造货币。现在，贵霜人采纳希腊文字和语言，用于自己的碑文和货币。之后，在 2 世纪早期，他们引介自己的"亚利安"语言，但仍使用改良过的希腊文字。我们今日知道他们的语言是大夏语，最近才通过新碑文，以及兴都库什山脉北部的一处贵霜遗址所出土，写在皮革、棉布和木材上的大量信件、契据和其他文献的协助下解开密码。这些发现也揭露他们的文字在阿富汗北部持续使用了数个世纪，直到伊斯兰时代为止。令人叹为观止的是，许多字眼仍沿用至今日的日常语言中，包括那些源自希腊文的字。

　　贵霜人在一代或两代内，就从兴都库什山脉和喀布尔谷地，从开伯尔南下白沙瓦，横越旁遮普，侵入北印度，最远曾达朱木拿河旁的秣菟罗。这究竟在何时及如何发生仍不得而知。但根据中国人对贵霜兴起的记载，丘就却的一个儿子是征服者，后来"被指定为统治印度的将军"。这应该就是无名王，他以希腊文字铸造货币，自诩为"万王之王－伟大的救世主"。无名王可能就是在 78 年开启新纪元的统治者，后来成为萨喀王朝（Shaka era）[32]。今日，印度报纸头版在基督教纪元的年代旁仍并列萨喀纪元。就这点而言，贵霜人的确可自诩为"印度国王"。

　　这段精彩故事最近才因大夏语的解译而得以拼凑完成。在这片历史美景中，我们可以为现代几处最优异的考古发现找到定位，最震惊全球的发现是在第二次世界大战前夕、喀布尔北方的贝格拉姆（Bagram）的考掘。

一个被遗忘帝国的宝藏

　　靠近查里喀尔（Charikar）的贝格拉姆。那条大型飞机跑道原先属于苏联，现在纳入美国对抗塔利班的军事基地。巨大的大力士运输机夜以继日地轰隆作响，F-116 则以

---

[31]　于公元前 180—公元 10 年间，建立于印度西北和北部的诸多王国，起源为希腊人，疆域曾横跨今日的阿富汗、巴基斯坦和印度各一部分。

[32]　中国史书称为塞族，亦称塞人。萨喀元年为 78 年，印度和东南亚多国使用，是一种重要的纪元。

刺耳的爆裂声起飞。跑道静躺在喀布尔平原，往北眺望是兴都库什山脉皑皑白雪覆盖下山巅的壮丽景致。前方，棕色泥砖房屋点缀在绿油油的田野——典型阿富汗堡垒农场——潘杰希尔河（Panjshir river）上方有一块陡峭的岬角，此地被称为阿卜杜拉的城堡。城堡对角线约 300 码，城市外围的城墙延伸至南方几近半英里。这是亚历山大大帝建立的希腊城市的遗址——高加索人称之为亚历山大，后改名为迦毕试（Kapisa），是贵霜帝国的夏都。1937 年，法国考古学家在此挖掘到阿富汗最大的艺术宝藏：包括远至中国和地中海的各类丝路工艺品，制作于 2 世纪。他们发现印度象牙背椅、汉朝的漆盒，以及亚历山大和叙利亚的希腊玻璃制品，包括一幅世界七大奇观之一的玻璃画，此外还有法洛斯灯塔。出土文物还有希腊雕像和银器、灰泥铸模，以及希腊神话肖像，包括丘比特和被宙斯强暴的伽倪墨得斯（Ganymede）[33]。这个独特的融合是贵霜治下的城市具有大城市本质的见证，让人联想到阿富汗作为中亚、印度和地中海间歇脚地的那个辉煌年代。

贵霜国王的夏都就在此地，1937 年挖掘出的建筑物也许是宫殿宝库。文物的极度精致和品味显示艺术鉴赏家的敏锐，它们或许是外交礼物，我们可借由这些文物感受到派遣至汉朝和哈德良治下罗马的贵霜使节团文化水平之高。这是所有古典时代的强权间进行外交和商业往来的时代，而贵霜帝国屹立在中心位置，位于东西方间陆路和海路的要冲。第一场东西交会发生在此时丝路的中亚路段，当时，希腊人和罗马人的商队在塔什库尔干的白塔与中国人会合。这里是欧洲和中国的中继站，位于今天中国新疆和塔吉克斯坦的边境。这是个和平时代，从黄河到哈德良长城的大部分地区都歌舞升平。因此，吉本在一个著名片段里描述这个时代为"世界史上最幸福的年代"。

今日，于蒙古、中国（包括西藏自治区）的佛教传说中可见贵霜印度最伟大统治者的身影。在日本，他甚至成为最著名漫画书之一的邪灵。在斯里兰卡和南亚，他是佛教的四个柱石之一，虽然这位统治者的神庙和货币都显示他也膜拜波斯火神、赫拉克勒斯和雅典娜。在印度，他是位暴君，一出著名宗教戏剧表演他的故事以兹纪念。但这位统治者却神秘无比，直到最近，我们甚至都无法确定他活在第几世纪：他就是迦腻色迦大帝（Kanishka the Great）[34]。

---

[33] 宙斯看上迦倪墨得斯的美貌，化身为老鹰，攫住迦倪墨得斯，将他带往奥林匹斯山神殿，使他成为其爱人。

[34] 127—151 年间在位，宣扬佛教，帝国势力达到鼎盛，被视为欧亚四大强国之一。

苏哈拾塔尔："红色山口"

尽管从苏联在 1979 年入侵后，战争频繁，毁灭重重，但自 20 世纪 50 年代起，迦腻色迦的关键铭碑证据便一一在阿富汗出土。自我最后一次拜访阿富汗的十年间成果丰硕。

离普－伊－昆利（Pul-i-Khumri）几英里外，在兴都库什山脉北方，是一片宽广谷地，春天开满高山花朵。沿着山脚，道路往南通往阿姆河，旅客可能很容易便错失此地，完全不晓得左边的山丘露台是古代人造建筑，是一座辉煌皇家圣殿的基台。此地有一座耸立在铺石庭院的神庙，列柱门廊围绕，从谷地前来时，举目可见一道五段阶梯的巨大楼梯，每段阶梯都通往一处宽敞的露台。这是阿富汗最庞大的考古发掘之一的遗址：贵霜帝国帝王的家庙。家庙内矗立着一座帝王的大雕像，他穿着图案精美的贵霜长袍和马靴，一则铭文指出，这是迦腻色迦献给自己的神庙。2001 年 4 月，国王在喀布尔博物馆的肖像为塔利班偶像破坏者捣毁。当时，信息部部长在实际国家领导人毛拉·奥马尔的催促下，下令进行一个持续五天的破坏行动，捣毁所有人类雕像。迦腻色迦傲然站在博物馆入口的雕像底座，化为尘土和碎石堆，但好在还有一幅几乎相同的全身画像在另一座贵霜皇庙出土——在印度内地的秣菟罗——画中的男人穿着同样宽松的长裤和外套，配戴仪式权柄和大刀，以及装饰繁复的马靴。多么精致的马靴！通过大而翘起的脚趾，你可以想像它们长途跋涉，横越罗布泊的碎石荒地，和帕米尔高原以及兴都库什山脉的累累岩石。

就像印度其他外来王朝，贵霜王朝对宗教不甚热衷，没有兴趣创立国家宗教。苏哈拾塔尔（Surkh Khotal）的铭文显示，迦腻色迦的祖先崇拜波斯神祇，在他们征服犍陀罗后，他们也膜拜希腊众神。迦腻色迦在他的保护神中加入太阳神、锻铁之神和月神，加上巴比伦神祇，比如丰饶女神娜娜，甚至综合希腊－埃及－巴比伦特色的塞拉比斯（Serapis）[35]。他的儿子胡毗色伽（Huvishka）[36] 的货币上出现印度名字，比如湿婆和其子塞犍陀（Skanda）[37]。迦腻色迦最令人惊叹的货币之一铸刻有着光环、身着罗马长袍的佛陀，它被称为"伯多"（Boddo）。在苏哈拾塔尔，离谷地仅 1 英里左

---

[35] 古埃及冥府之神。
[36] 在位期间 155—183 年。
[37] 为战神。

右，就在大阶梯旁，屹立着一座同时代的佛教寺庙遗迹，
里面的雕像都是显赫人物。这里是大夏、波斯和希腊
艺术首度融合的地点，引发极具表达性的北印度犍
陀罗艺术兴起，后者是世界上最有活力的艺术传
统之一，在印度艺术史上扮演关键角色。

从苏哈拾塔尔顶端可眺望普利昆利和远方兴
都库什山脉在卡瓦克山口（Khawak Pass）上层峦
叠嶂的美景。不幸的是，最近十年内，此地遭到损
毁和掠夺：通往山脚的大露台有着装饰繁复的阶梯，
被凿空并弃之不顾；现在，神殿的希腊风格列柱已经模
糊难辨，柱底被弃置一旁。但这地方仍旧反映了迦腻色
迦的谜般特色：他对东西方神祇的浓厚兴趣，他大力支
持佛教，他提倡艺术，他以罗马黄金标准来测量帝国财

上图：迦腻色迦的金币上，典型的中亚外套
和马靴，也许还暗示了暴躁难处的个性？

力的严肃经济态度……他留下来的传奇越过东方世界，直抵中国，但在这些伟大功绩
后面的男人仍是个模糊阴影。我们在阿富汗山丘间的苏哈拾塔尔可想像他的丰功伟业，
捕捉到大力扩张版图的年代，以及这个精力充沛、活力十足、自视甚高的男人的余韵。

卡非尔城堡的发现

迦腻色迦的生卒日期，甚至他生活在第几世纪，长久以来学者争论不休。我们亦
无法确定，他前后帝王的次序和名号，而贵霜帝国在 3 世纪衰亡。但这幅神秘面纱在
最近几年被揭开。1993 年在塔利班战争中发现一段碑文，其中重写了中亚和印度这时
期的历史。它在萨耶德·杰法的领地中出土，杰法是当地首长以及普－伊－昆利一个
显赫什叶派家族的家长。出于奇特的机遇，我于 1995 年冬季翻越兴都库什山脉进入北
阿富汗后，有幸在杰法家中留宿。他那时给我看石碑的一张照片，明眼人可立即看出
那是用希腊字母写的大夏文。但在那时还没有人知道它的重要性，因为大夏文尚未获
得充分了解。杰法说，那块石碑来自卡非尔城堡，离迦腻色迦在苏哈拾塔尔的家庙不
远。最近几年，在破解文字后，它成为早期印度史中最具意义的一项新发现，因为碑
文里描述的迦腻色迦不仅是贵霜君主，还是印度帝王：

上图：20 世纪 90 年代在兴都库什山脉北方的罗塔克出土，这块碑文成为解译大夏文的关键文物，引领我们发现迦腻色迦的家谱，以及他远抵孟加拉国、征服印度的事迹。

　　伟大的救世主，贵霜的迦腻色迦，为公理、正义、神权和神祇的化身，值得万民景仰，他从娜娜和所有神祇那里得到王权。他开创第一个纪元⋯⋯发布希腊文敕令，然后改写成亚利安文⋯⋯在迦腻色迦元年，他宣称拥有印度及所有刹帝利的主权⋯⋯他的统治远抵□城、沙祇古城、憍赏弥、巴特纳，远至斯利康帕（Sri Campa）⋯⋯对任何臣服在他意旨下的统治者和显赫人士来说，整个印度也臣服于他的意旨之下⋯⋯

　　令人吃惊的是，这碑文里混合了各地神祇：从美索不达米亚的娜娜和月神乌玛，琐罗亚斯德教的智慧神祇阿胡拉马兹达（Ahura Mazda）[38]，波斯神祇斯洛哈、纳拉萨和密尔，它们的肖像都在皇家神殿展现。这个国际多神主义的正面态度也反映在迦腻色迦和他儿子那些描绘各类神祇的货币上——波斯、希腊、印度和佛教神祇齐聚一堂。对历史学家而言至为关键的是，卡非尔城堡的碑文也包含了迦腻色迦的祖先列表：

---

[38]　琐罗亚斯德教最高神祇，创造世界、保护人类之神。

　　……他的曾祖父是丘就却，他的祖父是无名王，他的父亲是阎膏珍（Vima Kadphises）[39]，而他自己是迦腻色迦，万王之王，神族之子……祈求写在这里的诸神保佑万王之王，贵霜的迦腻色迦永远健康、幸运和出兵获胜，愿天子从元年开始统治印度，绵延千年……

　　因此，现在，我们首度拥有贵霜帝王列表，我们可以在历史中为迦腻色迦找到定位。他是哈德良的同期人物，哈德良在英国北部建造长城；他也与安东尼·庇护同时，两人曾交换使节团。他在位期间约为120年至150年，他的元年可能是127年。这碑文也提供迦腻色迦帝国版图辽阔的崭新证据：他是"印度所有人民的统治者"，版图从沙祇古城（今日的阿逾陀），横越阿育王的旧都巴特纳，直到斯利康帕的整片恒河平原，而在比哈南方平原的巴加浦（Bhagalpur）仍有尚未挖掘的巨大土墩，此地曾出土大量佛教早期文物。

　　现在，我们可以描绘出贵霜帝国的版图：当时，从位于新疆的丝路城市和田到阿富汗（其中夏都位于迦毕试——巴格拉姆）越过开伯尔山口到春宫白沙瓦，进入印度平原，冬宫则在秣菟罗，然后，南下恒河到孟加拉国边境——全长几近3000英里。当然，它不太可能是个统一的帝国：我们可以想像由亲戚、小国王和省长统治的省份，他们控制献礼和采邑，扣押人质和接受贡品。但他们的统治在印度史中提供莫卧儿的雏形，并埋下印巴分治的种子。

"繁花之都"白沙瓦

　　"啊，白沙瓦，普鲁什普拉——繁花之都。"赞胡·杜拉尼说，眼神闪耀着光芒。我们初识于12年前，当时，他协助我们经过白沙瓦，我们正追随亚历山大的脚步从开伯尔北上卡非尔斯坦（Kaffiristan）[40]。赞胡穿着苏格兰呢夹克，打着丝质领带，显得洁净清爽，他热心助人，效率十足，拥有丰富的当地知识，并深爱他的出生城市；我也是。毫无疑问，白沙瓦是次大陆中风景最优美的地方之一。

　　"莫卧儿王朝的创立者巴布尔非常喜欢这个城市，因为它有大片绿地和壮丽的花

---

[39]　贵霜帝国第二任国王，77—101年在位。
[40]　阿富汗东部多山地区。

园，而肥沃的谷地开满花朵，结实累累。现在当然稍有不同啦！"

赞胡来自一个古老的白沙瓦氏族。他的老家仍旧矗立在布卡拉和撒马尔罕商人聚集的旧城区位于高处的迷宫街道中，靠近莫卧儿驿站。壮丽的宅邸有精致的木窗，雕刻精美的阳台，豪华的装饰性雕饰，它们使古老的白沙瓦成为次大陆最如诗如画的景点之一。赞胡参与联合国教科文组织的计划，想及时抢救这些古宅。我们停驻在一栋兴建于18世纪的华丽木制清真寺，庭院灿烂阳光遍洒。尽管这城市至少可回溯到大流士时代，赞胡却认为，直到丝路开启才改变了这城市的经济："看见那个木头雕刻了吗？那个镶嵌细工？全都是骆驼商队从布卡拉运来的。每个小地方都是！你瞧，数世纪以来，此地是文化的万花筒，民族的熔炉，而自有史以来，就是从阿富汗山丘南下的流浪人士的庇护所。"在一个阳光普照的日子，我们从开伯尔南下。尽管南方赫尔曼德省（Helmand）和坎大哈的冲突越演越烈的谣传甚嚣尘上，但通往阿富汗的道路没有封闭。这条古道是喀布尔的生命线，好几排货车轰隆隆等着驶过道路。

从山口的尽头往东前来，白沙瓦平原在眼前无尽伸展，离此12英里外则是壮观的古老碉堡巴拉希萨尔（Bala Hissar）[41]。即使在20世纪70年代，从此地依然可以看见庞大的骆驼商队蜿蜒而下，直抵平原，抵达白沙瓦的客栈和市集。

我们在吉萨卡万尼市集停下脚步来喝茶，这里号称"说书人的市集"。赞胡说，这封号来自古老年代，那时，旅客和商人在此碰面，交换小道消息和观点，而职业说书人则吸引商人和路人的兴趣。"在维多利亚女王时代，"赞胡说，"白沙瓦的英国行政长官爱德华·赫伯特爵士，将此地描述为'中亚的皮卡迪利（Piccadilly）[42]'。"尽管久远以前就看不到说书人的身影，街道仍旧热闹非凡。色彩缤纷的水果摊和甜点铺竞相博取你的注意力，窄巷里的餐厅卖着令人眼花缭乱的烤肉串、烤肉和刚出炉的扁平面包。茶和小豆蔻的香味混合着檀香、焚香和烟草味在空中弥漫，走过这些窄街，你会发现自己淹没在炊烟和茶壶的热烟形成的云朵内。

我们前往皮帕曼迪（Pipal Mandi），一棵古老菩提树树荫下是贩卖衣服、羊毛织品、坚果和果干的摊位。此地在白沙瓦民间传说中是个著名地点，因为据说迦腻色迦在此祀奉佛陀的托钵。传说迦腻色迦的坐骑大象向这个托钵下跪：帝王没办法移动它，便在它四周兴建寺院和佛塔。这个托钵在5世纪成为朝圣重心，穷人膜拜它，在它上

---

[41] 据传是大夏王国的都址。

[42] 伦敦市中心和闹区。

面洒花，并以印度教的方式让食物得到加持。据说，迦腻色迦也在此种了一棵菩提树苗，就是那株佛陀在菩提迦耶正觉的菩提树。这棵树后来也变成佛教朝圣路径的停驻点。一位早期中国朝圣者说"它的树枝向四方开展，繁茂的树叶遮蔽天空"。菩提树下是四尊巨大的坐佛雕像，现已不复见。但今日的菩提树仍旧生气勃勃，商店有的盖进它的树干，有的围绕在树干四周，它长长的树枝穿越商店屋顶，黄包车在小巷内急急忙忙地冲撞，毛毯商人大声叫卖。即使在现在，它依然有股真正的中亚氛围：市集商人贩卖亚历山大的银币、东印度公司那些装饰着印度教神祇的卢比铜币，以及维多利亚作为印度女皇的银币。商人卖的还有老式英国恩菲尔德步枪，以及在白俄罗斯人脆弱的政体瓦解前，在圣彼得堡的帝国工厂制造的手绘瓷器茶壶。简言之，在此，你可以看见古老和现代战争留下来的历史残骸，令人目不暇接。最近的大发现是贵霜货币，特别是传说在多拉波拉山区后方靠近加德兹山丘内出土的那一批。我们喝茶时，欣赏迦腻色迦的红铜和银制货币——这些是往昔时光的遗物。当时，阿富汗不是吞噬生命、武器和弹药的黑洞，而是一片祥和之地，世界文化的桥梁和中继站。

婆娑世界最伟大的建筑

我和赞胡搭乘出租车从白沙瓦的拉合尔门驶出，但这次的历史之旅似乎希望渺茫。如我们所见，迦腻色迦支持所有的宗教——与其他伟大的印度帝王不谋而合，举如阿育王、旃陀罗笈多、戒日王（Harsha）[43] 和阿克巴大帝，他们可能是出自贸易帝国的实际商业理由。但他也以身为佛教的四柱石之一而闻名，他在白沙瓦建造了一座可号称世界第八奇观的建筑：一座对角线达 300 英尺的佛塔，根据中国朝圣者的描述，其巨大的金属和木制伞盖及小尖塔耸立达 600 英尺高。倘若这些中国朝圣者的说法为真，这是当时最高的建筑，而当法显于二百五十年后来到此地时，佛塔仍旧屹立不摇。"旅客在旅程中所见的佛塔和寺庙都无法与之比拟，这座建筑庄严美丽，壮丽辉煌。现在有句谚语说道，这是阎浮提（'南赡部州'，婆娑世界）最精致的佛塔。"

后来的许多奇谈诉说着迦腻色迦兴建佛塔的故事。其中一个在中国尤其是西藏重复出现的传奇说，佛陀自己曾预言佛塔和兴建的帝王的名号，后者还会保护佛教；当这预言时刻要成真时，一位仙童领着迦腻色迦到这地点。

---

[43]　590—647，统一北印度的佛教君主。玄奘留学印度时，正值戒日王时代。

上图：白沙瓦外，在迦腻色迦的佛塔原址上兴建的苏非庙。这遗址包含了佛教、印度教和穆斯林的遗迹，这座庙是最新的建筑。

　　另一位到印度的中国朝圣者在 7 世纪 40 年代留下更多细节，他就是著名的玄奘。这却加深了神秘性。玄奘对佛塔结构的细腻描写见于其兴建后五百年，那时，佛塔也许早已历经数次火灾、毁损和闪电击中而重建多次，不是原始建筑。但他说，佛塔地基有 150 英尺高，佛塔圆顶有 400 英尺高，其上有座圆顶篷和一根金属柱子支撑 25 个红铜伞盖。他估计整座建筑有五六百英尺高。国王将佛陀舍利放在佛塔下。在偌大的庭院一侧是个寺院，还有些小舍利塔和寺庙。在玄奘时代，佛塔旁也有一棵约百英尺高的巨大菩提树，据说，其树苗来自菩提迦耶的那棵菩提。

　　如果这些故事属实，佛塔便是摩天大厦时代以前的最高建筑，比索尔兹伯里大教堂（Salisbury Cathedral）[44] 的尖塔，甚至比所有最高的哥特式教堂和伦敦圣保罗教堂还高。但这可能吗？似乎不太可能，今日世界最高的佛塔是泰国的佛统府大金塔，于 19 世纪翻修原先的古老结构，相较之下，不过高达 412 英尺。在一个世纪前，根据中

---

[44]　建于1258年，有全英国最高的尖塔和最壮观的回廊。

国朝圣者留下的记载中的线索，考古学家先行探寻其遗迹。法国丝路探险家阿尔弗雷德·富歇（Alfred Foucher）[45] 找到遗址；然后，一位英国考古学家在 1908—1909 年发现佛塔的基脚，确定其地基对角线约 300 英尺，与中国人的记载大致相同。但它真有如中国访客宣称的五六百英尺高吗？那时的建筑科技似乎无法创造、抬升和支撑庞大的上层结构，遑论还有红铜伞盖。有趣的是，故事告诉我们，迦腻色迦的工人无法抬起支撑伞盖的 90 英尺巨大铁柱，最后，他们在佛塔的四个角落竖立柱子，以支撑用绞盘系统维系的鹰架。直到那时，巨大柱子才在国王和皇族眼前抬起，伴随着祈祷、献酒和焚香缭绕的袅袅烟朵。将地基的高度与其他大佛塔相较，还要算进旗帜和伞盖，整栋建筑高度可能超过 420 英尺。这当然能使它跻身古代奇观——就算中文记载语带夸张，但要考虑到这样的建筑结构也得身处一个野心勃勃、科技和艺术高度发达的年代才会出现。

在英国人挖掘百年后，这地点现遭遗忘。它位于开阔原野和坟场的中央，最近二三十年来，白沙瓦的郊区吞噬了它。当我们用它的旧名，沙吉奇德利（"伟大国王之丘"）在拉合尔门外的街道上询问方向时，众人都是表情一片空白——甚至当地交通警察也是如此，他们还指引了错误方向。我带着富歇的地图，在抵达一座庞大的坟场时，我想我们走对了路，但在询问当地人方向上，我们仍然运气不佳。我正打算放弃时，一名头戴阿富汗帽，裹着围巾的男人走了上来。他熟知此地历史，告诉我们，自从在学校听说这座佛塔的传说后，他便为之深深着迷。他指指数百码外的山脊，砖造房屋于其上栉比鳞次："那就是你在找的地方，迦腻色迦国王的佛塔遗址。我祖父还是个小孩时，英国人在那挖掘。这里的人盖屋时拆了不少古老砖块；总是能挖到一些雕像和货币。"

我们的眼前有数千个坟墓，颜色鲜艳、金光闪烁的供物随着强风摇晃，一棵巨大的菩提树脚下是座神龛，送葬的穆斯林在此为死者进行仪式。我想起玄奘于 7 世纪在佛塔脚下看见的神圣菩提树：这有可能是它的后代吗？赞胡开始兴奋莫名。我们的追寻或许不若我恐惧的那般无望。向导带领我们穿越成排的坟墓，然后我们发现，如同在次大陆常见的一般，这里仍是个膜拜地点。我们走过坟场，走向房舍。在山丘底部一面高大的砖造和灰泥门之后，在葱绿的围墙花园内，矗立着一栋有洁白圆顶的壮丽苏非陵寝。管理员的眼睛涂着黑眼线，头发染着指甲花染料，前来欢迎我们并奉茶。

---

[45]　1865—1952，法国学者，认为佛陀像受到希腊影响。

他已在这工作五十年，他说，这座陵寝属于卡瓦贾（Kwadja）[46]家族，与在阿杰米尔（Ajmer）、法特蒲（Fatepur）和德里的苏非圣人契斯提（Chistis）那些泛印度教的著名寺庙互有关联。苏非教派的朝圣者仍然从印度前来此地。他跟我们一同坐下，开始说故事：

> 在独立前的那些时日，居住在山丘上房子里的人全是印度教徒。这是镇上的老印度教区。后来，印度教寺庙消失，但就像往昔一般，他们仍在房舍里设置神龛，而朝圣者仍从远方，甚至德里，来到此地。以前有个印度教节庆，我不记得在何时，但应该是在夏天举行。

我想起一个世纪前，富歇提到此地有个印度教节庆，大约与庆祝佛陀受胎的那个节庆同时。这难道是迦腻色迦创立的纪念节庆的幽幽鬼魂，在穆斯林征服后，仍在此苟延残喘到佛教末期？我们坐在花园内，对人民记忆力的强大深表惊诧，尽管次大陆上历史潮汐翻转，帝国起了又落。这是历史追寻的美妙时刻，我们不预期地撞见与过去联系的微弱线索鲜活地存在着。管理员为我们续杯，然后，告诉我们另一个更加让人愉悦的故事……

孩童们在村庄的平坦屋顶上放着风筝，风筝的线如此之高，在翡翠鸟色的天空中几乎看不见踪迹。当我抬头看时，在我的心灵之眼中，我看见巨大佛塔昂然矗立在我眼前，大型正方形地基有 5 层楼高，四面是佛陀生平的雕刻装饰，然后是庞大的圆顶。有个故事说，上面挂着精致的丝网，缝上珍珠，因此在太阳或月亮照射时璀璨生辉。目击者说圆顶有 300 英尺高，彩绘灰泥和金箔闪闪发光。圆顶顶端有个装饰性小尖塔，后来的绘画和祈福模式中都有此尖塔：总共有 13 道木制阶梯，红铜伞盖屹立在一根铁柱上，顶端的大型旗帜随风飘扬，状若龙的尾巴。其中一面旗帜由汉朝皇后敬献，以丝织成，总长超过 300 英尺。以我们的品味而言，这整座建筑会是个俗艳的怪物——闪亮色彩、发光红铜、漆绘木头和金箔，过分装饰的丝质旗帜——但它是个多壮丽的景观！可别忘了它发出的各种声响：各色礼拜铃铛和风铃的叮当声，旗帜神秘地沙沙作响，嘎嘎轰隆声响……这就像一间庞大的回音室：佛教的风声交响乐团。

当我们离开时，赞胡和管理员握手，并将他的名片递给向导。我们在坟场边缘，

---

[46] 死于 1344 年，成吉思汗的直系子孙。

转身回望最后一眼。它在白沙瓦平原上一定曾是个不可思议的景观，是远从开伯尔或从中亚那危险的旅程尽头准备南下印度河峡谷时，不容错过的路标——一个失落世界的景致。

帝王的舍利盒

"就是这个，"白沙瓦博物馆管理员将钥匙在老玻璃柜锁孔中转动时说，"可别太兴奋！现在你会觉得你几乎碰触到迦腻色迦。"我们回到博物馆，那是一栋洞穴似的殖民建筑，有着古典廊柱和磨光的木制地板。我们默默观赏来自贵霜时代某些犍陀罗艺术的最伟大收藏，那时，这个外国朝代改变了佛陀的象征方式和故事。走廊里矗立着贵霜时代那些比真人还大、闪闪发光的佛陀和菩萨黑岩雕像，它们看起来仿若20世纪70年代的摇滚巨星，有着鬈曲的长发和胡子，赤裸、肌肉浑圆的胸膛上挂着大型珠宝。我必须说，贵霜人将佛陀的面貌以及意识形态，带入一个非常不同的境界。

据中国朝圣者说，迦腻色迦在白沙瓦的巨大佛塔底下，存放了佛陀的舍利盒：一个装了少许骨灰的小盒子。这个舍利盒制作于迦腻色迦统治元年，于1908—1909年的考古挖掘中在佛塔下的小房间内发现。里面有个小圣骨匣，装了佛陀的三根碎骨，有人将这些转送缅甸的佛教徒，今日仍保存在曼德勒（Mandalay）。尽管如此，空的舍利盒仍收藏在此。管理员将它拿出，小心翼翼地递给我。我浑身发抖，仿佛这东西还散发着一种精神辐射线。管理员继续说道：

上图：这个在迦腻色迦的大佛塔下发现的舍利盒，里面有个小圣骨匣和些许佛陀骨灰。

　　这究竟是否是在他的时代，或是在后代才放在佛塔下的，至今仍有争论。文件由建筑师亲自签署，可能是位有着希腊名字的艺术家（对此学者也多有争议），他叫阿格斯拉斯，负责监督佛塔的地基工程。碑文上写道："仆人阿格斯拉斯是在玛哈森纳寺庙的迦

腻色迦佛塔的监工。"但其他解读方式也有可能。

舍利盒的装饰为贵霜的折中取向提出有力和详尽的见证。盖子显示佛陀坐在莲花座上，接受印度教创造之神梵天，还有因陀罗这位《梨俱吠陀》的古老天神两者的膜拜。我翻转盒子。无光泽的青铜表面毫无瑕疵，几乎像新的。盖子边缘装饰着飞鹅的带饰——正觉的佛教象征。盒子上面有位贵霜君主的浮雕，可能就是迦腻色迦，两旁站着波斯的太阳神和月神。国王穿着与喀布尔博物馆中被捣毁的雕像同样的游牧民族大马靴和外套，铜币上的鲜活肖像亦然——这或许是大量制造的"专属"肖像？盒子两侧是佛陀打坐的肖像，受到皇族顶礼。天使们拿着花环在这场景四周打转，呈现典型的希腊风格。舍利盒是个小型工艺品，收藏在博物馆的一个下层玻璃柜里，而作为贵霜时代的象征，它很完美。

最幸福的年代

城镇高处是哥尔库特瑞，阿克巴兴建的一座巨大莫卧儿客栈，围墙坚固，像堡垒般耸立在房舍之上。直到不久之前，它都还是警察局，但现在它是个内有茶馆的公共花园。在庭院一侧远处是片长方形的深坑，这是次大陆上近年来最富企图心的考古挖掘的最新场景。

"我们认为，此地可能是次大陆上最古老的城镇，"伊赫桑·阿里教授说。我们小心翼翼地走下洞穴一侧沿着泥土粗略砍出的阶梯。考掘已经进行到地下 50 英尺深处，每个地层都标示着主要时期：他们目前已抵达贵霜时代。"你瞧，你们英国人已经在下方 2 英尺处！"他微笑着说。

在最近的 2 或 3 个世纪间就留下了 6 英尺的沉积层。更深的地层仍有待挖掘，但它看起来的确像是次大陆上最古老的都市，这是目前的考古科技所能确认的。你看得出来，重点是此地的生活延续不绝。对考古学家来说，这是个很棒的机会，因为你可以在此看见人类社会的整体模式——尽管统治者和朝代更迭，久远以来，此地的物质生活却绵延不断。

上页图：犍陀罗艺术：贵霜时期典型佛教雕像，融合了希腊、印度和佛教元素。

上图：在白沙瓦的哥尔库特瑞的巨大考古挖掘深坑中与伊赫桑·阿里合照。

　　我们站在深坑底部，那里是贵霜的地层，在我们上头是后来的次大陆历史发展过程，每个阶段清楚标示：笈多时期、伽色尼王朝（Ghaznavids）[47]、苏丹王国（Sultanate）[48]、阿富汗王朝、莫卧儿王朝，以及英国时期。在 120 至 150 年间，贵霜帝国抵达权势巅峰，与罗马的安东尼皇帝和汉朝皇帝同时，两个皇帝都以他们最富异国风情的物品来交换印度和斯里兰卡的香料、宝石和化妆品，以及中亚的珠宝和毛皮。贵霜帝国恰好位于丝路的中继站，利用优势赚饱荷包。一份中国史书如此记载："在征服北印度后，月氏变得非常富有。"

　　我问伊赫桑·阿里，为何他认为这是个独特的国际化年代。

　　"答案很简单，"他回答，"战争破坏文明，而和平则能促进繁荣。答案是和平。"

商业和佛教的普及

　　傍晚即将来临，气温下降，空气突转冷冽。这是西北边境省的 12 月。我正站在哥

---

[47]　963—1186，建都于阿富汗加兹尼，这个伊斯兰帝国版图涵盖伊朗、阿富汗、巴基斯坦和北印度。

[48]　波斯人于 12 世纪开始发展的帝国，后被花剌子模所灭。

尔库特瑞客栈大门顶端，眺望古老的白沙瓦拥挤的木造房舍。屋顶平坦，木制"巴拉哈纳"（balakhana，"阳台"〔balcony〕的字源）精美，女人躲在屏障后进行私密活动。越过城市是阿富汗山脉的壮观奇景，开伯尔山口在淡黄褐色的天空中清楚蚀刻出一道线条。在清澈的冬季阳光中，它似乎近得伸手可及。你能从此地了解次大陆的历史；你看得出来为何白沙瓦如此重要，为何数个印度朝代的首都皆设于此，意图控制山口的山脚。对贵霜王朝而言，此处是中亚和印度平原间道路的关键要冲。和平带来的最大文化成果是佛教在东方的普及——远播至中国、韩国和东南亚，最后在 150 年后抵达日本。这是历史上最伟大的运动之一。白沙瓦屹立在通往中亚的枢纽，为历史、宗教和商业活动的心脏地带。城市内早就有佛教寺院，但当迦腻色迦决心支持佛教时，情况为之丕变。在拉巴塔克（Rabatak）和苏哈拾塔尔出土的货币和碑文都显示，贵霜王朝仍保留了波斯宗教信仰和仪式，但其他铭文则提供迦腻色迦和后继帝王提倡佛教的大量证据。佛教理念与商人阶级一拍即合，佛教最初即是通过贵霜商人传播开来的，他们从犍陀罗和克什米尔旅行，穿越巴基斯坦北部山脉，抵达塔里木盆地和中国内陆。我们牢牢记得佛教的道德理念，却常忽略古代人在其中看到的商业特质。因此，是贵霜人首度开启了中国和印度间的第一个正式关系。据传，摄摩腾（Kasyapa Matanga）[49] 是第一位在 1 世纪将佛教从白沙瓦带到中国的人。贵霜僧侣支娄迦谶（Lokaksema）[50] 在 2 世纪成为第一位将佛经翻译为汉文的人，并在黄河旁的首都洛阳创立翻译局。就像今日大部分的佛教徒，他们是大乘佛教的追随者，迦腻色迦则拥护和宣扬这派佛教（更早期的阿育王支持的是较为严肃的小乘佛教）。

　　这个佛教新派思想的一个特色，是强调佛陀波澜起伏的生平和个性，这点似乎经过迦腻色迦的官方核可，因为他提倡佛教艺术和文学。这种将佛陀人性化的概念直接引发刻画佛陀的具体肖像的欲望，因为直到这时，佛陀都以法轮、空荡的宝座、无人骑的马或脚印这类象征来代表。因此，我们今日所熟知的穿着希腊长袍的佛陀肖像，是在犍陀罗创造的。迦腻色迦的佛教复兴伴随着犍陀罗艺术的兴起，是贵霜文化所留下来的悠久传承，也因此，在东亚迦腻色迦仍被视为佛教的第三柱石。

---

[49]　公元 67 年，在后汉明帝时，自印度来到中国。
[50]　于后汉桓帝末年来到洛阳，从事菩萨乘佛经之汉译工作。

魔幻城市秣菟罗

从德里的新高速公路驶上大干线三个小时后便抵达秣菟罗。从道路远眺，你可看见奥朗则布（Aurangzeb）[51] 的清真寺屹立在东方地平线，它纪念着一个年代稍后、格局较小的时代（见 220 页）。虽然观光巴士隆隆经过它后便匆匆驶往阿格拉和泰姬玛哈陵，它仍是印度人的朝圣重镇。它是座魔幻城市。一位早期旅行家从白沙瓦经大干线南下，他说："当你抵达秣菟罗时，看见街道上的猴群和河里的圣龟，你才会感受到印度斯坦的真实特色。"

今日，它仍是印度的七大圣城之一，风光旖旎的河流空地旁寺庙、朝圣商店和青年旅舍栉比鳞次。如同在古代般，这城市是奉祀黑天的中心。在城镇内，贵霜时代的佛教和耆那教寺庙的庞大废墟上，又重新兴建了许多寺庙。而古老的泥土城墙以半月形状仍旧环绕城市达 1 英里远，从北到南则为 2 英里——这凸显它在二千年前的庞大和重要性。

在 1 世纪末期无名王治下时，贵霜人占领了秣菟罗。这城市长久以来与西北部息息相关：实际上，秣菟罗在阿育王时代之后曾被希腊王朝统治超过一个世纪，因此，另一个"亚利安"王朝的来临并非惊天动地的大事。贵霜人重新修筑外围城墙，兴建一个长达 650 码的长方形堡垒，有着半圆形棱堡和位于角落的圆塔。当代的《诃利世系》（*Harivamsa*）[52] 描写这个新兴城市："在它的高墙和护城河后方的是半月形市区，规划完善，是个繁荣的大城市，到处是从远方而来的陌生人。"在迦腻色迦和后继国王治下，它摇身变为"巨大繁荣、乐善好施的城市，人口众多，穷人很容易拿到施舍物"——《普曜经》（*Lalitavistara*）[53] 如是说（在佛陀时代，此地只是个"贫穷的灰蒙蒙村庄"，很难领到布施）。对另一位作家而言，秣菟罗"是世界上的完美之都，富有而五谷丰收，充满高贵和富裕的人，展现最高级的文化"。继迦毕试——巴格拉姆和白沙瓦之后，它成为贵霜国王的主要居所，以及他们的冬宫。根据在卡非尔城堡出土的阿富汗碑文，迦腻色迦从此地领着军队南下恒河，进入沙祇古城（现今阿逾陀）、憍赏弥、巴特纳和康帕（现今之巴加浦）。到那时，他的帝国宰制了印度文明的心脏地带。

---

[51]　1618—1701，印度莫卧儿帝国第六代皇帝，治下帝国进入全盛期，但在后期走向分裂和衰微。他不遵从阿克巴大帝的宗教宽容政策，转而实行严格的伊斯兰制度，迫害异教徒。

[52]　梵文重要著作，是部诗集。

[53]　描述释迦牟尼生平事迹传说的佛经。

观看方式的大革命

外来王朝往往会做出创举——英国和莫卧儿王朝则另当别论——这些局外人想了解他们所统治的土地上的人民，因此通过记录和编纂来解释本土文化。后来的传说将几位伟大的印度人物纳入迦腻色迦的宫廷。在印度本土医学阿育吠陀（Ayurveda）[54]中，揭罗迦医生为两位传统"创立者"之一（他的教诲仍依口述传统流传给后代），据说，他后来成为迦腻色迦的御医，并是远传至中国的许多传奇故事的主角。也可能是在这个时期，早期史诗《罗摩衍那》和《摩诃婆罗多》经过初步修订，在笈多、朱罗和莫卧儿王朝治下亦是如此，他们全都对"帝国"和"国家"史诗颇有兴趣。新证据则显示，原本专属于婆罗门的神圣语言梵文可能就是在贵霜王朝时期开始散播，成为"古典"文学语言，最后在南亚扮演拉丁文在中世纪欧洲所扮演的角色。

另一位当时的重要精英分子是马鸣（Asvaghosa）[55]，他是佛教讲师、诗人和戏剧家，但他也是佛教《佛所行赞》的作者，这本集册后来流传至东亚，文学界将其视为《一千零一夜》和薄伽丘的《十日谈》的前驱。以在秣菟罗仍持续上演的奇迹剧而言，马鸣的戏剧作品特别令人感兴趣。印度巡回演出的最早证据来自于秣菟罗的贵霜时代，此地的碑文指出，一名来自"演艺世家"的妓女和从秣菟罗来的巡回表演团在北印度各地演出。

但贵霜时代最吸引人的层面可能是秣菟罗的艺术：这个独特的城市艺术日后影响了印度、东亚和南亚的整个艺术史。在贵霜治下，由贵霜结合本土印度传统，以及犍陀罗的希腊-佛教艺术的推波助澜，印度艺术发生重大革命。它的特色是活力旺盛的生命观，强烈的好奇心，以及撷取自许多源头的开放胸襟。这个艺术作为大众传播的工具，贡献远大于那时期的其他媒介，因此，它在各个印度文化之地生根茁壮。它讲究人性，以人为中心（包括绘画）；它处理长篇叙事诗；它不吝于技巧实验。那时期有些令人惊异的发明。比如，多臂多头神祇的印度宗教艺术传统似乎是始于秣菟罗，永远界定了婆罗门的代表神祇。有时候，特定的艺术创新如此新颖，它们改变了观看的方式：2世纪，于印度土地上，希腊、印度和中亚风格的融合如此成功，以至于次大

---

[54]　称生命科学，为印度传统医学，有几千年历史。

[55]　80—150，出生于中印度一个婆罗门家庭，因信佛出家，为佛教史上著名的剧作家、音乐家。他善于以歌咏来诠释佛法。

上图：在温达文的一座寺庙于洒红节表演的黑天故事。

上图：秣菟罗的戏剧最早记载于 1 世纪的碑文。

上图：洒红节。

陆上的各个地方文化迅速将它纳为己用，展现出当时的活泼精力。

　　秣菟罗博物馆收藏一系列无可比拟的贵霜雕像。其中，有座著名的迦腻色迦雕像，和阿富汗苏哈拾塔尔的雕像非常相像。它来自另一座神秘的贵霜家庙，位于朱木拿河另一侧的马特（Mat），以当地独特的红色砂岩雕刻而成。一个世纪以前，此地进行过考掘，但过程很不顺利，出土文物从未得到发表，但此地仍以托查利提拉（吐火罗族之丘）而闻名，这是贵霜人入侵印度前的古老种族身份。从这个时代还有年轻贵族戴着头巾的精致肖像，以及肉欲泛滥、酒醉喧闹的场景，都暗示了这个多种族帝国在2世纪中期处于宫廷文化巅峰，当时，从哈德良长城到黄河的古老世界大部分一派祥和。

世界经济的开端

　　在这时期，我们开始察觉一种世界经济逐渐成形。贵霜人继承了西北地区的紧缩货币，但立即引用罗马重量标准铸造的金币，来取代质量低劣的银和铜币。罗马重量标准当时广被采纳。设计和铸造精美的货币意外地展现他们统治的实际和象征层面的迷人特质。就像后来的外来王朝——如莫卧儿和英国——贵霜王朝倾力于制造高价值货币以推动大规模商业计划。批发贸易如今在从大夏到恒河盆地的广大地域里进行，至于印度国内经济，部分从罗马香料贸易得来的金银流向南方，而流至北方的金银则被贵霜人拿来重新铸造货币。

　　过去20年左右的历史经济学家使用复杂的估算和假设，尝试估算世界经济的历史，直到计算到1500年时，我们的估计才较为可靠。至于贵霜时代，经济学家考虑到当时货币的广泛流通，人口急速成长，以及与日渐增的聚落来大胆猜测，他们的结论是，在当时，所谓的世界经济首度崛起。当时印度次大陆的人口可能有7500万，而全球总人口大约是2.5亿；因此，印度可能有超过全球四分之一的人口（2007年的数字是大约五分之一）。以国内生产毛额（一年内生产的产品和提供的服务的总体价值）来推算，贵霜印度的财富估计值大约占世界总财富的30%——大于罗马和汉朝，因为它位于欧亚大陆的贸易系统的主宰枢纽。事实上，印度保持此优势直到1500年左右，当时，欧洲征服新世界，西欧强权得以将整片大陆的自然资源纳为己用，改变世界的平衡，将重心从亚洲古老文明移开。

迦腻色迦之死

不用说，迦腻色迦的统治或贵霜王朝的国祚都离阿富汗最近出土的碑文中所希望的千年至远。迦腻色迦死于 2 世纪中期，他的王朝则在印度又持续 75 年，在阿富汗则更久。我们不清楚他的死因。后来的传说所讲述的死亡故事匪夷所思。那个传说称，迦腻色迦征服了四分之三的世界，而他不眠不休，汲汲于征服最后一块土地。他召集大军，由骑着白象的胡族野蛮人作为先锋领军，跋涉到北部山脉。但暴风雪造成雪堆高高堆积，甚至连他那匹会说话的神马都出声抗议。最后他折返，却被自己人暗杀。一个中国故事里特别描写了他的死亡细节，听来虽然古怪，但可能为真。这个故事说，当他辗转病榻时，谋反者谋杀了他，用棉被或床垫将他闷死。这个最后故事的背景就在秣菟罗。考古学家怀疑，城外的家庙在某个特定时间点，遭到报复性的特意捣毁，迦腻色迦的雕像被推倒，头被砍下。更奇怪的是，倘若迦腻色迦真是在秣菟罗遭到谋害，为何印度传说中对这点完全三缄其口（尽管在《摩诃婆罗多》的最后版本里对此事略有提及，并保留了对贵霜－吐火罗族的敌意。书中说，他们没有遵守古老的印度骑士规范，并犯下“可怕而残酷的罪行”）。但有一部规模宏大的传说集为我们拨云见日。在秣菟罗，戏剧自古代便至为兴盛，每年都有一系列的戏剧演述黑天的故事，在此是毗湿奴的化身，在《摩诃婆罗多》中摇身变成秣菟罗的土著酋长。这套超过 30 出的大戏在 16 世纪时演变出今日的样貌，所有角色都由孩童扮演：戏剧的中心主题是秣菟罗的暴君，黑天的叔父，最后被他的侄子推翻。他的名字是康斯，或康萨，而在环绕城市的许多古老贵霜土丘中仍可见此名。我纳闷，这难道是对这位伟大贵霜帝王的民间记忆？

果真如此，那么还有最后一道转折。在秣菟罗北方，可远眺河流之处，有座堆满残骸的古老山丘，散布着贵霜时代的佛教雕像碎块。一道小径引领我们上山，走到一群黄色小屋和一座印度神庙，供奉哥卡内什瓦（Gokarneshwar），为湿婆的一个化身。走过门口，进入一座小庭院和一间大理石铺地的房间。圣室内仅以日光照明，天花板的电风扇在秣菟罗于雨季来临前的 47 度高温中提供些许凉意。神祇为一座巨大雕像，一位有着大如茶碗的眼睛的国王，坐在宝座上，拿着酒碗和葡萄，戴着尖顶贵霜帽。他身后是一片绿色花朵瓷砖，手中握着大型铜制三角戟，他现在化身为湿婆，脖子上挂着枯萎的金盏花圈，肌肉浑圆的肩膀以紫粉覆盖。但这位国王曾是贵霜帝王。在他辞世的城市里，“天子”迦腻色迦可能至今仍受到膜拜。

虽然在西方默默无闻，迦腻色迦的传说却远播至中国（尤其是西藏）、蒙古和日本。最近，这位国王甚至在日本最畅销的漫画中出现，大卖 3000 万本，并在欧洲和美国的动画片和电影中露脸。他在西方是嘎尼什卡（Ganishka），贵霜的杰出帝王，统治着魔鬼帝国，他能制造闪电，并用他的亲友、魔鬼大军和黑魔法来征服全世界！这个国王开启全世界的窗口，将东西方的艺术和理念引进阿富汗和印度，他从东方的佛教传说中冉冉现身，却在西方沦落如此奇怪的命运；这位国王曾派遣使节团到罗马向哈德良致意，也曾派遣佛教僧侣远赴中国。

贵霜王朝的传承

这是段不寻常的旅程。我们跟随贵霜人的脚步，一路从谋夫绿洲，翻越兴都库什山脉，抵达喀布尔、白沙瓦和秣菟罗，而这段旅程让我确定，贵霜王朝的故事是历史上最迷人的故事之一。他们的王朝在萨珊王朝（Sassanians）[56] 和匈奴的巨大压力下，于 3 世纪分崩离析，但它却留下永久的传承。在北印度史中，贵霜王朝是古代世界和笈多伟大王朝之间的桥梁（见第 4 章），界定了后来印度文明的某些关键特征。

---

[56]　224—651，波斯帝国，版图涵盖伊朗、伊拉克、亚美尼亚、南高加索、西北中亚、阿富汗西部、部分土耳其、叙利亚、阿拉伯半岛和西南部巴基斯坦。

上页图：希腊人麦加斯梯尼在公元前 300 年提到黑天是秣菟罗地区的神祇。

4

中世纪印度：金与铁的年代

从阿逾陀果格拉桥上能够看到日落，这是恒河平原上的小镇：苍穹看起来快要融化——雨季的深靛色厚重云朵下是一抹璀璨的金红。在闷热的一天后，喜获甘霖，空气清新，现在，傍晚灿烂辉煌。河水因大雨而暴涨，强风吹起滚滚浪潮，奔流过浅滩，扩展至地平线彼端，仿若内陆汪洋。右手边是宽阔的乡野，堤岸旁为随风摆荡的芦苇，再过去是当地人称为"杰格"之地——一大片旷野中的潟湖和树丛，从中可瞥见一座村庄，

上图：辉煌壮丽的印度中世纪建筑，坦焦尔的菩萨庙，以及从河流眺望的阿逾陀景致。

庄内屋顶都是稻草。左手边，越过桥梁，艳丽的城市圆顶和高塔矗立：二三十座清真寺、陵寝和寺庙被落日照得灿烂生辉。朝圣者蜂拥聚集在浴沐河坛上，正在做最后一次沐浴，他们用手拧干衣服，唱颂日落祈祷，橘红色的旗帜在他们四周噼啪随风飘扬。太阳西沉，转成一片桃红；之后，太阳消失，如同隐没入柔和的蓝天。美景如画，看了让人如痴如醉。这里让你几乎可以相信童话故事，或至少了解为何此处被中世纪诗人选为拉谟勒贾雅（Ramrajya）[1]，也就是罗摩（Rama）[2] 治下黄金时代（Golden ages）[3] 的场景所在。虽然，黄金时代是种颇受争议的说法，因为它们从未曾真实存

---

[1]　印度乌托邦大和谐理想。
[2]　印度最高神毗湿奴的化身之一。
[3]　印度人将罗摩治下的时代称之为黄金时代。

在；它们是想像的过去——为某种目的而制造的文学想像，而人们赋予其创造性或毁灭性的不同解读。它们的着眼点是现在，而非过去，以及我们想像的未来。

在 400 年至 1400 年间——以欧洲来说，是从罗马陨落至文艺复兴时期——印度文明在地方文化方面数度繁盛，但也历经巨变，在某些地方甚至遭到激烈的断绝。土耳其和阿富汗征服者的来临带来伊斯兰信仰，将北方指引往新的路径，最后导致印度这片世界最大的穆斯林土地在 20 世纪中期因信仰而分治。这个改变的事实在早期时代的作家笔下清晰可见。在 10 世纪结束时，北印度（穆斯林地理学家口中的"印度斯坦"）被视为"偶像崇拜者"，也就是说，那些本土印度宗教信仰者的土地——我们今日所称的印度教徒、佛教徒和耆那教徒——更遑论还充斥着许多民俗宗教和崇拜。但进入中世纪后，北印度在人口和创意两方面都将成为世界上最伟大的穆斯林文明之一（倘若我们将巴基斯坦和孟加拉国算进去，次大陆现今仍拥有最多的穆斯林人口）。

这些改变是巨大历史事件，仍对印度史影响深远。因此，我们旅程的下一个阶段将带着我们进入现代印度文明的某些关键传承发生的时代：印度全境内伟大王国的兴起，在孟加拉国和奥利萨，在卡朱拉荷（Khajuraho）的昌德拉王朝（Chandalas）[4]，在南方的朱罗等。它们虽说着不同语言，却都认为自己属于同一个印度"伟大传统"，共享同一种复杂的宗教——它自 19 世纪起被称为印度教。穆斯林王国则在西北部兴起，为现代巴基斯坦的前身。这个时代见证了佛教的衰亡和消失，它的势力仅存于喜马拉雅山区和孟加拉国。在历史洪流之下，创造和毁灭的浪潮来了又去，一个更为多元的印度慢慢浮现。这故事始于 5 世纪罗马帝国颠覆之际，首先，让我讲述印度最著名的城市之一：一个可综观印度史的地名，也就是最近一位印度作家称之为"印度核爆点"的地方。

罗摩的城市阿逾陀

虽是清晨却已高温炎热。拉姆饭店静躺在阿逾陀圣区的边缘。它虽老旧但友善：餐厅有美味的素食早餐，供应普里面包、蔬菜和紫色腌洋葱——在神的城市里不允许食用肉、蛋或酒。楼上，骨瘦如柴的建筑工人穿着缠腰布，绑着头带，已经开始砰砰敲击，在我对面的卧室内混合着粉红色水泥。大厅内，一座巨大的电视安放在罗摩这

---

[4] 卡朱拉荷在 10 世纪时是昌德拉王朝的首都。昌德拉为中部印度 10 世纪至 13 世纪的王朝。

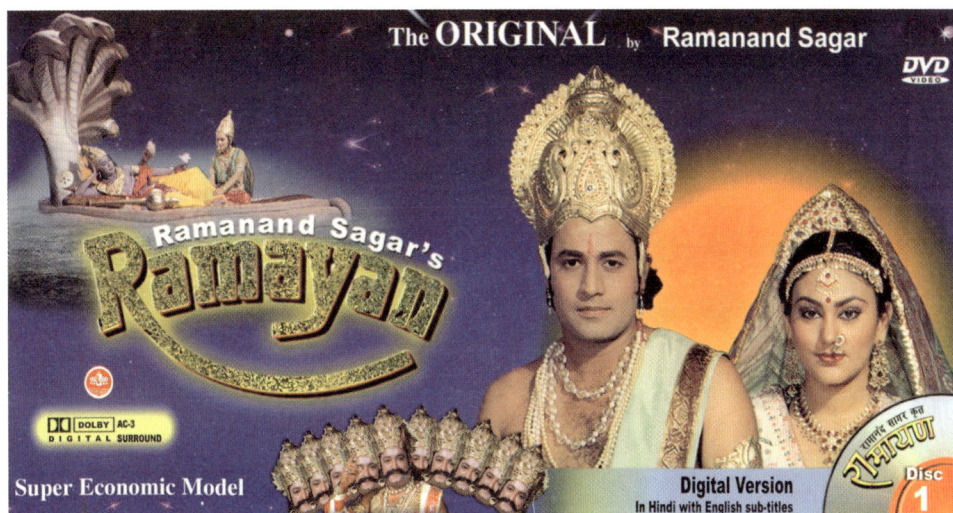

上图： 20 世纪 80 年代的罗摩衍那电视剧对印度的大众文化和小区政治具有深远影响。在乡间，整个村庄聚集到唯一一台电池发动的电视机前收看此剧。

位正义之王的海报旁边——这位下巴方正的英俊武士胸部赤裸，有着清澈和电影巨星般的眼睛，戴着头盔，拿着弓。坐在罗摩身旁的是他的妻子悉多，即理想的女性，以及他的兄弟罗什曼那和猴神哈奴曼。哈奴曼是半人半猴，受到全印度的爱戴，他在神话中，从与魔王的决定性战役中解救了罗摩。印度教民族主义于 20 世纪 20 年代开始现代复兴，并在最近二十年达到巅峰。在这段期间内，至少在北印度，罗摩被视为最高神祇，而阿逾陀据说是他的出生地。

从前门走出，立即置身于繁忙尘嚣。街道上，太阳炽热，漫步经过街角的茶馆，一头牛徘徊不去，低头默默吃着顾客的残羹剩肴，再过几码，你就走到警方封锁线。在其后方是城市的神圣中心，延伸至河边，长达 1 英里，内部是倾圮迤逦的巷弄，300 座寺庙、青年旅社、清真寺和苏非寺庙如迷宫般散布。两分钟的静谧之后，我发现自己身处热闹喧嚣的场景之中，夜以继日，光是闲荡就很怡然。我到处闲逛，啜饮着茶，身边是川流不息的朝圣人潮——每年都有数百万人因罗摩的故事被吸引至此。

闲晃的时候，你会发现在宅邸和寺庙的灰泥立面有着巨大的熟石膏鱼，鱼鳞被漆上鲜蓝色——那是阿逾陀穆斯林富豪和地方行政长官的象征，或称之为"阿万德"（Awad[5]，以前人们如此称呼）。1722 年，此地的统治者为什叶派，实质独立于德

---

[5]　位于印度北部，为一独立邦国。

里伟大的莫卧儿王朝之外。令人诧异的是，在他们治下，于长达一个世纪的阿万德文化鼎盛时期，大部分印度庙在此兴建，萨亚吉·雷（Satyajit Ray）[6] 优秀的电影《下棋者》（*The Chess Player*, 1977）即描绘了其早期光景。此地最伟大的印度庙奉祀猴神哈奴曼，由一位穆斯林富豪出资兴建。自那时起，阿逾陀便起起落落：1855 年派系争斗升温，首先是湿婆派和毗湿奴派，再来是穆斯林和印度教徒之间，尽管如此，阿逾陀在这三百年来仍堪称是宗教融合的良好典范，为北印度往往派系倾轧的混乱世界提供最佳楷模。但从 1992 年开始，这城市的名字便和威胁整个印度政治体制的恐怖行径画上等号。那年，在政治领袖带领的宗教运动的激昂煽动下，数千名印度教原教旨主义分子涌至阿逾陀，捣毁一座莫卧儿时期的清真寺，他们声称其建立在罗摩的出生地上。之后，在愈加恶劣的余波荡漾中，北印度发生多起暴动和谋杀，阿逾陀的许多穆斯林或惨遭杀害，或被迫逃亡。那晚，总理纳拉辛哈·拉奥（Narasimha Rao）[7] 在电视上发表全国演说：

> 全国同胞，在我国宪法的制度、原则和理想面临严重威胁之时，今晚我对各位发表这篇演说……对所有印度人而言，今日发生在阿逾陀的惨剧至为羞耻，关系重大……这是背叛我国理想的行径，而且，对所有印度人来说，这是对我们承继的神圣传统的污蔑行为……我呼吁全国人民在此严重危机时刻保持冷静、理性与和谐。过去我们曾面临多次这类情况，但我们都成功克服。我们将会再如此……

在猴神庙外的窄巷内，朝圣摊位堆满照片和卡带；书店内，《罗摩衍那》（著名的吉塔版本不可思议地狂销 6500 万册）堆至高处。长久以来，罗摩传说是北印度的大众文化基础，并在近百年来成为印度教民族运动兴起的核心，特别是 20 世纪 80 年代以后。学者告诉我们，罗摩原本只是早期史诗的英雄，后来被信徒视为毗湿奴的化身，在"正义需要伸张时"下凡到人间（另一位著名的毗湿奴化身是黑天，但在恒河平原的朝圣摊位上也会看到佛陀肖像，甚至连耶稣和什叶派伊玛目胡珊都被塑造成毗湿奴化身）。

在北方，自从中世纪开始，罗摩的名字被当做天神的同义词；但他也是理想男人和理想国王，是人类行为的楷模。这故事广受欢迎，在 20 世纪 80 年代末期一出电

---

[6]　1921—1992，印度知名导演与配乐大师。
[7]　1921—2004，第 12 任印度总理，在位期间为 1991 年至 1996 年。

上图：18 世纪描绘罗摩和悉多婚礼的画作：他们代表理想丈夫和理想妻子，但就像所有伟大的故事，罗摩的传说被一道黑色的悲剧力量贯穿，宗教诠释从来无法消弭这个矛盾。

视剧的高收视率中可见一斑，这出电视剧成为大众眼中最广为接受的版本。在阿逾陀，每家书店和朝圣摊位都堆满长达 78 集的电视剧光碟。尽管如此，对许多人而言，这出影集令人诧异的成功是来自大众深层的不安——印度国家历史的共同焦点话题取代了大众想像中的无数其他故事。这些故事常自相矛盾、背离正统，甚至深具颠覆性，但最终，它们仍属于《罗摩衍那》伟大传统的一部分。但在此电子时代，故事仍在改变，仍旧在塑造审视印度历史的观点。而阿逾陀正是神话转译成现代隐喻的剧场。

罗摩传说

"阿逾陀在近百万年来都被视为神圣土地"——寺庙主管告诉我。他结实粗壮，胡须全白，前额上用湿润的檀香膏点着代表毗湿奴派的黄痣，身躯像翻转的叉子，他可是推动在捣毁的清真寺地点上建立罗摩寺庙的主要人物。他正盘腿坐在拥挤、过热的书房内，屋内堆满宣传小册和书籍。四周墙壁上挂着描述罗摩传说的宗教肖像：戴着珠宝皇冠，画着黑眼线的男神和女神；悉多穿着绯红色纱丽。在这雨季前的闷热暑气中，我的前额汗珠直下，衬衫湿透。他继续说道：

> 我们认为阿逾陀是第一个人类摩奴（Manu）[8] 所建，但作为一个人造城市，它不过是神祇的永恒城市的粗糙模仿。因此，它的名字意味着"无法征服"。你瞧，印度的时间没有开始和结束，绵延不绝。厘清现在和过去违反了神无所不在的理念。我们所谓的时刻实际上是无法解构的时间长流……只有通过印度人的角度才能看出阿逾陀的神圣背景。欧洲的知识势必无法了解古老印度的深沉真谛。

历史学家在面临这般确定的真理时大概感到惶然无力吧。但重点在于，这个由传统婆罗门和朝圣向导诉说的故事发生在另一个 10 亿年间。我们的时代是黑暗时代（Kali Yuga）[9]，才刚在 5000 年前展开，发生于《摩诃婆罗多》所描写的大战之后。而《罗摩衍那》的时代处于白银时代（Treta Yuga），是更古远以前，距今将近 100 万年。尽管如此，另一个对故事起始的不同观点也许可解释此神话和民间故事的来源。在印度的宗教和神话中，共有 3 个角色被称为罗摩（黑天也是其中之一），他的名字意味着"黑皮肤或深色皮肤的人"。《罗摩衍那》中的那位罗摩，又被称为"犁夫"。而他妻子悉多意味着"犁沟"，在某些古老经文中代表农业女神；在《诃利世系》中，她是农夫的女神。这些线索也许指向一个土著居民或前亚利安故事来源？无论如何，我们现今拥有的故事版本几乎可确定是成形于公元前最后一个世纪，传承自口述和吟游故事。它的背景其实范围相当狭隘：仅限于憍萨罗（Kosala）[10] 王国的一个小地区，位于恒河和朱木拿河之间；而意料之内的是，在这故事的所有相关遗址处都挖掘到公元前 600 年之后的陶器，

[8]　印度神话中之人类始祖，传说有 14 世，每世 432 万年。
[9]　印度的世界开辟论中有四个时代：黄金时代、白银时代、青铜时代，以及现今黑暗时代。
[10]　北印度于公元前 6 世纪至前 4 世纪间兴起的古王国，领土在北方邦的中南部。

次页图：17 世纪的莫卧儿画作，画的是罗摩和猴子大军围攻楞迦。莫卧儿帝王对《罗摩衍那》抱持高度兴趣，并下令将其翻译成波斯文。

上图：悉多接受火的试炼。在许多地区传统中，罗摩故事的结局往往相当不同。

年代晚于《摩诃婆罗多》的遗址（见 54 页）。

　　在南亚，超过 20 种主要语言诉说罗摩传说的数百种版本，某些提供了迷人和激进的变体，但其核心故事，也就是最广为接受的版本是这么说的：

> 　　罗摩是憍萨罗国的王子，住在恒河平原的阿逾陀市。他后来不幸流亡在外，被驱离他父亲的王国，于是他和忠心的妻子悉多以及兄弟罗什曼那住在森林里。这个黄金时代遭到破坏，悉多为楞迦（Lanka，梵文中的"岛屿"）魔王罗波那掳走。罗波那这位魅力十足的悲剧枭雄相当聪明，他能以任何伪装面貌出现（最著名的是十首二十臂的形象），诸神、阿修罗或精灵都无法伤他分毫。罗波那开始任由大地荒废，毁灭执行"法"（宇宙道德法律）的善良婆罗门的功绩，因此，罗摩降生人间以打败他。

　　现在，人们认为楞迦是斯里兰卡，但没有记录显示它就是这岛屿的早期名字，而诗人们极有可能将魔王的城市设在较近之处。较为可能的是，它是座神话城市，部分地理描述注定在世界上遍寻不着。11 世纪的穆斯林历史学家阿尔－比鲁尼（al-

Biruni)[11] 说："根据印度人的说法，楞迦位于地球之上 30 由旬（yojana）[12] 处，没有水手曾经航行至那里，因此，传说中的景况不曾得见"。如同荷马的《奥德赛》或阿波罗尼奥斯的《阿尔戈船英雄纪》（Argonautica）[13]，数世纪以来，神话地理不断改变以符合真实地理知识的拓展，以至于《罗摩衍那》的时间背景最后得追溯至百万年前的神话时代。根据婆罗门的说法，《摩诃婆罗多》是在"真实"历史前的英雄时代所"发生过的事"；但《罗摩衍那》却是"总是发生的事"，这意味着其与历史年表脱节。不同于《摩诃婆罗多》的时代，《罗摩衍那》是在另一个 10 亿年间所发生的事，为一种典范。它不像《伊利亚特》或《摩诃婆罗多》在讲述历史，它是最佳的神话，它的世界观具有永恒的魔力。

罗摩在森林里过着田园式的流亡生涯，他因拒绝和侮辱了魔王的妹妹，而得罪了魔界。罗波那为悉多的美貌深深吸引，以一只金鹿转移罗摩的注意力，伪装成一位老迈圣人，诱拐了她。长话短说，故事结局是远赴楞迦岛的一场长征，在忠心的猴神哈奴曼全力协助下，罗波那在激战中被打败。悉多返回罗摩身边，而在某些版本中，两人从此在阿逾陀过着快乐的统治生活，但在此之前，她得先通过试炼，检测她的贞操是否曾遭罗波那玷污。但史诗中那份悲剧和嫉妒的暗潮出现在模棱两可和令人不安的收场白中，有部分可能是后代的增添（印度电视剧版本原先并未拍摄此段）。这段结局展现了伟大史诗共通的力量：故事最后将其命运逻辑强加于主角身上。就如同希腊神话中有个海伦（Helen）从未到过特洛伊的悠久传统——招致厄运只因她的行径过于招致非议——天神的妻子悉多亦是如此。"女性的珠宝，地球之女儿"——伟大的泰米尔诗人康邦（Kamban）[14] 如此称呼她。她遭到玷污的传言甚嚣尘上，罗摩于是将她放逐，悉多带着小孩去投靠哲人蚁垤（Valmiki[15]，蚁垤后来写下这个故事）。然后，她与满腹狐疑的丈夫见面，大地裂开，吞噬悉多，她被地母夺回，就像在希腊神话中神祇也收回美狄亚（Medea）[16] 一般。在这两个伟大神话传统中，诗人就是无法给予快乐结局；这也许是一种警告，因为黄金时代只能存在于童话故事中。

---

[11]　937—1048，波斯历史学家。

[12]　一种测量单位，约等于 9 英里。

[13]　古希腊人阿波尼奥斯的史诗作品，约成书于公元前 3 世纪。

[14]　泰米尔诗人，《罗摩衍那》泰米尔语版本的作者。

[15]　古印度诗人，相传是《罗摩衍那》的作者。

[16]　帮助英雄伊阿宋取得金羊毛的公主，与其私奔，后遭遗弃，愤而杀死亲生儿女。

笈多王朝和罗摩传说

但传奇性的阿逾陀的时空究竟为何？这故事如何与《摩诃婆罗多》一起演变成国家史诗？在今日的阿逾陀，这个在百万年前为失落城市遗址的故事在学者和朝圣向导口中广为流传，你可轻易在果格拉桥沿岸的沐浴河阶雇到朝圣向导，比如伊丽莎白时代的访客拉尔夫·费奇（Ralph Fitch）[17] 就曾指出这点，他说："某些婆罗门会记录下所有在附近河里沐浴的印度人的名字。"

我们的向导是名个头矮小、鸟般的男人，他坐在老迈大树下的河堤上，额头点了一颗毗湿奴派的大黄痣。他面前是一只衣物袋，里面有顾客名单，还有一本神圣经文的石版印刷书籍。这城市的兴建神话故事最初见于 14 世纪的文献中，大部分的故事仍属于口述传统，向导告诉我们：

> 很久很久以前，有个伟大的国王叫做超日王（Vikramaditya）。某天，超日王沿着萨拉育河狩猎。他的马突然停了下来，因为听到奇怪的声音而不肯往前走。国王于是穿越丛林，在山丘上发现一处古代城市遗迹。他清理遗迹，一位圣人出现在他面前，说这里就是阿逾陀，罗摩的神圣城市，曾存在于白银时代。之后，圣人便消失。超日王宣布他发现了阿逾陀，并下令重修城市以复兴罗摩的统治。

超日王在印度中世纪传说中是位伟大人物，这些传说仍广受欢迎，比如《超日王与起尸鬼》（*Vikram and the Ghost*）。许多历史人物都使用过这个名字，但两位古代国王特别爱用。最著名的是 5 世纪笈多时代的一位统治者塞建陀笈多（Skandagupta）[18]，他与入侵的匈奴人大战，在大胜后得到超日王的封号。但在塞建陀笈多"重建"城市的故事中有个启人疑窦的次要情节。那时，中国的朝圣者描述此地为一处繁荣之所，有 20 座佛教寺院和 5000 名僧侣。但它那时不叫阿逾陀，而是沙祇古城，古代希腊人熟悉这个名字。因此，在 5 世纪，神话城市阿逾陀在人间确实存在，这个"无法征服的城市"被称为沙祇古城，在彼时为佛教重镇。

5 世纪是笈多时代的巅峰时期，这段复兴可追溯至《摩诃婆罗多》和《罗摩衍

---

[17]　?—1611，最早至印度和东南亚旅行的英国人之一。

[18]　?—467，北印度笈多王朝君王。

那》的印度古老辉煌的时代。当佛教成为主要宗教，并被普世的统治者，如赞助所有宗教的贵霜帝王采纳时，古老的婆罗门宗教差点衰亡。现在，在笈多王朝治下，4、5世纪的世界有所改变，古老、注重自我牺牲的婆罗门宗教开始演变成现代印度教的前身。战胜的国王获得人民爱戴，新教条兴起，国王成为"神的人类化身"。人们在阿育王于安拉阿巴德的石柱上雕刻了新的铭文，描述沙摩陀罗笈多（Samudragupta）[19]——即旃陀罗笈多一世（Chandragupta I）[20] 的儿子——是位神王："一位居住在人间的神祇，只有在他奉行人类规则时，他才会腐朽。"在国王的神化之外，出现神的化身理论，但国王并非神话人物，而是历史人类。最受欢迎的化身是罗摩。笈多王朝的美丽金币强调这份认同，他们的国王戴着头盔，拿着弓，正是罗摩的代表肖像。

在这种炒作政治神话的气氛中，沙祇古城逐渐被认同是史诗中的阿逾陀。沙祇古城作为传说城市的第一份铭文证据来自 436 年。后来的中国文献指出，塞建陀笈多将笈多宫廷搬到阿逾陀地区（位于憍萨罗），而根据真谛（Paramartha）[21] 为佛教僧侣婆薮盘豆所著的传记，他特别描述沙祇古城，此城那时仍是著名佛学重镇。从当地出土的碑文证据亦显示，沙祇古城在笈多时代开始被称为阿逾陀。

奇怪的是，即便是在一处被宣称为罗摩的出生地的遗址上（这里曾有一座清真寺，于1992年被捣毁），阿逾陀古老城区的考掘也未曾挖出任何具意义的笈多文物。如同英国都铎王朝利用亚瑟王、圆桌骑士以及亚瑟王国（Camelot）的神话，笈多王朝采纳史诗，使其成为帝国意识形态的一部分。罗马帝国时期，奥古斯都的诗人也曾采纳特洛伊的神话。他们也许曾经整修城市，但其主要首都仍在巴特纳和乌贾因。

上图：笈多金币往往强调国王与毗湿奴的相似性，罗摩是毗湿奴的一个化身。

[19] 335—380 年间在位，印度史上最伟大的军事天才之一，本身也是诗人和音乐家。

[20] 320—335 年间在位，320 年建立笈多王朝。

[21] 499—569，南北朝的天竺学僧，西印度人。

但我们对笈多王国所知不多。他们是当地部落，也许源自贝拿勒斯和加吉浦地区的恒河和果格拉之间的平原某处。他们的时代是 5 世纪，那是个入侵频仍的年代，尤其是可怕的匈奴人屡屡来犯。但帝国史诗显然吸引了这些恒河平原的国王，他们自诩为印度的救星，这在阿逾陀神话国王的坟冢中可见一斑。从那时起，罗摩的故事便与印度本土国王的统治融合为一，每当王国受到邪恶势力或其他外力威胁时，便会被提出来作为激励人心的典范：不论敌人是土耳其人、阿富汗人，还是蒙古人、莫卧儿人，甚至英国人皆然——就像 19 世纪于贝拿勒斯所上演的罗摩戏剧一般。

印度教君主政体

我们正在从加吉浦到贝拿勒斯一路北上恒河平原，今年内，我们几次在炽热和滂沱大雨中重复穿越此地。我们刚进入比特哈（Bhitra），这是一座小镇，我想更了解它在 19 世纪 90 年代的重大发现。那时，一个古老地主家庭将一个稀有的红铜合金印玺交给英国地区长官，那是他们家的传家宝。印玺上有笈多王朝国王列表，每个都有其母后名字。这项发现对早期中世纪印度史来说至为关键，重要性不亚于最近迦腻色迦的碑文在诠释贵霜王朝方面的帮助，因为它是学者破解笈多国王的关键文献。我们依此推断，这地区是他们的家乡。如果笈多国王的家族根源的确来自附近，那只印玺是否是从古老时代的重要家系中流传下来的？我打电话到勒克瑙博物馆，却一无所获：馆方没有发现地点的记录，遑论那个家族名称。当比特哈逐渐在后视镜中隐退时，我只能想着，印度史是如此丰富庞杂，需要花上数辈子的时间才得以解开全貌。因此，对历史学家而言，印度教的生死循环是理所当然之事。

但即使花上一辈子的时间，寻找笈多王朝仍令人困惑不已。印度史上大部分的伟大王朝都在我们四周留下纪念物：德里的苏丹王朝和英国人，阿格拉的莫卧儿王朝，甚至阿育王也曾留下石柱和石敕令。笈多王朝大约与罗马帝国晚期同期（300—550），宣称统治着从孟加拉湾到印度河的大片区域。他们的时代有各种卓越但毫不相干的创造发明：戏剧和诗歌展露宫廷社会的成熟复杂，令人惊异的科学发现，还有质量出众的雕像（鹿野苑的佛陀砂岩雕像堪称世界顶尖之作）。在德里国家博物馆，赤陶俑的表情之丰富几乎让人误以为它们带有巴黎世纪末（fin de siecle）[22] 风格，或根本就是罗

---

[22]　指 19 世纪末期的文学、艺术风潮等。

丹（Rodin）工作坊的模型；而在货币展览馆中则藏有令人惊异、运用优秀科技制造的鲜活金币。在阿旃陀（Ajanta）佛教石窟中，某些虚幻缥缈、美丽非凡的壁画或许就是来自这个时期？或那个从毗底沙森林山丘上掠夺而来，现在安置于德里古特卜光塔（Qutab Minar）[23] 的 6 吨重、锻铁焊接的铁柱亦是如此？更遑论世界上第一本性爱手册（西方世界直到 20 世纪 60 年代才有类似成就）。但笈多势力的物质层面在哪里？只有在几座小寺庙里，我们才能昂然站着说"这是笈多的传承"。没有宫殿，没有公共建筑，没有辉煌的寺庙，只有石窟和倾圮的佛塔。我们对他们的日常生活、帝国行政管理、法律执行，国内和国际贸易几乎一无所知。除了几首歌功颂德的夸张诗歌外，他们国王的个性仍然成谜。他们显而易见的伟大对我们而言仍是重重谜团。

黄金时代？

有趣的是，笈多黄金时代这观念的兴起不是印度人引发的，而是英国人。文森特·史密斯是公务员和优秀的历史学家，但基本上，他厌恶印度文明的许多层面。他的殖民观点可以协助我们塑造英国的印度观点。对史密斯而言，印度人要在出自善意的强大独裁帝国的统治下才会快乐，如孔雀王朝、笈多王朝、莫卧儿王朝以及英国。毕竟，尽管血统遥远，英国人也算是亚利安人，不是吗？因此，笈多王朝作为一种帝国主义者，成为英国帝国建造者多方欣赏的典范。

这个帝国始于旃陀罗笈多一世（治期为 320—335 年间），他是一位当地地主家庭成员，在此地区靠轮番战争夺得王权。他迎娶了一位离车公主，离车在北比哈－巴特纳地区为重要部族，所领土地直抵尼泊尔。这份联盟如此重要，以至于他的儿子沙摩陀罗笈多称呼自己为"离车之女的儿子"。贵霜帝王纪念他们的父系血统，而笈多王朝则是靠母系血统得势。就像贵霜王朝，以旃陀罗笈多在 320 年的登基为始，他们在获得权势之余还开启了新时代。这件事立下了历史里程碑。

旃陀罗笈多恢复了古老吠陀君主政体，重新采纳吠陀马葬，后者的源头可溯自中亚，而他的金币纪念这个功绩，他的子孙赞扬他是"遭到长久遗忘"的马葬的伟大振兴者。因此，笈多国王显然汲汲于恢复古老吠陀君主政体的机制，而作为一个本土王

---

[23]　印度最高石塔，是印度德里苏丹国拆除印度教寺庙后所建的清真寺及礼拜塔，已列入联合国教科文组织世界文化遗产。

上图：毗湿奴躺在七头怪蛇上。这是笈多雕刻的精致杰作，描绘了笈多国王偏爱的神祇。

朝，笈多男性和女性的血统可追溯自恒河平原的古老部族。

下一位国王，沙摩陀罗笈多（死于 380 年）是（倘若我们能相信他的臣子们说的话）印度史上最伟大的征服者之一。他在阿育王的安拉阿巴德石柱上加上一长段他自己的丰功伟业，包括他所征服的国王和地区的冗长列表：14 位国王、18 位丛林王侯以及 30 位南方帝王。在那之后，他自封为转轮王（宇宙统治者），印度君主政体遂出现新的声调："只有在他奉行人类规则时，他才会腐朽。"

他的儿子，旃陀罗笈多二世（治期为 380—413 年间）极力扩展帝国疆土，获得了最伟大的辉煌胜利并创造优异的文化。在他治下，帝国从开伯尔延伸至孟加拉国。一首歌颂他的诗歌雕刻在德里铁柱上，却带着淡淡的无常幻灭口吻："他的脸庞美如月亮……现在，他已驾崩，却将其辉煌留在人间，宛如森林大火后，土壤仍绽放火红的热气。他击溃孟加拉国王，跨越印度河的七个河口，大败他的敌人，因此，南方海洋依旧飘荡着他微风般的英勇气息……"

这支伟大的帝王血脉在塞建陀笈多时代结束，那是 467 年，不过笈多王朝的后裔仍统治到 16 世纪中期。

至于真实历史论述，倘若不是一名外国访客写下有关笈多疆土的鲜活记录的话，我们将一无所获。401 年左右，在铁柱上雕刻铭文的同时，一位叫做法显的中国僧侣从喀喇昆仑山脉南下旁遮普，访问佛教圣地。他是旃陀罗笈多二世末期的笈多世界的目击者。当时，佛教仍旧十分昌盛，他告诉我们："在所有印度王国内，国王们都是佛法的坚定信仰者。"

引人入胜的是，他说笈多国王（他们不是佛教徒，而是毗湿奴派的信徒）遵循长久以来的传统拜访佛教寺院，"没戴头巾就给僧侣供物，亲自赐予食物，和他们一起坐在地上。以前国王们在佛陀还在世时布施的法则和正道仍流传至今。"

这位中国访客在恒河和朱木拿河间的秣菟罗南方旅行，两千年来，他所走过的

"旖旎和肥沃"景观让从麦加斯梯尼到拉尔夫·费奇的外国人都印象深刻。然后是下一段描写：

> 从这里往南被称为中土或王国。在此，气候温和，没有白色霜害或寒雪。人民活得相当快乐：他们无须登记户籍人口，也无地方官的统治；只有那些耕作皇家土地的人得为农获缴税。如果想要（离开他们的土地），尽可以离开；如果他们想继续待下去也无妨。国王不以斩首或肉体刑罚来统治。罪犯则根据案情轻重处以低额或高额罚款……国王的守卫和工作人员都领薪俸。全国境内，人民不杀生，不饮酒，不吃洋葱和大蒜……唯一的例外是贱民。这是那些遭到污染、远离其他人居住的阶级的名称。

我们当然不能全盘接受这类颂扬。某些细节似乎不太可能，不饮酒就是一例，奇怪的是，法显没有提到统治的国王，但他描述的大多数情景为真。他后来写道，贱民在进城前得鞭打木棍，其他文献也有提到这点；还有玛瑙贝和金币一起作为货币，禁

上图：阿旃陀石窟的这幅壁画所呈现的精美特质表现出笈多时代文化水平之精致。

食某些食物等。他对行政管理的描写让我们不由得联想到孔雀王朝。

法显后来更往南到巴特纳，更加肯定他的观察。"这个国家（摩揭陀）的城市和乡镇，"他说，"是全印度最伟大的。居民极为富有，以善意和公理相待。"特别引人注意的是，他描述笈多时代巴特纳的居民（无论是佛教徒、耆那教徒或婆罗门）分享彼此的庆典，尊重彼此的导师。如同我们在第二章所讨论的，尽管印度史上曾存有许多宗教冲突，但是长久以来多元主义仍旧存在，仍可见于巴特纳和其他地方。法显打开了一扇窗口，让我们得以管窥一个组织严密的王国风貌，以及自诩为"宇宙国王"的印度统治者背后的真相，而这是稀少和片段的文物所无法提供的。

笈多时代的艺术、诗歌和科学

就像印度史上其他伟大时期，笈多时代呈现多元风貌。虽然国王信奉毗湿奴，不过他们也赞助其他宗教，如中国朝圣者的记载所述，佛教享有特殊地位。那烂陀（Nalanda）的佛寺和大学建立于笈多时期，为世界上第一所寄宿制大学。它后来成为全球化的机构，从远东和波斯吸引学生前来并持续到 12 世纪。

这也是科学突飞猛进的重要时代。阿耶波多（Aryabhata）[24] 是天文学家和数学家，他界定了零的概念，并证实地球自转和绕太阳公转，早于哥白尼和伽利略在西方提出这概念千年左右。这时代的特征似乎是在于对世界所有表象的极致好奇。另一个特征是艺术创造，尤其是人类形体。阿旃塔的某些佛陀生平壁画来自这个时代，而某些印度艺术上的最佳石头肖像亦来自笈多时期：主要代表作是地那的雕像，他是第一位印度艺术家，我们认为有一系列作品都是出自其手。

笈多宫廷也赞助文学和诗歌。后来的传说说皇家宫廷有"九颗珠宝"，其中一颗代表迦梨陀娑（Kalidasa），他似乎是鸠摩罗笈多（Kumaragupta）[25] 的御用诗人，就像奥古斯都大帝的维吉尔（Virgil）。他是诗人、史诗作者和戏剧作家，最著名的作品为《沙恭达罗》（Sakuntala），是出迷人的喜剧（在印度戏剧中悲剧似乎是未知文学类型——也许欲的法则排除了此类型）。这出戏有点类似《仲夏夜之梦》：国王爱上森林精灵，爱人在森林里追逐，有宫廷和乡野的对比以及童话故事的氛围。此剧最明显的

---

[24] ？—550，天文学家和最早的印度数学家。
[25] 415—455，在位期间叛乱频仍。

特色在于它描绘了笈多城市，如乌贾因和巴特纳的精致宫廷文化，以及内省特质。此剧开场时几乎流露皮兰德娄（Pirandello）[26] 式风格，在序曲中，导演和女主角讨论今晚的表演：

> "今晚的观众位高权重，他们是知识分子……眼光犀利……我们得端出好东西才行……"
>
> "在你的指导下，不会出错。"女主角不无讽刺地说。
>
> "不幸的是，亲爱的，"导演回答，"不管我们多有才华，我们仍旧渴望优秀观众的喝彩……"

迦梨陀娑的三出现存戏剧和抒情诗（如《鸠摩罗出世》和他的《罗怙世系》）吹捧笈多国王，就像莎士比亚的历史剧赞扬都铎君主一般，并对当时的统治者致上特别敬意。这在特别着重历史意识的时代里相当稀松平常，当时，正值宫廷学者收集和编纂集结了神话、历史和北方王朝系谱的《往世书》。《罗怙世系》的第四册赞美罗摩王的神话王朝，并颂扬其人间化身的丰功伟业。而记录在安拉阿巴德石柱上的真实世界战争则以此种方式转变为文学艺术。

因此，将历史转化为神话是笈多国王的一种统治手段。古代印度传说的早期君主视他们的责任为维持宇宙秩序，执行婆罗门祭司建议的吠陀献祭，或像阿育王般采纳佛教或耆那教大师提议的道德秩序。但现在，君主政体成为论述的中心课题：笈多国王被视为人间神祇，通过彪炳战功带来新的黄金时代，并赞助让艺术蓬勃发展的宫廷文化。在风格和实质内容两方面皆成为往后印度统治者的典范。

《爱经》：性和人生

对我们这个执着于性的年代来说，最有趣也最引人注目的笈多文化作品显然是《爱经》（The Kama Sutra）。尽管 Kama 也可解释为拟人化的爱神，但此书着重于详述快乐、爱情、欢愉或性，因此，书名也可翻译为《丘比特之书》。这是现存最古老的印度教性爱教科书，以梵文写成，成书时间可能在公元 300 年到 400 年间。作者为筏蹉衍

---

[26]　1867—1936，意大利戏剧家，20 世纪重要的荒诞剧先驱，1934 年诺贝尔文学奖得主。

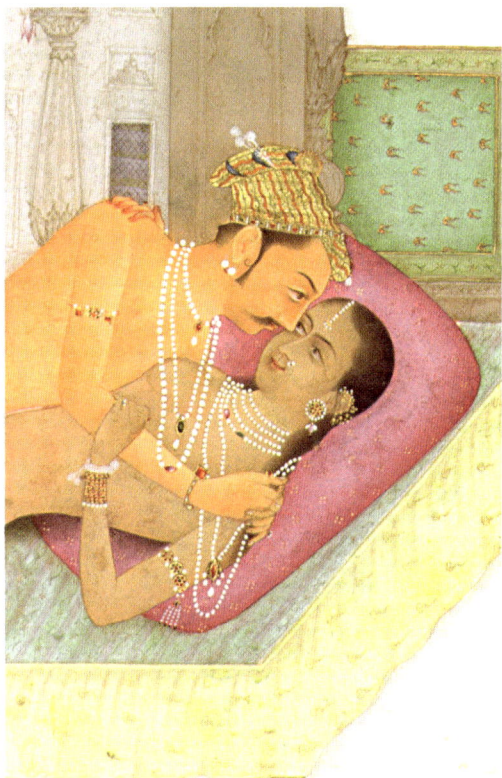

上图：色欲在印度宗教或世俗艺术中皆扮演要角。最早的伟大性爱手册——《爱经》，可能成书于 4 世纪。

那（Vatsayana Mallanaga），他可能是在阿育王的旧都巴特纳写下了这本书，这座城市在贵霜和笈多时期仍是皇都。此书文化背景为大城市，目标读者为纨绔子弟，并提供我们可以一窥笈多时代的印度景观（这时代那些热爱欢愉的性感雕像亦反映此点）。

《爱经》的作者说他的著作追寻过去许多作家，换言之，即早期性学专家的脚步，但他的著作却是第一本留存下来的书。它遂变成一个指标，早在 400 年就有人加以引述。《爱经》影响了许多中世纪印度性爱作家，最后被视为性学的基础权威。此书对印度文学亦有深远影响，这可见于梵文和方言色情诗，如同在迦梨陀娑的《库玛拉桑巴瓦》（Kumarasambhava）中的精妙色情描述，其中第八册整本书都致力于描绘湿婆和雪山神女帕尔瓦蒂的性爱，这后来成为爱人通过性了解彼此的典范。而作为一本非常了解心理学和性爱的理论家的书，《库玛》这本书反映了《爱经》的某些重要议题，但是后来却被某些印度人批为过于露骨。

行为、动作、情绪和特征的分门别类是印度的文化坚持，此书的编排方式反映注重数字的心态，举如，64 个性爱姿势回应了医学书籍中的 64 种疾病、64 种艺术，甚至湿婆的 64 种"嬉耍游戏"。此书进一步引用数字隐喻——但它仅是展现人类行为的精粹本质之基础描写，初始范本是一本宣称编纂了 10 万个章节的古书，这与博尔赫斯笔下镜中世界失落的百科全书相当类似——人类性爱原本就是如此繁复多样。

乍看之下，西方第一本真正的性爱手册是由康福特（Alex Comfort）所著，迟至 20 世纪 60 年代才出版，这件事似乎不可思议。但和一般想法相左的是，《爱经》并非一本只讲述性爱姿势的书。

此书着眼于生活艺术，关注人类心理学的中心层面。欲和（《摩奴法典》中的）宗教习俗，以及《政事论》（我们在第 2 章讨论过，这本在孔雀王朝时代编纂的书经过不断增添，传至笈多时代）中的社会法律为人类行为的三大支柱。这三本书都代表了笈多时代的中心思想，当时的人似乎汲汲于整理和规范人类知识，也就是说，印度知识的各类层面。对他们而言，欢愉的科学是主要科学之一，与法（美德）和利（富裕）同样重要，为人类生命的三大目标之一。

就像所有伟大的文学作品，《爱经》描述永恒关怀。对性行为的讨论谈及地方习俗的多样性、性的暴力，以及危险的性——"在此书以外的性行为"可提升热情，但须小心进行，"因为教科书的范围，"筏蹉衍那说道，"只触及人类胃口的极限。但当狂喜的车轮高速转动时，没有教科书或秩序可以加以限制。"在我们大量讨论安全性爱和HIV的危险的时代里，此言仍是真理。在今日的印度，由于艾滋病问题日趋严重，这些古老书籍现在被当成妓女的教科书。

一神教所强调的观点当然有所不同。比如，早期的基督教质疑性爱，性行为充满了罪恶感。职是之故，基督教访客到了印度之后，无不认为性爱神庙这类神圣建筑上的雕刻令人反感，且匪夷所思——这仍是今日旅行团参观卡朱拉荷性爱神庙的普遍反应。但《摩奴法典》中说，"吃肉、饮酒或做爱不应该是罪恶或过错，因为它们是人类的自然行径，即使有人认为摆脱它们会得到快乐。"印度思想的关键不在于克制：它在人类整体行为中纳入性爱和爱情关系的生理学和心理学，此举使《爱经》的议题永不过时。

在此，我们最后要提到爱伦·丹尼洛（Alan Danielou）的观点，这位伟大的法国印度学家在第二次世界大战前与湿婆派（Saivite sects）[27] 同住多年，他认为《爱经》是部学术开放社会的指针作品，而此社会就当时标准而言是个自由社会。筏蹉衍那说，不只是纨绔子弟，任何人都能过着欢愉的人生。当然，此书的理想并非针对社会大众。但此书是否有阶级较低的读者和听众？或者，此书只针对富裕的市民和商人？它是否仅是本幻想书籍，如同今日的男性杂志（以及男性幻想）？就像我们所能预期的，同性性爱并非此书的重点，因为古代社会多半对同性性爱施以惩罚，纵使罚刑轻微。女性主义所关注的较大议题是，此书以男性为中心，但我们可以反驳说，此书毕竟是4世纪的古书。更有甚者，此书作者常直接引用女性话语，建议男人不要对这些话过于认真，但他对女性的性欲望往往相当实际；他也指涉女性读者。此书第六册据说是由巴达弗邑最有才华和文学素养的高级妓女协助写成，这城市今日仍令人联想到笈多的辉煌时代。

---

[27]　信奉印度教的湿婆神。

总而言之,《爱经》提供人们一窥当时印度社会的窗口。毫无疑问,它的写实主义和性爱幻想展现了几世纪以来情欲思维的发展巅峰,和精神大师的禁欲玄想同样复杂重要。我们可以说,《爱经》和《薄伽梵歌》以及八正道都代表印度的典型思维。

戒日王和古老世界的结束

笈多王朝因继位危机、软弱国王和外国入侵而颠覆。匈奴人卷土重来,摧毁犍陀罗和西北印度的许多寺院,但君主体制在 7 世纪的一位轮转王(宇宙统治者)领导下恢复昔日光辉。这就是戒日王(Harsha the Great)[28],他身兼战士和赞助者,复兴笈多君主制度风格。描述此时代的另一本有关印度的中国书籍由名僧玄奘所著,他认识戒日王,并极力颂扬他。他在 7 世纪 30 年代及 40 年代,于印度度过 17 年光阴,这使他的观察成为权威资料。当时,北部主要城市是位于恒河旁的古城曲女城(Kannauj),希腊和罗马地理学家对它都不陌生。现今,曲女城是座被遗忘的遗迹,对角线长达 4 英里,村庄零星点缀,主要地标是易卜拉欣沙王(Shah Ibrahim)挪用更为早期的寺庙和建筑遗迹所建造的一座大清真寺。继德里和巴特纳之后,曲女城是北印度第三个伟大帝都。根据波斯地理学家所述,直到 10 世纪,它都是国王的皇都,"大部分的印度国王都服膺这位伟大的帝王,他能召集庞大军队,包括 15 万名骑兵和 800 头战象"。这些都能给我们戒日王权势之广的大概概念。

如同旃陀罗笈多二世是以其音乐修养和作曲才华名扬后世,戒日王是位诗人,他所写的戏剧流传至今。玄奘描述他(我们可以包容他的热忱,因为国王待他不薄)"道德高尚,非常爱国;所有人都在诗歌中赞扬他"。戒日王的传记由他的主要幕僚巴纳所著,那是印度第一本翔实的世俗传记。这本传记从戒日王登基开始写起,他是被谋杀的先帝的弟弟。"他的不凡外表和举止,"中国僧侣也写道,"与他不凡的军事才华不容忽视。他的品格感动天地;神祇和凡人都欣赏他的凛然正义。"在戒日王"成为印度的主人后,他的声望远播,臣民景仰他的美德。帝国稳固,人民安乐"。

随之而来的是印度史上的古老议题,阿育王自己也曾遇到过。一旦和平降临,玄奘写道,"戒日王停止军事攻击行动,开始将所有武器收藏起来。他担负起宗教责任,禁止杀生……他在宗教圣地创办佛教寺院。"但就像早期的情形一般,国王的宗教角色

---

[28] 590—647,印度佛教帝王,统治北印度 41 年。

在于促进和谐，而非推动国家宗教。皇家对各类宗教庆典的资助相当慷慨。玄奘说：
"每五年，戒日王召开大型会议，分发国库多余钱财作为慈善之举。"642年，玄奘在恒
河和朱木拿河的汇流沙洲处亲睹这类大型会议——"从古至今，皇家和贵族在此乐善
好施，他们为此目的前来。戒日王遵循这个习俗，现在，在短短75天内，他捐出了5
年来累积的财富。"这可能就是我们在第二章所言，希腊人在公元前300年提到的"大
型会议"，是在现址举行的中世纪和现代庆典，也就是全球规模最大的宗教聚会大壶节
的前身。尽管如此，就像许多现代传统一样——包括贝拿勒斯的罗摩戏剧节和加尔各
答的杜尔迦女神节（durga puja）[29]——大壶节也是在英国统治时期才演变出今日模式。

　　后来，继阿育王、希腊国王弥兰陀（Menander）[30]和迦腻色迦之后，戒日王在佛
教徒之间成为佛教的最后和第四柱石。在他治下，印度和中国的学术交流成为人类整
体历史的重要部分。玄奘于646年返回中国，收藏他手稿的大雁塔仍屹立在西安，而
他最后居住的小寺院依旧隐身在市外葱茂的山谷里。这寺院的图书馆内仍有以巴利文
书写的斯里兰卡棕榈叶手稿。

　　图书馆里的一座石碑雕刻着玄奘背着背囊，提着灯照亮前路，对抗恶劣气候，将
珍贵的手稿带回家的景象。学者最近才读懂他在将近20年间写给印度朋友的信件；它
们堪称文明史上最令人印象深刻的文献。他从中国写信给摩揭陀的老师："唐朝帝王以
转轮王般的仁心，和平统治，并传播佛陀的教诲。他甚至亲自为下令翻译的书籍写下
前言，他要此书广为流传，邻近国家都在研究此书。"玄奘在写给菩提迦耶的摩诃菩提
寺住持的语气则更为感人，因为他们分属于对立的学派。这封信的大致内容如下：

　　　　我们分别之后，光阴如箭，我对您的欣赏却与日俱增……现在刚好有信差要
　　返回印度，我诚心向您问候，并送上一件小纪念品代表我的感激之情。此物不足
　　以表达我对您的深沉感情。但我希望您会喜欢。从印度返回时，我在印度河里遗
　　失了一批手抄本。我谨在此列上清单，希望您能将这些手抄本的副本送来。万分
　　感激。

　　　　　　　　　　　　　　　　　　　　　　　　　　　　　　　　玄奘敬上

─────────────

[29]　每年10月举行的节庆。
[30]　公元前155—前130年间在位，为印度－希腊国王，统治现今巴基斯坦，史上第一位皈依佛教的西方历
　　　史人物。

伊斯兰的来临

历史上同时发生的事有时令人惊异。632 年夏季，玄奘正在他寻求印度智慧的旅程的最后阶段，他在克什米尔，当时，此地拥有数百座佛教寺院。佛教当时已传播到中国、远东和东南亚，这个宗教拥有世界上数目最庞大的信徒。那年 6 月，在遥远西方的麦地那，先知穆罕默德去世，他曾叮嘱他的信徒"远赴中国寻求知识"。一个世界历史的新纪元正待开启：在短短一个世纪之内，伊斯兰哈里发帝国（caliphate）[31] 建立，伊斯兰教传播迅速，遍及从西班牙至印度河流域的广大区域。

印度历史学家向来在处理伊斯兰来临的史料时困难重重，而在 21 世纪的此时，在国际政治的对立修辞之前提下，更为棘手。长久以来，这是印度政治、文化和教育论述两大相互冲突的主题。一方面，独立运动的主要动力国大党的世俗阐述由来已久，国大党的支持者包括许多世俗印度人、穆斯林，以及自由进步派印度教徒。另一方面，宗教诠释依然存在，主要由从顽固的原教旨主义派到秉持中间路线的印度教民族主义联盟的各类成员推动，中间派尤其愤恨英国统治时采取的"分而治之"政策。世俗诠释承认伊斯兰的征服，但坚称外国入侵者采纳印度本土的传统并作出自我改变，后来融合成为印度人。其中，改变宗教信仰往往是通过对话而来，并在数世纪以来由此发展出绝佳的交流和互动，在此期间，北印度转变为一种印度—伊斯兰文明，而大部分的印度教徒和穆斯林和平共处。换句话说，这是另一个印度多元融合的阶段。但反之，印度教民族主义的观点却主张伊斯兰的来临造成历史断裂，是一种外来侵略；联盟坚称一神论的外来王朝基本上与印度教相互抵触，他们对印度教的褊狭观点展开了长达数世纪的仇恨，而在现代，则因英国"分而治之"的政策更为恶化。历史总是如此微妙，这两种论述在某种程度上来说都是正确的，但两者都扭曲了宗教之间彼此相异的复杂现实。这两种论述同时存在于大部分的印度人民心中，其中一个会在和平或动乱时期成为主流意识，尤其是在无耻的政客为选票而进行煽动挑拨时。某些历史现实无可辩驳，最显著的例子就是次大陆在 1947 年因宗教信仰造成的印巴分治，不管我们如何争辩，这都是与印度历史的基本决裂。而这些事件的根源可回溯至久远以前。

印度是古老世界的中心，长久以来，与西方和中亚有着文化和语言交流。现在，阿拉伯人、土耳其人、阿富汗人和莫卧儿人成为新时代的移民而进入这个故事。伊斯兰似

---

[31]　哈里发是政教合一的阿拉伯国家元首称号。

上图：巴基斯坦木尔坦附近乌赤的一座宏伟清真寺。此地在中世纪时是穆斯林文化的重镇，也是流浪的苏非派僧侣和音乐家喜欢驻足的地方，特别在节庆时期。

乎是在 7 世纪与阿拉伯贸易商同时抵达喀拉拉的海岸，而次大陆上最早的清真寺据说是在卡朗格努尔，它是继谬济里斯的古老罗马人定居处后兴起的海港。在南方，移民平和地前来，历经时日后完全融入社会。

　　711 年，从印度河三角洲出发，对信德的军事攻击导致穆斯林最后在现今巴基斯坦南部某些地方定居；但迟至 10 世纪 80 年代，一名波斯地理学家引用商人的第一手报道说，如拉合尔，这个位于巴基斯坦旁遮普心脏地带的城市便是座纯粹印度教城市，"充斥着市集和偶像寺庙"，这城市的人民"完全是异教徒，没有穆斯林"。一直要到 11 世纪早期，土耳其和阿富汗军队才挟带着伊斯兰信仰开始攻击北印度的印度教王国。中世纪的这些伊斯兰征服者的军事入侵对北方文化造成永久影响，构成一个极富戏剧张力的故事，形成文化交流史上最精彩的篇章之一。比如，随之而来的是数目庞大的印度人改信伊斯兰教。历史学家依然无法完全解释这个现象。毫无疑问，改宗的部分原因出自胁迫，但是由于阶级意识强烈的婆罗门宗教在许多地方对低下阶级进行压迫，改宗也可被视为对这种压迫本质一定程度的反抗，同时还展现了对伊斯兰民主倾向的热烈反应。但这项伟大的历史运动却是以暴力为始。

加兹尼的马哈茂德（Mahmud of Ghazni）[32]

加兹尼，阿富汗东部。尘土云朵在摇摇欲坠的城堡周遭旋转，从干涸的阿富汗高原升起夏季的炽热狂风。"这真是个悲惨的地方，"莫卧儿大帝巴布尔写道，"我一直想不透，为何印度斯坦和波斯的帝王会将这个悲惨之地纳为首都。"这里位于从喀布尔往南到坎大哈的几小时车程路上，是一个幅员辽阔的穆斯林帝国在 11 世纪的首都。但现在，出于安全考虑，只能停留短暂时间。在马哈茂德苏丹的陵墓，只有一片上面写着漂亮库法花体字的石板，一群戴着头巾的老迈阿富汗人正在祈祷。在此地人民的心目中，马哈茂德仍是伊斯兰鼎盛时的君主。

在最近几年的宗派斗争中，他的名字出现在反印度人士和圣战士的旗帜上，甚至出现在一架巴基斯坦火箭上。马哈茂德在中世纪印度建立外来征服和传播伊斯兰教的模式。他总共出征 15 次掠夺北方的城市和寺庙。今日，印度史上没有任何人物能唤起比他更多的敌意。在阿富汗，他虽然被视为哲学家王子和异教徒的征服者，但在印度，他的残暴征服留下了苦涩的仇恨。他融合了残暴与高尚文明，这是中世纪伊斯兰的特色，如同文艺复兴和启蒙时代的欧洲。

现今，许多讨论马哈茂德事迹的说法都是无稽之谈。11 世纪，印度遭逢的暴力程度与同时代西欧的朝代战争无异，比如诺曼人、法兰克人和奥图人（Ottonians）[33] 激烈的相互征伐。阿富汗和土耳其统治者入侵北印度，掠夺城市和寺庙，以维持、供养和赏赐他们的军队。在南方，朱罗王朝对其印度教同胞做同样的事，他们攻击邻近国家哲罗（Chera）[34] 和遮娄其（Chalukya）[35]。大部分的战争的动机都是掠夺，而夺取敌人的神祇肖像既是胜利也是侮辱的象征。但这些北方战争是以伊斯兰之名发动的。尽管《古兰经》说传教不应使用胁迫手段，但中世纪穆斯林国王仍在征服异教徒的战争中找到言之成理的借口，就像欧洲人利用《圣经》，马哈茂德也利用《古兰经》。但他的幕僚中仍

---

[32]　971—1030，伽色尼帝国创始者，帝国版图包括阿富汗、伊朗、巴基斯坦和西北印度。
[33]　指 912—973 的德意志国王奥图一世。
[34]　统治南印度至 12 世纪的泰米尔王朝。
[35]　6 世纪—12 世纪统治印度中部和南部的王朝。

有高级印度教徒，比如他的将军提拉克。此外，马哈茂德仍以印度国王作为他的附属国得到满足，而且印度教、佛教和耆那教的寺庙仍存于他的帝国。因此，马哈茂德不是个全然的偶像破坏者。他的主要目的不是改宗或破坏偶像，而是掠夺。尽管如此，在击溃异教徒之余，他还是对自己出身奴隶阶级却升格为哈里发一事广为宣传，他是信徒的同伴，先知的后继者。

出于这种背离《古兰经》的动机，马哈茂德建立了帝国。从旁遮普的两个伟大基地出发——古老印度教城市木尔坦和拉合尔——他趁冬季对北印度平原发动攻击，开启崭新的历史过程，引发次大陆上文化、语言和忠诚对象的深远改变。"这听起来也许夸张，"一位木尔坦的老居民告诉我，"但马哈茂德是巴基斯坦这个概念的第一位推动者。"

马哈茂德在木尔坦

木尔坦位于巴基斯坦旁遮普省南部。这座古老城市正被突来的 12 月狂雨袭击，大雨狂泄于城堡上，奔流过蓝色圆顶苏非清真寺的地板。清真寺在灰蒙蒙的雾霭中昂然挺立，隐约可见。摩托三轮车小心翼翼地跋涉过后宫门外的街道积水，狭窄巷弄内的商店雨篷因大水而低垂。这城市自 9 世纪开始便由穆斯林君王统治，尽管在早期它是座著名的印度教城市。阿里·阿马苏迪是我最喜欢的历史学家之一，他曾在 912 年拜访此地。城市静躺在伊斯兰帝国边疆，他描述了由穆斯林统治者所保护的朝圣贸易之富庶景观。982 年，就在马哈茂德统治前数年，"这个大城市有座著名的偶像，许多人从印度斯坦远来朝圣：而穆斯林统治者的大型军营就在这个印度教城市外。"虽然马哈茂德的首都设于阿富汗山丘上的加兹尼，木尔坦却是他在旁遮普的主要基地，他从此地入侵印度，远征秣菟罗、贝拿勒斯和曲女城。

招待我的加尔德齐一家的祖先于次大陆北方伊斯兰刚开始传播之时来到这里。20 世纪 90 年代我在巴基斯坦旅行时曾住在他们家，当时，我在追寻亚历山大大帝的脚步。他们有个很棒的手稿图书室，收藏了古老的《古兰经》、诗歌和历史文献，包括苏非神秘派阿米库什有关伊斯兰人文主义历史的珍贵原稿、达拉·舒科（Dara Shikoh）[36] 的《薄伽梵歌》之波斯文翻译，以及尼札密（Nizami）[37] 和菲尔

---

[36]　1615—1659，莫卧儿王朝王子，曾著有苏非派论文。
[37]　1141—1209，波斯文学中最伟大的浪漫派史诗诗人。

多西（Firdowsi）[38] 的史诗中历历可见。菲尔多西是波斯诗人，为马哈茂德写下有关波斯帝王的《帝王之书》（*Shahnama*），他自己则为此书中描绘的伽色尼王国（the Ghaznavids）[39] 的富裕宫廷所吸引，认为它会带来新世界的财富。

现在加尔德齐一家在郊区有新房子。他们在这座中世纪城市的老旧家族宅邸耸立于后宫门后的窄巷里一个高大砖造围墙的院子内。宅邸摇摇欲坠，女人的活动范围在一侧，男人则在另外一侧。宽广的庭院中有道露天拱廊，家族坟墓聚集在苏非派祖先舒克·优素福的陵寝四周，陵寝的蓝色瓷砖流露着古典木尔坦风格。

加尔德齐一家的家族历史可追溯到哈里发帝国时代，这个故事反映了从先知时期到建立巴基斯坦的伊斯兰本身的扩张，加尔德齐家族成员曾在 1954 年草拟的宪法上签名。赫尔·加尔德齐告诉我更多故事：

> 我们的祖先在往中亚的第一次扩张中从巴格达抵达布拉哈。然后，我们在 11 世纪晚期从加德兹抵达木尔坦为马速德服务，他是马哈茂德的儿子。但我们仍姓加尔德齐，那是加兹尼东南一座小堡垒城镇，四周环山，冬季山顶覆盖着白雪。巴布尔不太喜欢那个地方，因为那里没有花园或果园。对他来说，没有苹果和杏桃的地方荒芜无比！

加尔德齐家族属于中世纪多次大迁徙浪潮中的一批。印度是世上最肥沃的土地之一。"它是北方世界中最棒的国家，"一位 10 世纪波斯作家写道，"文明优雅，人口无数，国王众多。土地上有无数城镇。所有人民都崇拜偶像。"你只消读读阿马苏迪的著作，便可看出印度让外国人为之倾倒。如同新世界的西班牙征服者，有些入侵者被印度文化诱引而来。比如，阿马苏迪为宗教差异所吸引，他写道："鉴赏和判断力绝佳的学者们说古老印度特别注重正义和智慧。"其他人则兴奋地指出印度教宗教文献中的数学和天文学大发现。

尽管如此，还是有人无法容忍印度本土宗教，就像大部分西班牙人对印加和阿兹特克宗教所抱的态度一般：他们将它视为魔鬼之作，邪恶的偶像崇拜。这观点仍流传在基督教和穆斯林原教旨主义者的文献内。马哈茂德最恶名昭彰的攻击发生在

---

[38] 935—1020，波斯诗人。

[39] 963—1186，建都于阿富汗加兹尼。

1023 年，当时他攻打古吉拉特卡提西瓦半岛沿岸的索姆纳特（Somnath），这里是富庶的朝圣地，印度洋的浪潮不断冲击这块岬角。土耳其－波斯历史学家宣称他的主要目的仅在于掠夺，但有关其他目的，或者说大众看法的奇怪传说则早就在民间流传，倘若不是由两位认识马哈茂德和他儿子的好友将其记录下来，我们极可能斥其荒诞。这个故事说，索姆纳特的湿婆林迦实际上就是玛拿辖（Mannat）[40] 的肖像，是在先知生前存在于麦加的异教徒的最后一尊偶像，后来它被悄悄带去印度。历史学家法鲁舒科·希斯塔尼（Farrukhi Sistani）陪同马哈茂德出征，"他将印度土地上的战士和凶狠战象歼灭殆尽"，诗人加尔德齐曾经重复这点，他在 20 年后进入宫廷，认识参战者。这个传说在战时，或不久后甚嚣尘上。

马哈茂德在木尔坦的广场点阅 50000 名军人，他征召了 1200 头大象和 20000 头骆驼来载水。他趁冬季往南出兵，穿越塔尔沙漠，由老旧商队路径经过斋沙默南下卡提西瓦半岛。索姆纳特在激烈战事后惨遭攻击，著名寺庙遭到掠夺，并被烧毁。那个偶像，即林迦的下场有数种版本，也许全是道听途说。有些人说，它被送到巴格达的哈里发那里，附有一封赞扬马哈茂德为伊斯兰战士楷模的信。其他人则说马哈茂德将它带到加兹尼，将它击成碎片，埋在那座伟大清真寺门槛之下，信徒前去祈祷时一定会踩过它。至少在他的时代，伽色尼历史学家于回顾时所建构的观点是，以伊斯兰教的末世论而言，1023 年的这场征战出自于相当高尚的目的，那就是完成先知的未尽之业，摧毁玛拿辖。尽管人们声称这是此次征战的真正意义，但考虑到《古兰经》对攻击战争的告诫，这可能是后见之明或强辩。马哈茂德的货币上说，"只有一位真神，穆罕默德是它的先知，马哈茂德是他的同伴。"他从土耳其奴隶出身，爬到高位。

印度的第一位历史学家

这些早期的征服促使移民潮涌入印度河流域和旁遮普，包括商人、苏非教徒、圣人和外籍佣兵，因此许多老旧成见面临挑战或变得更为丰富。有个名叫阿尔·比鲁尼的移民，他是科学家、天文学家、哲学家和印度最伟大的历史学家。阿尔·比鲁尼是个彻底的正统逊尼派穆斯林，但印度和其思维对他产生巨大影响——印度将改变伊斯兰文明，并成为伊斯兰的心脏地带。

---

[40] 阿拉伯人的三大偶像之一。

这场对话的一个有趣层面是时间观。阿尔·比鲁尼从小熟悉《圣经》和《古兰经》的时间观，但当他旅行到印度学习梵文和印度科学时，他了悟到这些观念具有文化特性，并与历史息息相关。《圣经》和《古兰经》的历史长度观念显然令人难以相信。印度思想中的时间循环长远得令人惊异——数十亿年——而印度思想家不像基督徒和穆斯林一般相信创世论，因为在他们的理论中，每一个宇宙新时代都是从上一个时代的残骸中重新形成。时间观的改变无可避免地带来哲学思维的革命，这导致阿尔·比鲁尼的作品读起来像达尔文理论的早期阐述。

早期穆斯林历史学家深知印度宗教和"圣经民族"的宗教（根据《古兰经》，犹太人和基督徒的经典是在穆罕默德出生前由真神在其面前揭露）截然不同，即使前者有毗湿奴派和湿婆派这些派别，而每个派别都有数千万信徒，信奉不同的神、圣典和仪式，它还是在次大陆形成一套关联紧密的独特信仰体系。但阿尔·比鲁尼通过学习梵文并与印度教圣人进行讨论，却主张印度人的基础宗教信仰与伊斯兰教无异，偶像崇拜在于协助穷人和心思简单的人，只是个浅薄的议题。这项杰出的洞见成为未来穆斯林－印度教的交互方式，从中世纪苏非派圣人和神秘主义派，如迦比尔（Kabir）[41]和达杜（Dadu）[42]，到17世纪40年代的达拉·舒科，远至现代思想家如辨喜（Swami Vivekannda）[43]、泰戈尔和克里希那穆提（Jiddu Krishnamuti）[44]等不一而足。

南方诸帝国

因此，马哈茂德的两位密友和他的哲学家－科学家阿尔·比鲁尼分别代表了伊斯兰教和印度首度相遇时的两极反应。但我们要在此再度强调历史是多头进行的。1010年，加兹尼的马哈茂德横越旁遮普，攻打朱木拿河谷地，掠夺库尔（Ghur）；1011年，他的目标则是塔内萨（Tahnesar），位于库鲁舍塔遗址上的伟大古老城市。这些年在南方史书中投下庞大阴影，但南部和东部的文明中心仍屹立不摇，不受侵略掠劫的影响。也是在1010年，热带南方的一个伟大帝王以印度最伟大的建筑物来纪念他征服马尔

---

[41]　1398—1517（传说活了这么久），印度最伟大的诗人之一。

[42]　印度教圣人。

[43]　1863—1902，印度近代著名哲学家、社会活动家和印度教改革者，19世纪神秘主义罗摩克里希那传教会（Ramakrishna Mission）创始人。

[44]　1895—1986，20世纪最卓越的灵性导师、印度哲人，被通神学会奉为"世师"。

代夫和斯里兰卡之举。马哈茂德在 1017 年攻入恒河平原深处，2 年后，那位帝王的儿子——一位印度教国王和湿婆派信徒——率军出征，不可思议地快速行军1000多英里，沿着安达拉（Andra）和奥利萨的海岸，直抵恒河。毫无疑问，孟加拉国的居民一定对有军队从遥远南方入侵一事大感吃惊，军队说着无人通晓的南方语言，在此遇上马哈茂德从印度河流域来犯的土耳其大军。

10 世纪晚期，一个庞大帝国在南方兴起，丝毫未受西方和中亚历史事件的影响。如同我们在第三章所讨论的，阿育王时代人们便知道的朱罗王朝，以及其他南方伟大王朝——马杜赖的潘迪亚和坎奇（Kanchi）的帕拉瓦——在 10 世纪，朱罗逐渐壮大，成为半岛南方的强权，其强大国势延续到 13 世纪末期。11 世纪，他们占领安达曼和缅甸外海的尼古巴群岛，后者今日仍是印度领土；他们也占领了部分的爪哇，和中国互换使节团，他们在中国泉州还有商业基地。朱罗是那时的伟大文明之一，心脏地带位于高韦里河这条南方圣河的流域和三角洲。想到达那里，必须沿着科罗曼德海岸朝印度南端南下直抵朱罗曼达兰（Chola mandalam），即朱罗人的土地。

坦焦尔之旅

我随着秋末的雨季抵达坦焦尔。饭店就在火车站旁，从屋顶，我可看见一大片靛青色的云朵垂挂于镇上，一道雨幕从湿漉漉的绿地缓缓移到遥远的雷声大作处。

坦焦尔就在高韦里河三角洲顶端下方。40 条溪流从此地分散开来，灌溉稻米田，这是塑造南印度历史的王朝的财富基础。英国人曾认为这里是他们帝国中最肥沃的省份；马可波罗在朱罗黄金时代末期来到此地，对他而言，此地是"全世界最富饶的地方"。镇上耸立着罗阇罗阇（Rajaraja the Great）[45] 的寺庙之巨大金字塔，竣工于 1010 年，是朱罗王朝从 10 世纪到 13 世纪主宰南印度的象征。朱罗人还曾派遣军队远征斯里兰卡和恒河流域。

这个时代拥有优异的艺术和文化成就，常被拿来与古雅典相较。泰米尔文化历史悠久，创造了丰富多样的音乐、舞蹈、诗歌和雕刻。尽管岁月摧残，又遭殖民主义和现代化的破坏，泰米尔文化仍旧绵延不绝。如果你向往归属于某种传统文明，那你就该来南印度：高韦里河三角洲是此地的肥沃心脏地带，坦焦尔则是其帝都。

---

[45]　985 年登基，985—1014 年在位，疆域南至锡兰，北达羯陵迦，统一南印度。

上图：坦焦尔。这座于 1010 年建立的寺庙位于中世纪护城河内，旁边有神圣的西瓦干加蓄水库，里面有一座在 7 世纪就已闻名遐迩的小神庙。

　　朱罗王朝的创立者是阿地特亚（Aditya），王朝可追溯至前罗马时代（如我们所见，阿育王的敕令中曾提到朱罗人）。阿地特亚的在位期间是 871 年至 907 年，他统一王国，皇家碑铭中的诗句描述他"沿着高韦里河河堤建立一排高大的湿婆石庙，从大象出没的赛耶山脉（Sahya mountains）到月亮引发潮汐变化的海洋，处处可见"。但直到 10 世纪中期，朱罗王国仍只是个本土小国，与其半岛邻近国家陷入苦战。大力开疆拓土的是阿鲁摩利（Arulmoli），也就是后来的罗阇罗阇（万王之王），他在 985 年登基。他建立自信后，派遣海军远征新土地，包括马尔代夫和北斯里兰卡，而他的儿子拉真陀罗（Rajendra）则调派军队前往恒河流域，占领部分爪哇和马六甲海峡，以保护前往柬埔寨和宋朝的海上贸易路线。罗阇罗阇创立了一个拥有强大行政能力和军队的王国，这使朱罗人主宰南方长达三个世纪，直到今日，仍在泰米尔文化和地区烙下深刻痕迹。

　　罗阇罗阇的个人故事带着神话那份令人不安的幻象。他的王朝在他还是孩提时代时便被敌人推翻；他的曾叔父因笃信宗教绝食而死，这也许是他（罗阇罗阇）小时的事；他的哥哥在宫廷混战中惨遭杀害；在这之后，他父亲死因不明（"或许因为心碎"——

历史学家尼拉卡塔·萨司提（Nilakanta Sastri）[46] 如此猜测），他的母亲则在他父亲的火葬堆旁殉葬。后来，罗阇罗阇的姐姐昆达薇在其下令制作的青铜肖像铭文中，将他们的父母亲提升到神祇地位。

在这些事件后，罗阇罗阇的叔叔、而非他本人登基为王（像《哈姆雷特》或《狮子王》），新王被某些泰米尔历史学家（尽管并非全体）视为"邪恶的叔叔"。虽然"人民祈求罗阇罗阇成为国王，驱散时代的黑暗"，他却拒绝。"他不想成为帝王，只要他的叔叔仍渴望统治这块土地，他就不会和他争夺……"

这故事无疑掩饰了皇室倾轧，如同许多古老和中世纪印度继位混战一般，表面避而不提。但为了平息宫内派系分立，在"注意到他身体上的某些记号……显示他是毗湿奴的化身后"（此处暗藏罗摩故事的暗喻），他的叔叔钦点罗阇罗阇为王位继承人。他因此成为王储，而他叔叔则"肩负起统治人间的重任"。

年轻王子以罗摩的泰然自若，没有轻举妄动，静静等待时机来临。当时机最后来临时，这位国王展现实际取向的天赋，毫不留情地抓住每个自我提升的机会，在南印度的文化、政治和宗教生活上都留下无可抹灭的印记。

罗阇罗阇的个人神祇——泰米尔人所谓的家神——是湿婆，但就像所有其他伟大的印度统治者，他也热心赞助其他宗教，在纳格伯蒂纳姆（Nagapattinam）这个主要海港兴建寺庙和一座巨大的佛教寺院以欢迎东方朝圣者（亚洲朝圣者一直使用它们到 16世纪，而直到 19 世纪 60 年代，它们才被捣毁）。他甚至准许在那座坦焦尔的伟大湿婆庙的墙上竖立佛教雕像，这座寺庙的兴建是为纪念他的统治、征服以及他本人。

罗阇罗阇在坦焦尔的印度寺庙如今是世界遗产，但它仍在运作。饱受风雨侵蚀的红色砂岩门塔（gopura）矗立着，为正式入口，看起来仿若充满异国情调的石化植物，装饰和尖顶饰如芽般林立。寺庙以这位伟大帝王之名命名，称作"罗阇罗阇瓦兰"（罗阇罗阇大帝），墙壁上雕刻着冗长的铭文，叙述他的军事胜利和宗教捐献。皇家成员和朝臣竞相仿效他的慷慨，纷纷捐献青铜器、烛台和家具等各种奢华礼物。其中最显赫的捐献者并非他的十位皇后，而是他"亲爱的姐姐"昆达薇，他似乎与她异常亲密。在所有的铭文中，她的名字都列于皇后之前，他后来娶了她的女儿，还将一个女儿的名字取为昆达薇。

巨大的入口通向一片宽敞、优雅的广场，在经历镇上拥挤的喧嚣之后，这令人

[46] 1892—1975，印度历史学家。

上图：坦焦尔大寺庙一道装饰繁复的仪式性大门，它通往神圣的院落。

神清气爽。寺庙的面积为 1200 英尺乘 800 英尺大，四周被有柱子、墩身和壁柱的回廊环绕，一道壮观的花岗岩围墙高达 40 英尺。好几排的湿婆坐骑牛南迪（Nandi，意指圣牛）的小雕像沿着顶端竖立，为精美严肃的古典主义风格带来一丝活泼趣味。望过围墙顶端，椰子树弯身低头，被温暖的风吹得婆娑起舞，一群群朝圣者绕着寺庙前进，穿着鲜亮的柠檬、绯红和金色纱丽。

内院是个大型仪式场地，为皇家仪式剧场。世上少见有如此古老的建筑仍旧保存得这般完善，而且还在运作。在院子中央，主要神殿屹立在巨大平台上，上面庞大的角锥形塔高达 216 英尺，

1010 年竣工时，这是印度最高的建筑。寺庙完工时以盛大节庆庆祝，演技精湛的皇家剧团表演了一出特地为此盛事而写的音乐剧，细数国王和其寺庙的故事。可惜的是，这出戏的脚本现已迭失，但坐在灿烂阳光照耀下的院落里，听着今日的节庆帐篷随风啪

啪作响，我想像罗阇罗阇身兼国王和剧作家——同时是哈尔王子（Hal）[47] 和哈姆雷特，可靠又多变，他还是剑客和诗人哲学家——正对他的演员下临时指示，指导他们如何演出赞颂他的文句："……他的功绩如此彪炳，幸运女神是他的妻子，而大地之母则是他的情妇。"

在高塔基座的周遭是好几排湿婆雕像，湿婆拿着盾和剑，呈现战士之姿，为城市毁灭者。此地铭文列出 30 个朱罗军团，每个都战果辉煌。门旁是罗阇罗阇和他的精神导师卡鲁武拉的肖像雕刻。走过楼梯，穿过幽暗的走廊直通一处圣所，走廊以巨大的正方形花岗石列柱支撑，流露思古氛围。最后，走到神殿里面，一根 12 英尺高的黑色林迦在巨大的台座上昂然屹立，这是湿婆的象征，背后是体积庞大的青铜制七头蛇。这座林迦的名字是"罗阇罗阇大帝"。每个黎明，庙方将牛奶倒在擦亮的花岗岩上，然后清洗，再以长串的金色金盏花装饰，最后裹上闪闪发亮的白棉裙。根据泰米尔纳德邦的习俗，在罗阇罗阇生日那天，寺庙仍会举行纪念国王的印度教特别礼拜。考虑到建造者顽固的个人特质，或许这神殿原本也是要当作存放国王骨灰的最后埋葬之所吧。

如同国王原先的意图，这座寺庙的规模和宽广都达到壮丽辉煌之效。朝圣者从最后一道门穿越阳光遍洒的庞大院落，从开阔宽广的天空下一下子进入一间阴暗的"子宫室"。但罗阇罗阇时代最美丽、最亲密和最倏忽即逝的作品其实就隐藏在暗处，未向大众揭露。神殿的墙壁间有道游廊，墙壁上有早期的壁画，它们后来被 17 世纪的绘画所掩盖，接着又被雨水严重侵蚀，20 世纪 30 年代才开始进行抢救。虽然之前也有少数朱罗绘画留存至今，但此处所揭露和保存的最令人惊叹。它们采用真正的湿壁画技巧——于潮湿的石膏上作画，而其中的画像让我们得以一瞥朱罗帝国的失落世界。最令人吃惊的，是军事主题和最精致细腻的画笔的奇妙融合。这个时代的诗歌几乎拥有后现代的意识和高度的性坦率，但他们也讴歌嗜血残忍的战争，其中描绘了敌人的寺庙遭到掠夺、造反分子的头部在大象脚下如瓜般被踩碎的场景。最令人发指的，是战败一方的皇族女性遭到截肢的命运，其中一例是战败国王的母亲，另一例是"如孔雀般迷人"的王后。在迈索尔地区的一场战争中，战败国家的女性"被松开腰带"或"被剥夺其阶级"，换句话说，就是惨遭强暴。更奇特的是，一位遭到判刑的大使被迫穿上女人的衣服，放到没有桨的船上任其漂流，这是侮辱他的方式。这些也许能让我们对中世纪土耳其苏丹和印度教王侯间的类似战争产生不同看法，当时，捣毁寺庙代表一种宗教上的偶像破坏行

---

[47]　莎士比亚戏剧《亨利六世》中的主角之一，生性严肃，有学者认为他是莎士比亚的化身。

上图：罗阇罗阇大帝和他的精神导师卡鲁武拉，这是隐藏在大寺庙神殿游廊的其中一幅朱罗壁画。

径。毫无疑问，穆斯林对印度教制造肖像的敌意是部分原因，但我们绝对不能低估征服者的报复冲动。如同在中世纪欧洲，背弃你的君主形同宗教亵渎。

　　因此，这是个鲜血与花朵并盛的时代，我们在此可举虽奇特但相当类似的例子——封建时代的日本，或者，甚至阿兹特克？在寺庙游廊的微弱光线下，你可以尽情凝视那个时代的脸庞，仿佛从色泽的蒙蒙迷雾中——天青色、海绿色、灰白色、灯黑色、黄土及赤土色——依稀能辨识出柔和模糊的轮廓。那里有幅罗阇罗阇的真人画像，嘴唇丰润，肤色金黄，身躯微胖，今日可在富有的泰米尔政客或丰满的宝莱坞巨

上图：在大寺庙的圣所内。我们竟然得到祭司特准，得以拍下这些林迦象征仪式的美丽镜头，罗阇罗阇于1010年奉献这个男性象征。

星身上看到这种婴儿肥。他低着头，沉迷在与他的精神导师身兼桂冠诗人的对话中，而卡鲁武拉则一脸白胡子。在附近的墙壁上画着湿婆，仍是以战神之姿出现——魔鬼城市的毁灭者，两眼圆睁，暴怒异常，他身边旋转的画笔宛如定时摄影的头灯。皇室也在此膜拜他们的家神：湿婆在火圈中狂舞的模糊肖像，珠宝闪烁着微光，仿佛印烙在底片上，他身后是吉登伯勒姆那座神庙（the sanctum at Chidambaram）[48] 的弓形屋顶，他表演宇宙之舞的"意识之厅"。

人神共通的湿婆舞蹈是寺庙和文化的中心意象——同时作为神的舞蹈和一种艺术形态。湿壁画上，女孩们跳着舞，只穿着腰带，赤裸的身材玲珑有致，戴着手镯和脚饰，发型精美。在楼上的上层游廊于国王在 1014 年死去时尚未完工，这里有一系列的雕刻镶板，展示婆罗多舞（Bharat Natyam）[49] 的 108 种姿势，依循古老书籍《乐舞论》（*Natya Shastra*）[50] 的确切次序排列。在这座新神庙落成时，罗阇罗阇雇用了 850 位员工——仆人、舞蹈指导、音乐家、鼓手、歌手、会计师、撑伞的人、灯夫、船工、陶艺家、男洗衣工、理发师、占星家、裁缝师、木匠、金匠——用于 1010 年的落成典礼中，并从朱罗纳德（Chola Nadu）[51] 找来 400 位舞娘。她们住在神庙旁的巷弄里，名字列在外墙的铭文上，载明住址和出生的村落。她们将余生完全奉献给神和国王，契约细节写得一清二楚：雇用条件、酬劳、责任、养老金约定，以及死亡时的权利。比如以下的典型例子："南区南街，80 号，舞娘赛古兰，来自帕其曲尔村庄的提鲁梅拉利庙。"而 79 号的年轻索兰呢？这些细节非常吸引人，历史学家很难抗拒试图追查它们的冲动……

在帝都坦焦尔内

夜幕低垂，大雨乍歇，温和的阳光斜照在巴士站。我搭黄包车进入旧城。尽管这时期的碑文众多，却缺乏对这个伟大印度帝都的描述，它的位置或布局也付之阙如。在 8 世纪早期坦焦尔以新兴城镇坦贾普利（Tanjapuri）之名崛起，当它在 9 世纪中期

---

[48]　建于 13 世纪，为印度南部最古老的舞神湿婆庙。

[49]　南印度一种传统舞蹈，也是最古老的古典舞蹈。

[50]　这本以梵文为主的论述，又称第五吠陀的《乐舞论》是 3 世纪婆罗达牟尼（Bharata Muni）所著，为史上有关戏剧舞蹈论述的最古老名著作。

[51]　位于泰米尔纳德邦高韦里河下方。

上图：在传统泰米尔"阿格哈兰"屋舍内，南方古老文化中的休息时刻。

成为朱罗首都时，建筑了堡垒和防御工事。那个城市现今在小镇北方，靠近维纳河（Vennar）河堤。有座小寺庙仍屹立在那里，其神祇称为坦焦尔之主。然后，在 10 世纪晚期，罗阇罗阇兴建了一座新城市，内有宽广街道和市集，还有他姐姐昆达薇奉献的医院。但今日的城市布局似乎完成于 16 世纪或 17 世纪。我们尚未证实罗阇罗阇的首都是否就在此地：许多学者认为它在现今有护城河环绕的城市外某处，但我没那么确定。现在是展开另一场探索的时候了。

我随身带着英国军事观察家于 18 世纪绘制的地图，这幅地图绘自卡纳蒂克战争（Carnatic wars，1746—1763）[52] 中的"确切调查"。地图显示了坦焦尔在这场英法战争中的位置，当时，帝国主义者的军队横越南方，带来毁灭、混乱和死亡。地图绘有炮队视

---

[52] 18 世纪，英国人、法国人、马拉塔人和迈索尔人之间为争取控制内洛尔（Nellore），以南海岸地带为中心而发生的一连串冲突。

线和法国攻击地点的细节，但它也显示了古街道、巷弄和神庙。在城堡内，有四条形成正方形的大街，外面则是杂乱的狭窄巷衢。这就是朱罗铭文上提到的四条大街吗？我下车，进入宫殿围墙下的一条窄巷，立即看见一座残破的中世纪寺庙，它现在被当成自行车棚。以前用来支撑节庆雨篷的柱子矗立在堆肥中。

再往前走，旧城的中心是一座隐秘的大杂院，只能以步行抵达。在今日的西街中央有座大神庙，雕刻着朱罗铭文；附近有一连串石铺的巷衢，看起来像是住宅区的精密格局，每条巷子都有特定入口。之后，我转进南街——舞娘可能住过的地方。10世纪的门牌号码毫无用处。"你在找旧号码或新号码？"一名商店老板问我，指着他的门框，上面有新旧两个号码。不消说，两者都不是。我离开南街，漫步走进新混凝土购物中心旁的一条窄巷。我走过一条小拱廊，抵达一个小院落，一边是印刷店，另一边是一座老家庙。老板在印刷店里泡茶，老旧的金属铅字板上沾满灰尘，他说："我们现在计算机化了。"我们坐在他的阶梯上，看到在院落的另一端，一位穿着缠腰布的老人提起印度教礼拜的火苗，然后摇铃。

"我只能告诉你有关这条街道的口述历史，"印刷店老板说，"我们是个坦焦尔家族，传说中，这里位于罗阇罗阇的首都内部；皇家雇员住在那一边，歌手和舞娘住在这一边。你看，我邻居的家庙很古老吧，至少六百年了。老坦焦尔地区都是如此。"

我坐在阶梯上，啜饮着茶，落日余晖照在家庙屋顶，尖峰时刻的交通工具隆隆经过巷弄尾端，购物的人行色匆匆。当然，我现在看到的是许多时代的产物——朱罗人、纳雅克人（Nayak）、马拉塔人（Maratha）和英国人治下的各个时代——但在我的心灵之眼中，我可以看见一份泰米尔伟大文献中所描写的10世纪场景："城市居民的嗡嗡低鸣宛如翻腾的海浪……街道上如彩虹般七彩斑斓……旗帜啪啪飘扬，露台上安放着蓝色水壶，蓄水库如妓女的心思般深沉。男男女女衣着艳丽，就像神的城市。"这是一位耆那教作家写的诗，显然受到传统泰米尔文学的城市描写的影响，但它含有10世纪的特殊氛围——"说着18种语言的人民聚集在此，密密麻麻地仿若群聚在长满成熟果实的果树上的鸟儿"。《耆婆如意宝》（*Civakacintamani*）[53] 这首史诗接下来描述城市内的景象：

---

[53] 耆那教宗教史诗，以古典泰米尔文写成，亦有人音译为《辛瓦卡辛塔马尼》，作者是提鲁塔卡特瓦（Tirutakkatevar）。

　　城市（内部）充斥着来自岛屿的商品……市集街道漫长宽广，布局完美，到处都是闪闪发光的宝藏，他们的仓库堆满珍贵的奢侈品……七种阶级的人民数目庞大，摩肩接踵，一个人身上的檀香膏抹到另一个人身上，人声鼎沸，语言难辨……千道炊烟如疾风般席卷过街道，遮蔽烈日。当节庆结束时，访客得小心踩过街道上的成堆花环，花瓣形成的花池，还有各色粉末散落的红地。

　　你可以想像，这便是罗阇罗阇时代的坦焦尔。

从古老世界到中世纪

　　因此，印度中世纪文化在许多方面开花结果。在此章的管窥之外，我们也许还应该提到卡朱拉荷、奥利萨和古吉拉特的建筑；阿旃陀、埃洛拉（Ellora）[54] 和卡勒（Karle）[55] 的石窟；阿布山（Mount Abu）[56] 的耆那教寺庙；或孟加拉国的佛教建筑，帕拉王朝（Pala kingdom）在 8 世纪至 13 世纪间于此地留下许多雄伟的纪念物，举如，现在位于孟加拉国的苏摩普梨（Somapura）大学。虽然印度从未统一，但历经这些世纪以来，次大陆可能是全球最为富裕、人口最为众多之处。当然，这些都是种姓阶级分明的社会，部落和贱民往往遭到粗暴对待，精英阶级则耗费庞大资源促进他们的皇家声望和崇拜仪式。

　　大众并未从他们的行径中获利，但他们的文化仍旧保有许多特质，其中值得关注的一点就是宗教多元主义。排斥异己绝对不是其他文明的专利，我们轻易便能找到，在中世纪时极端无法忍受佛教徒和耆那教徒的印度教国王，有些甚至无法容忍其他印度教教派。但如果存在一种广泛倾向，大致可以说，外来王朝避免创立国家宗教，尽管某些本土王朝偏爱某种宗教——孔雀王朝的耆那教或佛教，或者，笈多王朝的毗湿奴派，朱罗王朝的湿婆派——眼光远大的印度统治者依旧积极支持其他信仰。我们可以大胆地说，关键就是多元主义。

　　直到 14 世纪早期，南方的古老本土王国仍不受外界干扰，自行发展文化。反

---

[54]　世界文化遗产，位于奥兰卡巴附近。

[55]　位于孟买东南方。

[56]　位于拉贾斯坦。

上图：提鲁瓦讷马来举行的卡尔提伽节（Kartikai festival）的热闹景观。这个古老的泰米尔山丘寺庙供奉 7 世纪的圣人，后来罗阇罗阇加以扩充和发扬光大。

之，在北方，古代晚期和中世纪早期的强权却在 11 世纪和 12 世纪便受到外来冲击，直到德里苏丹王国于 1192 年建立，并开启长达数世纪的阿富汗、土耳其和莫卧儿王朝的统治，其中有些国王还积极传播伊斯兰教。但如同我们即将看到的，融合来临了。一个极具代表性的轶事（它遭到复制多次）说，伟大的旅行家伊本·白图泰（ibn Battura）[57] 曾描述道，在 14 世纪 30 年代，卡朱拉荷的性爱神庙中那些表现湿婆和帕尔瓦蒂的宇宙婚姻的色情雕像十分精妙，属于不同文化的人共同在印度永恒的追寻、也就是对知识的追寻中相濡以沫。

至于我在本章开始时提到的罗摩的故事，它在中世纪演变成一种隐喻，一种印度经验的意义象征，成为观看印度历史潮流变换的透视镜。据说这个故事有超过 300 种版本，有些经过大幅度改写，比如泰米尔语、马拉地语、泰卢固语和孟加拉语版本，在北方通用语言印地语（Hindi）中也不例外。摩皮拉人是喀拉拉最古老的造船阶级，他们甚至有穆斯林版本："兰姆（Ram）苏丹"的故事，其背景设在热带南印度的穆斯林世界里。我们还有一个以泰米尔语的《罗摩衍那》为范本的泰米尔语《先知的生平》。罗摩的故事以这些形式成为另一种印度历史，它是人们共同的根源，所有社群，甚至所有宗教都能分享。如同印度所有伟大的发明，它属于所有人。一位印度最高法院的穆斯林显赫人物如是说：

> 这整个国家都是罗摩的出生地。总而言之，这片土地就静躺在所有人的心灵中，历经数世纪以来，人们深爱、尊敬和崇拜罗摩王子，视他为最完美的人：正直、诚恳、宽容和博爱的理想典范。

---

[57]　1304—1369，中世纪阿拉伯旅行家。

5

理性的统治：伟大的莫卧儿

在巴拉希萨尔的壮丽堡垒，春夏两季吹过喀布尔平原的北风将树木吹得婆娑起舞。喀布尔城墙迤逦绕过赤裸的棕色山丘，它最初兴建的目的为抵御5世纪的匈奴来袭。自那之后，喀布尔连番遭受攻击——成吉思汗、帖木儿、莫卧儿人、波斯人、英国人——他们今日仍在进行战争，赫尔曼德省（Helmand）[1] 仍有零星战斗。但在此地，于16世纪早期，入侵印度的新计划形成，即将对次大陆的历史造成深远影响。

上图：从巴拉希萨尔眺望的喀布尔城市美景。作于约19世纪40年代。

我在与塔利班的第一次战争时（也就是20世纪90年代中期）抵达此地。当时，城市完全被摧毁：没有电，没有街灯；夜晚，偶尔有车子的头灯照亮这个破碎城市高低不平的小尖塔和黝暗的阴影。自从塔利班在2001年被推翻后，尽管南部炮声隆隆，国际贸易公司仍重返此地，新建筑如雨后春笋般崛起。但过去25年来不断的战事使得人口向外扩展，山丘上满是临时搭建的小屋，20世纪60年代晚期的郊区变得肮脏不已。老阿富汗人会告诉你，这里曾是一片天堂乐土：诗人彼得·利瓦伊（Peter Levi）[2] 描述此地为"天使国王的光辉花园"。

---

[1]　阿富汗南部省份。

[2]　1931—2000，英国诗人，考古学家和旅行作家。

巴布尔：第一位莫卧儿帝王

　　莫卧儿王朝从 1526 年至 1857 年间统治北印度，巴布尔是其创建人，他的坟墓静躺在离城市中心不远的山谷，那里曾繁花似锦——这段路程足可让我们瞥见阿富汗历史的多样性。今日，人们轻易便将阿富汗视为伊斯兰原教旨主义者的温床，但另一个更为丰富的历史痕迹其实就在我们四周：我们在前文就讨论过，阿富汗的历史一直是印度的故事的一部分，此地见证了次大陆的历史浪潮。在青铜器时代晚期和之后，喀布尔山谷是梨俱吠陀人的土地。在公元后几个世纪，它是佛教文化的重要枢纽，并于 6 世纪至 10 世纪年间由印度教国王统治。直到 20 世纪 80 年代的内战和苏联入侵时，它仍有庞大的印度教人口，超过 25 万，主要是商人、工艺匠，以及传统俞那尼（希腊－罗马）医学（Yunani medicine）[3] 的医生。现在只剩下几百户印度教家庭，但山谷内充斥着过去多元信仰的遗址，印度教徒、佛教徒和穆斯林都曾来此膜拜。山谷南端屹立着贵霜佛塔遗迹；古老的穆斯林墓园纪念在 7 世纪第一批抵达喀布尔的伊斯兰传教士；直到苏联入侵时，这地区仍有一座印度教寺庙。悲哀的是，在桑树林间的野餐早已成为往日光景——至少在目前仍不可行。

　　但最能引发思古幽情的是巴布尔的花园，这位传奇莫卧儿帝王的埋葬之所。他的故事不同凡响。巴布尔出生于费尔干纳，为苦盏（Khodzent）这座塔吉克城市的国王，是成吉思汗和帖木儿的直系后裔。他在 1504 年征服喀布尔，并从此地发动 1525 年对印度的最后攻击，矛盾的是，印度那时正被从阿富汗来的洛迪苏丹王朝（Lodi sultans）[4] 所统治。巴布尔大胆而冒险的军事行动大获胜利。他创立莫卧儿王朝，其帝王后来成为全世界最荣耀的统治者。但他从未忘情于喀布尔。在巴布尔的回忆录里，他对印度炽热和灰尘扑扑的气候多有抱怨（"没有什么有吸引力的地方……没有好吃的甜瓜"）。喀布尔才是他钟情之所，那里"气候适中，可远眺大湖，当平原披上绿衣时，草地如茵"。他特别喜欢山谷，那是他长达 20 年的家，它的高度使夏季气候凉爽，遍布长满葡萄树、橄榄树的果园。此地的花园兴建于 1504 年到 1528 年间，自那时起便广受市民喜爱。墓碑上的铭文是他的名言："倘若人间有天堂，就是这里，就是这里，就是这里！"

――――――――――

[3]　源自古典希腊医学。
[4]　1451—1526，德里最后一个穆斯林苏丹王朝。

上图：今日在喀布尔市外的巴布尔坟墓。

巴布尔告诉我们，他在这些崎岖山丘、翠绿山谷和果园间感觉最为自在，那里棕色的山峦覆盖着如溪流般的白雪，还有布哈拉、梅尔夫以及撒马尔罕令他钟情的宫殿和市集。巴布尔从未学会印度语言，他说的是源自莫卧儿斯坦（Mughalistan）[5] 的土耳其方言察合台语（Chaghtai）[6]。莫卧儿斯坦位于锡尔河（Syr Darya）北部，延伸至巴尔喀什湖。直到最后，他在闷热的印度平原，仍旧怀念着中亚的广阔天际，潇潇春雨过后，撒尔马罕的紫色沙漠点缀着盛开的花朵。

40 年前，在"嬉皮之路"（Hippy Trail）[7] 的时日里，此地仍是个舒适的停留点，到处是高大的楝树，空气中弥漫着野玫瑰和茉莉花香。自那之后，阿富汗的灾难甚至波及其最辉煌的穆斯林纪念碑。数十年来的忽视，25 年的战争，数年的干旱使水道干涸，树木植物枯萎，留下一片荒芜，被到处乱盖的小屋掩盖。现在，城市正在修复：花园重新

---

[5]　波斯人称呼东察合台汗国时使用的名词，疆域包括今哈萨克斯坦、吉尔吉斯斯坦以及中国新疆的部分地区。

[6]　一种突厥东部方言。

[7]　20 世纪 60、70 年代，欧美人从伊斯坦布尔、德黑兰、喀布尔、白沙瓦到果阿（Goa）或加德满都的流浪之旅。

上图：莫卧儿大帝巴布尔。在中亚的苦盏，这位印度征服者仍被尊崇为诗人。

栽种树木和花草，希望它能再度成为莫卧儿时期的憩息所。从炸毁巴米扬大佛到捣毁喀布尔博物馆——过去30年间阿富汗曾发生过许多悲剧，因此这场重建战争也是要弥补这些过失。

　　但那座花园不仅是这段印度故事的背景，它亦是我们后来视其为印度本质的文明象征。它是次大陆的第一座莫卧儿花园，而在阿格拉南方多尔蒲（Dholpur）的花园则是巴布尔在印度的第一个统治所在地。他的后继者所兴建的其他花园包括斯利那加（Srinagar）的壮丽花园，可远眺克什米尔的达尔湖，但在圣战士的阴影笼罩下，现已荒废，无人造访。此外还有在泰姬玛哈陵旁的朱木拿河边重新发现的月光花园。但喀布尔花园是第一个范本。巴布尔在低矮露台上设计了一连串的正方形花园，中间安置八角形和圆形喷泉，由莫卧儿人深爱的楝树提供遮阴。花园两侧现已毁圮，但你仍能从中望过平原，远眺阿富汗中部山脉，即使在夏季，绵延的山峦仍覆盖着皑雪。你走上以前高大丝柏树林立于两侧的山路，直抵一座沙贾汗（Shah Jahan）[8] 建于 1646 年的大理石清真寺，美丽壮观，此寺庆祝他攻下巴喀（Balkh）古城，即“城市之母”之举，巴喀位于兴都库什山脉外的阿姆河平原。巴布尔的陵寝就位于清真寺上方的露台。尽管在阿格拉过世，但由于巴布尔如此深爱这个花园，他要求返回此地埋葬。战争和内部纷争不断拖延这个愿望，直到 9 年后，他忠心的阿富汗妻子碧比·穆巴丽卡·尤苏爱（Bibi Mubarika Yasufzai）[9] 才终于将他带回。

巴布尔要求陵寝尽量俭朴：他希望陵寝由雨、阳光和雪所覆盖，也许还能开满花朵。家族遵从他的要求，他的曾孙贾汗季（Jahangir）[10] 在 17 世纪为他立了一座小墓碑。直到 20 世纪 30 年代，现代的大理石才安置在其上，并兴建小楼阁，但目前的修复计划会将它拆除，让巴布尔的陵寝重新暴露在外，任由日晒雨淋。

巴布尔所建立的北印度帝国最终成为印度－伊斯兰的奇妙综合文化王国，并曾短暂拥抱所有宗教。这帝国由穆斯林帝王统治，他们和佛教徒高谈阔论，而非炸毁他们的雕像；他们在卧室里挂着圣母图像；翻译印度教宗教经典，而非斥其为偶像崇拜者的异端邪说。今天，人们认为莫卧儿时代界定了北印度，它的成就使人称羡，但这并非它唯一迷人之处。在这个故事里，我们可瞥见伊斯兰世界过去荣光的标志，也许还可望见未来的宽容胸襟。

---

[8]　1592—1666，第五位莫卧儿王朝帝王，泰姬玛哈陵的建造者。

[9]　巴布尔的十个妻子之一，属于南亚帕什图族（Pashtun）的尤苏爱（Yusufzai）分支，可能是一桩政治联姻。碧比遇上巴布尔的故事很有趣，当时他伪装成乞丐，而她正在布施，并要求他为巴布尔祈祷，因为当地人民很不喜欢他的入侵行为。

[10]　1569—1627，1605—1627 年在位，爱好艺术。

潘尼帕特之役

1526 年春天，莫卧儿军队的甲胄发出叮叮当当的声响，从喀布尔南下，横越印度河流域的阿托克（Attock）[11]，行经大干线。军队穿越旁遮普，转南沿着朱木拿河的古道前进，进入平原。军队的火炮由马匹拉动，为首度在印度的战役中所使用的炮队。巴布尔试图攫取这片次大陆的财富，因而曾出兵 5 次，这将是最后一次。他现在已 43 岁，灰发苍苍，是从孩提时代便惯于作战的沙场老将，他的母亲是成吉思汗的子孙，他的父亲则是帖木儿的后裔：

> 印度斯坦是片广大而人口众多的王国，非常富庶，但它也是个奇怪的国家。跟我们的帝国相较，它不啻是另一个世界。它的山脉、河川、森林和野地，它的村庄和省份，动物和植物，人民和语言，甚至它的雨水和风儿都截然不同。一旦跨越印度河，土地、水、森林、石头、人民、部落、礼仪和习俗全都流露印度斯坦风情。人口众多……而大部分的印度斯坦人是异教徒……

尽管如此，他的敌人却并非印度教徒，而是穆斯林－德里苏丹王国（Sultan）[12]的易卜拉欣·洛迪。决定性战役发生于 1526 年 4 月 20 日礼拜五，当时，北印度的气温正逐渐上升，一般在此时，气温可高达摄氏 45 度，甚至更高。易卜拉欣苏丹的大军人数占尽优势，据说，他可以召集 10 万人，几乎是巴布尔军队的 10 倍。

战役发生在潘尼帕特（Panipat），为大干线上的古老城镇，位于德里北方 55 英里处。潘尼帕特静躺在乡野狭地间，印度史上许多伟大战役都在此上演，它也是个传奇地点，是《摩诃婆罗多》的般度族和俱卢族交战之地。巴布尔选择了一个战略地点，右翼大军在城镇和郊区，左翼大军则躲在朱木拿河一条古老但已干涸的河道，以倒塌的树木和丛林作为掩护。他的军队和当地人民控制着 700 辆马车，以绳索相系，中间留下空隙供火绳枪发射，并在防弹盾后方重新上膛。有些空隙宽达 50 码至 100 码，好让骑兵出袭，尤其在巴布尔决定让大军移动，伺机攻击的时候。

---

[11]　位于巴基斯坦。

[12]　1206—1526，阿富汗古尔王朝（中国称为廓耳国）入侵北印度后建立的统治王朝，后来分裂为五个王朝时期，最后一个即为洛迪王朝。

巴布尔以强悍、大胆的风格和武器优势取得胜利。阿富汗人的死亡人数达 16000
人，在厮杀正烈时，苏丹亲下战场。当莫卧儿人发现他的尸体时，他们砍下他的头颅，
献给巴布尔。"我向你的勇敢致敬。"他阴沉沉地说，将染满血的头颅高高举起。当地
人将这位不幸的易卜拉欣苏丹的坟墓安置在小神殿里，就在今日城镇嘈杂的心脏地带
的巴士站后方。

巴布尔继续往德里推进，但在他离开潘尼帕特前，他下令在战场上兴建一座清真
寺以感谢真主。它至今仍矗立在那里，这是印度最早的莫卧儿纪念建筑。清真寺现在
被潘尼帕特的工业用地所包围，屹立在一度能俯览战场的低矮山丘上。它很不容易找，
你必须询问当地人，最后总有人会指引你通往喀布尔花园清真寺的路径。清真寺小巧
优雅，以暖色系的褐色砖块兴建，表面以红色砂岩镶饰，坐落在莫卧儿人所谓的"印
度花园"中，那是一座由四个正方形组合而成的花园，有个装饰性水池。巴布尔以这
个花园将中亚伊斯兰花园的概念引进印度，在此也许最能感受到他的个性。他的儿子
胡马雍（Humayun）[13] 后来加以扩建，孙子阿克巴则加盖一座精致的门楼，由此可看
出皇室家族对此地的情感。战役后的第一个礼拜二，巴布尔抵达德里："我们抵达尼扎
木丁（Nizamuddin），我在此绕行一周，然后我们在城市对面的朱木拿河扎营"。尼扎
木丁仍是德里人深爱的苏非寺庙，你可经过数条窄巷抵达寺庙。窄巷旁肉铺、茶馆和
有雨篷的朝圣摊位栉比鳞次，通往一座大理石院落，从早到晚挤满了人。以宗教宽容
的观点看来，此地是德里最怡人的景点之一。"之后，"巴布尔说，"我回到营地，上船
喝点小酒。"

他趁小酌时沉思片刻，思索自己的人生和历史。"从 910 年（公元 1504—1505 年）
我攻下喀布尔后，"他在回忆录中写道，"我就一直想拿下印度斯坦。"他很清楚这是个
转折点。经过四次失败的出征后，他终获成功：

> 从先知的时代开始只有三位伟大的穆斯林沙阿统治了印度斯坦（巴布尔在此
> 指北印度和德里：他知道南方还有在伊斯兰世界控制之外的伟大帝王）。我是其
> 中第三位：第一位是加兹尼的马哈茂德；第二位是希雅布丁·古里苏丹（Sultan
> Shiabuddin Ghuri），他与他的奴隶和追随者统治王国多年。我是第三位。尽管如
> 此，我的成就远超过他们。我们第一次出征到（印度河的）贝拉时，只有 1500 多

[13]　1508—1556，莫卧儿帝国皇帝，曾逃至伊朗，后占领德里，恢复莫卧儿帝国。

上图：潘尼帕特清真寺，这是德里北方的"喀布尔花园"，可由此远眺建立莫卧儿帝国的战场遗址。

位士兵，最多 2000 人。在第五次，当我们打败易卜拉欣苏丹，征服印度斯坦时，我的军队是我所曾率领过人数最众多的——仅是 12000 人。

　　这些字句来自巴布尔的回忆录，出自历史上一位伟大帝王亲笔写下的精彩自传。坦率、真情流露且（我个人觉得）公允，这是直到近代为止，伊斯兰文学中的第一本堪称写实的自传。自传包含对话、信件、诗歌、敕令，历史和地理细节，流露对大自然的深刻好奇心，充斥着对植物和动物生态的丰富观察。对一位在马鞍上过着艰辛生活、睡在营地里的男人而言，他相当欣赏生命中的微小事物，尤其是水果：布卡拉的梅子"天下无敌"，喀布尔的大黄"优异无比"，它的葡萄则"棒透了"。至于甜瓜，"黄色瓜皮柔软得像皮手套，果肉甜美，无可比拟"。巴布尔还记下他自己的弱点、疾病、愤怒和离家之苦，他的饮酒过度；他展露人性的一面。作为一位领袖和说做就做的人，他也非常残酷。一个典型的段落说道："我下令将厨师活生生地剥皮，把品酒师剁成碎片，一个女人由大象踩过，另一个用枪射死。"

　　巴布尔在得到伟大的胜利后，描述了在德里上演的扣人心弦的场景。军队里弥漫着不满的气氛，让人想起亚历山大大帝在比斯河时的情景。疾病和热气造成死亡人数攀升，士兵痛恨印度，怀念喀布尔的花园。"许多士兵开始染病，死亡，仿佛吹起瘟疫的风。这是为何大部分的伟大战士和领袖开始气馁的原因。"他们不愿留在印度斯坦，开始离开。这是个关键时刻。

> ……倘若年迈和经验丰富的领袖说这类话，他没有错，因为这类领袖拥有足够的敏锐度和智慧来分辨慎重和轻率，下决定后结果的好或坏。这类领袖会将所有事情纳入考虑，他知道，一旦下定决心，便无一再重复说那些话的必要。我期待和这些人一起赴汤蹈火，我到哪儿，他们就陪我到哪儿，而且不会出言反对。

因此，巴布尔对议会展开演说，就像他的西班牙同代人物弗朗西斯科·皮萨罗（Francisco Pizarro）[14] 在南美对其手下一般，两人皆意识到，只有肯下所有赌注的人才能赢得各自眼前的那片大陆。在北印度平原5月中旬的溽热中，他对站着聆听的将领们所说的话切入要害：

> 我说过，没有武器和雄霸之心，就没有统治和征服。没有军队和领地，便没有君主政体和封邑。我们历经艰辛多年，穿越漫漫长路，将我们自己和士兵投入战争的危险中。通过真主的恩典，我们打败了为数如此之众的敌人，夺下如此广大的土地。在付出这般惨烈代价后，为何现在要轻言放弃一切？我们仍要返回喀布尔，去过贫穷的生活吗？

尽管巴布尔从未失去对家乡的渴念，但大部分人选择继续前进。他的子孙长期以来抱着荣归中亚家乡的帝国梦想：他们甚至鲁莽地在那里发动战争。但最后，他们在费尔干纳的祖先土地终成一场遥远的回忆：他们曾经一度热烈渴求撒马尔罕的果园这片传说中的帖木儿帝国首都，最后它成为被抛诸脑后的热情。巴布尔的子孙最后变成了印度人。

---

[14]　1471—1541，印加帝国的西班牙征服者，建立利马城。

巴布尔的传承

如同帖木儿和图格鲁克（Tuqluqs）[15]，巴布尔是入侵者，他的帝王霸业则由暴力推动。在锡克教的宗教文献里，上师纳那克（Guru Nanak）[16] 说，巴布尔是死神的信差，"为印度斯坦带来恐惧"，并指控他的军队强暴印度教女性。反之，莫卧儿文献则说，巴布尔尽力保护战争中的平民百姓，如果农作物受到波及，他甚至会赔偿农夫的损失。但巴布尔毕竟受到时代限制，在他的时代中，作为国王就是要人民恐惧。今日，人们对他的传承尚无定论，尤其是印度教民族主义者，他们视莫卧儿为印度的敌人。巴布尔在某些时刻的确使用圣战的激烈语言，但那似乎只是在他军队士气低落的时候。

根据《古兰经》的教义，巴布尔可以在异教徒反抗他时残酷以对。但他可曾像过去或未来的其他君王般摧毁印度教寺庙？至于阿逾陀的清真寺是否是建立在捣毁的印度教寺庙之上，至今仍无定论，但征服者的确会有这类行径，我们无法确定巴布尔是否有所不同。1528 年，他围攻金代里（Chanderi），杀死异教徒，攻下城池之后，数百人自杀（"下地狱"），他对此事的血腥描绘值得我们注意。巴布尔对杀害异教徒一事毫不内疚，就像阿克巴大帝杀害"偶像崇拜者"，留下成柱的头颅一般。我敢说，这类惨事是那个时代战争的典型行径；如果城市反抗，惩罚往往异常残忍。但巴布尔是聪颖的，他认为与敌人达成和解是通往未来之路。这是印度史的中心议题。锡克教文献也提到，在巴布尔死前，纳那克曾为他祈

上图：巴布尔和其子胡马雍，以及他们的祖先——"世界征服者"帖木儿。他们出身卑微，但对血统的骄傲使他们极有历史感。

---

[15]   指 1320—1413 年的图格鲁克王朝，是德里苏丹国的第三个王朝。

[16]   1469—1539，锡克教创始人，反对种姓制度。

福。他有所改变吗？他在攻下潘尼帕特和死前的三年半内，是否对印度有更进一步的了解？

巴布尔死亡的故事透露着神秘氛围。他的儿子胡马雍得病，所有医生都束手无策。有人告诉巴布尔，在印度，人们常将他们最宝贵的东西献给神，乞求神明接受它，并用它来取代亲爱的人的性命。他马上承诺自己会这么做，贵族们都以为他会献上"光之山"钻石（Koh-i-noor）[17]。但巴布尔说："我不能献给真主一颗石头！"在询问过神秘教派顾问后，巴布尔在病榻旁绕行三圈，提议以他的性命交换儿子的性命。胡马雍遂奇迹般地痊愈，而巴布尔则病得越来越重。他死于 1530 年 12 月 26 日。

传说在巴布尔死前，他留了一份秘密遗嘱给胡马雍。传说中的遗嘱现已佚失，但在 20 世纪 20 年代曾拍过一张照片，现保存在印度中部的一座图书馆内。这张照片是真迹吗？倘若如此，它将是今日印度文化与政治论战的关键文献。根据遗嘱，巴布尔在死前力劝胡马雍扬弃宗教偏见，并要避免捣毁或破坏任何宗教的寺庙，因为"你应该用爱之剑传播伊斯兰教，而非用暴君和迫害之剑"。这在当时，于现在亦是很好的建议。可惜的是，尽管尚无定论，那份遗嘱已确定是 19 世纪的赝品。但它却指引我们一瞥印度和世界史上最杰出的人物之一和其统治下令人惊叹的成就——他就是巴布尔的孙子，阿克巴大帝。

阿克巴的生命线

"当然，他的星象告诉你一切。"久德浦（Jodhpur）王侯的占星学家洗着牌，在我的要求下，为"阿克巴先生"抽了一张画得很美丽的图画。他甚至打电话给住在巴基斯坦乌马科特（Umarcot）的一家人，他们仍住在阿克巴出生的那栋古老房舍里，当时，他的母亲、胡马雍身怀六甲的妻子在她丈夫被逐出印度后，到那里避难。那个家族仍是印度教徒，并与久德浦王侯一家保持联系。事实上，他们仍保有以信德方言写的阿克巴出生证明文件。

16 世纪 30 年代，胡马雍被舍尔沙阿（Shah Sher）[18] 所领导的阿富汗人推翻。他以当地沙阿的上宾身份，在波斯住了 10 年。当他的儿子于 1542 年出生时，他仍在过

---

[17]　一颗传说受到永恒诅咒的钻石。
[18]　1472—1545，印度比哈一带的君主。

逃亡生涯。那时，大家一定都认为巴布尔所创立的莫卧儿王朝就要在胡马雍这一代告终；每个迹象都显示，它将只在印度史上昙花一现。但在历书的咒文和占星星位的帮助下，占星学家预测印度史上将会出现一位伟大帝王。事实上，有人指出，阿克巴的实际出生日期和时辰曾被动过手脚，据说，他出生于 1542 年 10 月 15 日礼拜天下午 2 点，这是最吉利的日期和时辰；但后来的发展更加众说纷纭。

某些人主张，不仅出生日期和时辰遭到变更。胡马雍的妻子哈米达·芭努（Hamida Banu Begum）[19] 在此之前，一直生女儿，传说，她和乌马科特苏丹的妻子同时生产，两人交换子女。因此，阿克巴是出生于印度教世家！对印度教徒和穆斯林而言，这也许是他后来人生走向的唯一合理解释。这两个宗教相信命运和星座的影响力，而阿克巴的人生际遇过于特殊，出生时不可能没有吉兆出现。

阿克巴赢得帝国

在父亲胡马雍于德里图书馆的阶梯摔下来伤重不治后，阿克巴在 13 岁继位为王。那时，他是没有王国的国王。宫殿在格拉瑙（Kalanaur），位于拉维河以东那片葱郁的绿草地中的一条怡人乡间小路旁，就在今日的印度和巴基斯坦边境上，阿姆利则北方。阿克巴总是缅怀这段时日，并在晚年重返此地。今天，在农家建筑和矮树林间的一座小围墙院落里，平台和宝座高台依旧安在。

我抵达时，一群男孩正在玩斗蟋蟀；他们和小王子同年——像他一样，精力充沛、喋喋不休、好奇心旺盛，活泼好动。不同的是，王子与阿富汗的部落人民一起长大；他们是顽强坚毅的喀布尔战士，以骁勇善战闻名，在那时就是如此，而在 19 世纪也使英国在喀布尔吃足苦头，现在亦不例外。

20 世纪 90 年代，我和北方联盟（northern alliance）[20] 的商人以及枪手一起在兴都库什山脉徒步旅行，因此，我有短暂机会对他们进行第一手观察：他们极能吃苦耐劳，具有实际取向的性格，信仰虔诚，但厌恶传教士的噱头。阿克巴在这些人的陪伴中长大，从未学会读书识字。他一直是个文盲，老是逃学，却在生活中学得实

---

[19]　1527—1604，出身一个波斯什叶派家庭。13 岁认识胡马雍，后来成为他的第二个妻子。Begum 是指莫卧儿帝国的皇家女性成员。

[20]　阿富汗内战期间的一个游击队组织。

上图： 阿克巴大帝："过去，令我们羞愧的是，我们曾经强迫印度教徒采纳我们祖先的信仰。现在，我认为，在我们困难重重、矛盾百出的世界中，肯定我们的信仰优于其他宗教，为唯一真理之举，显然愚蠢之致。智者以正义为导师，从所有人身上学习。也许，失去钥匙的大门将会以这方式再度敞开。"

次页图： 巴布尔正要进入一座有围墙的花园，他和他的宫廷将在那里畅饮美酒，聆听音乐和诗歌：那里有莫卧儿君主的梦想。

际技巧，横向思考的能力使他联想力特别强。他的星象显示（王侯的占星学家如此说道），他有不凡的学术判断力，记忆力超群，具备"不落窠臼"（如今日的管理学所言）的思考能力。当我们瞧见今日缺乏弹性和想像思考所带来的灾难时，阿克巴的领导能力显然超越当今大部分现代领袖。阿克巴毕竟是在真实世界中长大的，学会如何在那里生存。

阿克巴在格拉瑙的登基只是种形式，他并未继承任何王国。军队领袖在他父亲死后仍旧忠心耿耿，占领喀布尔、坎大哈、部分旁遮普和德里市。他的敌手是效忠于穆罕默德·阿地沙阿的阿富汗军队，就是驱逐他父亲的那位沙阿。沙阿的将军荷姆是个印度教徒，其军事基地位于德里下方的朱木拿河河旁的久纳尔要塞，他领导的军队强悍无比，有1500头战象。他夺下德里，试图将莫卧儿人永远逐出。但阿克巴孤注一掷，发动攻击，在11月5日与荷姆在潘尼帕特会战，巴布尔在30年前曾于此赢得胜利。战况对莫卧儿人相当不利，直到荷姆的眼睛中箭。阿克巴亲自砍下他的头颅。

阿克巴15岁时已打败其他敌手，在"印度斯坦"确立统治地位。看来，幸运之星的确照在勇敢的人身上。

寻求宗教真理

我们当然无法在此逐一细数阿克巴40年治期内的所有丰功伟绩：他开疆拓土，直达古吉拉特和孟加拉国，并统治喀布尔——这个帝国的疆域比孔雀王朝以来的任何王国都要辽阔。这位年轻人亦展现了管理和行政上的天才。最大的难题立即显而易见。阿克巴的传记作者阿布·法兹勒坦率指出：

> 帝王了解印度教徒和穆斯林间的深沉仇恨。但他确信这肇因于彼此的无知。因此，这位开明的统治者决定让两种宗教的信徒都能读到彼此的经书，以消除这份无知。他希望以此方式让印度教徒明了，他们的某些习俗和迷信在经书中找不到根据，并说服穆斯林，（如）世界仅存在7000年的观念实为荒谬。

阿布·法兹勒所描述的深沉仇恨不能等闲视之：许多穆斯林统治者和贵族的高压专横手段、他们对本土宗教的敌意、课征非穆斯林的不公平税赋以及强迫改宗都造成人民极度不满。阿克巴在此看到危机，如同鲁希迪（Salman Rushdie）[21] 后来指出的，宗教将成为"印度之毒瘤"。阿克巴的解决之道是妥协和解：废止印度教徒的不平等税赋，然后大胆检视在不同社群中的宗教信仰基础，特别是其对宇宙正当性的主张。

核心概念其实非常简单：许多宗教宣称拥有独特愿景，有些主张绝对真理，但印度的宗教经验足以阐述没有任何宗教可能拥有绝对真理。文明社会也无法容忍假宗教之名所做的暴力行径和强迫改宗，而这并非仅涉及道德层面：从治国的角度观之，宗教分裂威胁社会结构，削弱帝国的稳定性。"正义和理性是我们的向导。"阿克巴说。他早已和逊尼及什叶教派学者进行讨论，震惊地发现他们易于暴怒，各自矛盾，还没有回答彼此争辩的问题就老拳相向。若我们仔细阅读他的传记的字句，我们会不禁纳闷，他到最后是否怀疑所有宗教。他的随扈中的确有人认为他扬弃了伊斯兰教，成为怀疑论者。这不太可能，但毫无疑问，阿克巴的追寻改变了他对伊斯兰教以及宗教的观感。

他决定和帝国里所有宗教代表进行讨论，包括印度教徒、穆斯林、基督教徒、耆那教徒和祆教徒（帕西人）。在礼拜四的讨论会中，他们讨论宗教信仰的基本前提。哪个前提是好的？哪个是坏的？他们也思索了不可思议之事，比如，《圣经》和穆斯林信仰都认为宇宙仅在几千年前才创造出来，阿克巴则认为这点荒诞。

佛教的例子则很有趣。直到英国人在 18 世纪末和 19 世纪初重新发现佛教故事并挖掘和辨识出佛陀生平的遗址，佛教在印度大陆几乎销声匿迹。当然，喜马拉雅山脚下有些地区仍旧笃信佛教，比如拉达克、尼泊尔和不丹，一如今日。这个宗教从未完全从印度消失，而阿克巴的资政在联络佛教徒一事上也似乎相当容易。他的传记家阿布·法兹勒知晓佛教作为印度本土宗教已经传播至全世界，有趣的是，就像欧洲文艺复兴时期重新发现古典希腊世界一般，莫卧儿文艺复兴学者亦研读佛经，他们后来了悟到后者的思维早已渗透印度思想。佛教的影响力也许没有如此巨大，但阿布·法兹勒提到，佛教徒也来参与辩论：佛教徒和印度教婆罗门都扮演了他们的角色。在印度，你不会永远失去某样事物。

―――――――――

[21]　1947 年生，英国印度裔小说家，因写《魔鬼诗篇》而遭伊斯兰世界下追杀令，现已解令。

光之帝国

这些概念并非凭空而来。在 15 世纪和 16 世纪，某些印度神秘主义派便创立了延续至今日的信仰和教派，他们早已彻底审视宗教融合的可能性：如迦比尔、达杜、米勒拜（Mirabai）[22] 和其中最有名的锡克教创立者纳那克。迦比尔是穆斯林编织工，他的真主名字叫做兰姆，他同时向穆斯林和印度教社群传教，谴责所有的物神，包括印度教圣线（sacred thread）[23]、基督教十字架和穆斯林的天房（麦加的卡巴圣堂）。但对阿克巴的精英阶级来说，还有其他来自穆斯林文化更具意义的影响。在阿克巴孩童时代，莫卧儿宫廷深受伊朗影响：杰出的学者和艺术家将印度思维转化为哲学、建筑和手稿绘画。比如，阿克巴便是在缺乏正统穆斯林厌恶绘画和肖像的风气下长大。"许多人痛恨绘画，"他观察道，"但我厌恶这种人。我认为如果画家心中有真主这位生命的给予者，他便能增长知识。"尽管受到许多影响，莫卧儿文化综合体主要是从伊朗潮流和本土印度艺术及思想创造而出。在阿克巴时期，他的 18 位重要部长中，有 11 位是伊朗后裔、3 位中亚人、4 位印度人，包括 2 位印度教徒和 2 位穆斯林。

阿克巴的宗教宽容和庇护政策要归功于这些伊朗人。穆斯林世界最伟大的文明——鄂图曼、伊朗和莫卧儿——于思想、科学和科技上，都在西方风格的启蒙运动边缘蹒跚摇摆。伊朗文化也是个意识形态的温床，其中一个迷人层面便在于重新思考伊斯兰哲学。在 20 多岁时（约从 1571 年起），阿克巴便深受这些思想影响，尤其是苏哈拉瓦迪（Suhrawardi[24]，死于 1191 年）学派。在这个所谓的"光之哲学"中，《古兰经》的读法不是照字面意义阐述——那时（现在也是）的一般读法是如此——而是以秘教和隐喻方式来阅读，比如，太阳是"光之光"（真主）的象征。苏哈拉瓦迪的思想特别受到泛神论的影响。他自称受到早期传统的广泛影响：所谓"伊斯兰教之前的智慧"。前伊斯兰传统的恩培多克勒（Empedocles）[25]、毕达哥拉斯、柏拉图、琐罗亚斯德以及许多思想家都是"永恒天堂"的成员，而后者启发了所有真正的智者。这项"启示者"传统（至今仍在伊朗活跃）对阿克巴的宫廷影响巨大，它的光之神秘主义与许多梵文传统主张不谋而合："任何理解智慧并勤于颂扬和尊崇光之光的人，光将

---

[22] 1498—1547，贵族出身，印度教神秘派，在毗湿奴宗教运动中为关键角色。

[23] 婆罗门印度教特有的护身绳。

[24] 1155—1191，波斯伊斯兰教神秘主义教义学家和哲学家。

[25] 公元前 490—前 430，希腊哲学家、政治家和诗人。

赐予他帝王般的光芒，赋予他光辉和真主的耀眼光彩，让他穿上权力和王国的长袍。"

宗教会议

　　16 世纪 70 年代，阿克巴已 30 多岁，他展开了自身对精神真理的寻求和实验。他以正统逊尼教派的身份成长，迟至 1572 年，他还发布了反对什叶教派的迫害敕令。但当时他对伊本·阿拉比苏非（Sufi ibn Arabi）[26] 的"本体统一"概念产生兴趣。阿拉比的教义其实缺乏理性基础，但他认为，所有不是来自神圣真实的事物都是幻象的这个主张强烈挑战正统教派。这导致阿克巴认为所有宗教都是幻觉，它们在追寻和平的王国中应该得到容忍。他后来认为自己是特别被选中的个人，拥有独特的精神特质，为"时代的统治者"，最重要的是，自己是宗教法律的必要裁决人。这点使阿克巴与所有宗教领袖展开讨论。1580 年，他决意追求一种容忍所有宗教的政策，他还规定所有宗教观点都要能上达天听。这个想法使某些西方人不以为然：比如，耶稣会传教士安东尼奥·蒙塞拉特（Antonio Monserrate）[27] 便深表厌恶："允许所有人信仰个别宗教此举与亵渎无异，但他对这点毫不在意。"

　　对阿克巴的宫廷而言，这些理论提供令人目眩的帝国象征主义："王权是真主之光，太阳之辉，宇宙的启蒙者，完美之书的象征，所有美德的化身。用现代话语来说，我们称其为圣光；古代人则称其为照亮世界之光……"当阿克巴的儿子贾汗季意图恢复他父亲的信仰时，他下令自己

上图：阿克巴和耶稣会传教士：他与全球宗教代表开会的一瞥。

---

[26]　1165—1240，阿拉伯苏非派穆斯林神秘主义者和哲学家。

[27]　1536—1600，西班牙传教士，曾拜访阿克巴宫廷。

的宫廷"尊崇发光体（太阳和月亮），即真主之光的展现者"。无须说，这和正统伊斯兰教差异颇大，但其古老的波斯根源使之比较能接近印度教信仰和仪式；印度教徒每天都以对着上升的朝阳唱颂祷文（gyatri mantra）[28] 为始。阿克巴甚至到印度教神圣遗址钵罗耶伽（今日此地叫做安拉阿巴德要归功于他）做印度教晨间礼拜，这里是恒河和朱木拿河的神圣汇流处，也是印度教神话中创造万物之所。在所有这些举止中，阿克巴几乎达到 16 世纪东方或西方统治者于宗教上的极限。我们不禁会怀疑，连今日的政治或宗教领袖都不会这般激进。

理性的统治

尽管我们倾向于认为莫卧儿展现印度文化的完美典范，但我们不能忘记他们从未统治全印度，尽管在阿布·法兹勒的笔下，他们念兹在兹的是全印度。次大陆许多地区不在他们治下，从 16 世纪开始有众多反抗运动。战争是阿克巴的宗教改革背后的隐忧。他说"征服者永远不能停下来，"他是言行如一的人，打仗打到他死前一年。因此，阿克巴的宗教理念，他计划中的融合主义绝非（如同某些英国帝国主义历史学家所嘲笑般）异想天开。我们应该把它与他的土地赋税改革、重整文官体制，以及穆斯林和印度教徒在法律之前平等的理念相较——最后这个理念在独立后的印度尚未完全达成。这些对应于他行政改革的政策显示他的宗教理念经过理性思考和判断，而所采取的方式与欧洲启蒙时代相当类似。欧洲文艺复兴时代的帝王，甚至连杰出的伊丽莎白一世都不曾像阿克巴如此专一地决意施行理性统治。考虑到在我们的年代，我们本应该对宗教采取更为开明的态度，但原教旨主义却纷纷卷土重来的事实，不得不说，阿克巴的伟大理想尚未实现。

阿克巴的英国序曲

一个阿克巴故事的有趣脚注是，1585 年伊丽莎白一世曾经派遣使节团来印，展开英国与印度的关系。她的大使是个叫做拉尔夫·费奇的商人，费奇带着伊丽莎白致阿克巴的亲笔函，信中写道："信仰的捍卫者，上帝恩典的赐予者，伊丽莎白向最不屈不

---

[28]　印度教启发智慧最重要的祷文，据说是人类最古老的咒语，求神引导人们遵循正确的道路。

挠、最伟大的王子，康比亚的查勒丁·埃却巴国王（Zelabdin Echebar King of Cambaya）致意。"

她的信件内容相当有趣，不是传统上一味的奉承，显示伊丽莎白的宫廷早已从到印度的商人那里听闻阿克巴的事迹："最独特的报道是，陛下的人道行径已经传播到世界的角落……"她提到他的人道是对的；尽管他尚有许多缺点，但人道是他这位人物之所以迷人之处，他因此而成为历史上最身体力行的人物之一，他的时代中最伟大的统治者之一。伊丽莎白继续提到英国人热爱旅行：英国人住在蕞尔小岛上，"我的子民热爱到世界上的遥远之处旅行……"这使她"以礼貌和诚实大胆之姿"轻叩他的门，希冀达成"友善的相互贸易往来"。结果，阿克巴正在准备一项重要的军事出征，无暇与这名英国人会面——特别是在大使只是个商人，而非皇家特使的情况下。他统治超过1亿人口，而英国的伊丽莎白只有300万子民，相当于德干地区的一个小邦国……那可能是当时他考虑的重点。在他将近50年的统治下，印度成为世界强权之一。英国那时只位于世界边缘，就像伊丽莎白在她信中所述。但命运和历史终会将印度和英国结合在一起，且是以阿克巴或伊丽莎白都想像不到的方式。

莫卧儿王国

因此，到底是哪里出了错？在阿克巴死后，为何理性时代没有来临？当然，这绝非史上第一次——也并非最后一次——一个帝国因为无能的统治、过度消费和奢华，以及判断错误的外国战争而迷失方向（这些后来都一一发生）。统治者的个性亦扮演关键角色。所有的莫卧儿帝王都有缺点，有的极为严重：贾汗季嗜好杯中物和鸦片；沙贾汗好吃成性，纵情声色（他胡乱追求女人的结果甚至导致被控乱伦）；奥朗则布的缺点则在另一方面，他是死硬派原教旨主义论者。莫卧儿人也一直和印度境内其他王国战事不断。这在印度仍是世界两大强权之一时，引发严重的社会和经济后果。但这条导火线会在奥朗则布长期统治下引燃，当时，他与德干地区的印度国王不断进行战争。

直到17世纪中期，莫卧儿宫廷仍是全世界最杰出的宫廷之一。它世故成熟，容忍宗教，文学、音乐和绘画繁盛一时，在阿格拉、德里、拉合尔和法特浦都兴建了壮丽的宫殿和清真寺。但贫富差距日趋严重。贵族住在围墙城堡里，坐拥后宫、花园和大批侍从；辉煌的乡间别墅仍点缀着北印度的景观。如同一位访客所言，它是个"穷尽奢华和绝对权力的"世界。

这段前英国的印度经济常被描述为黄金时代，莫卧儿晚期的印度不但是个制造大国，也是个农业大国。但新的研究显示，印度的国内生产总额在中世纪时可能是全球最高，却在 18 世纪急剧减弱，可能比欧洲全体还低。印度统治阶级的奢华生活风格远超过欧洲贵族。印度供应皇家宫廷的相关工业所生产的奢华物品令欧洲难以望其项背。印度都市往往大于欧洲都市：如在阿克巴的年代里，伦敦有 20 万人口，而阿格拉却有将近 75 万。但繁盛的莫卧儿经济是以高度剥削人民的手段而达成的，土地税几乎是农业生产总额的三分之一。莫卧儿君主和贵族的整体岁入据估是全国收入的 15% 到 20%——依欧洲标准，是非常严苛的税赋。

上图：阿克巴之子，贾汗季。

毫无疑问，种姓制度的阶级本质，以及其从上至下控制村庄生活的手腕，不得不使人民认命地接受这类苛税。17 世纪 20 年代一位旅行家写道："平民百姓极度臣服，并且非常贫穷。工人的孩子不能从事父亲职业以外的其他职业，也不能和其他阶级成婚。"

这是 17 世纪北印度的实况——也许也间接解释，为何欧洲人能早在 18 世纪便轻易殖民部分印度。但矛盾的是，正是莫卧儿王朝展现了印度文明的昌盛巅峰，其成就在世界其他地方都少可比拟。在这方面，阿克巴的孙子沙贾汗是最伟大的赞助者。在他的时代，莫卧儿建筑抵达巅峰，于德里、阿格拉、拉合尔的沙利马花园和他父亲贾汗季的伟大坟墓上都可得见，但其中最重要的是泰姬玛哈陵。

沙贾汗和泰姬玛哈陵

"一座精致壮丽的圆顶建筑问世，"17 世纪 30 年代早期，穆罕默德·奥兹万尼·帕沙那玛如此写道，"在碧绿蓝天的九个穹窿下，时代的眼睛从未看过这般瑰宝，时代的耳朵在过去也未曾听过类似声响……它在未来将成为杰作，人类的惊异只会与日俱增。"

我们的民宿位于沙贾汗所建立市集的窄巷内。从屋顶露台可远眺那熟悉的圆顶耸立于屋顶之上，白色大理石外壳在粉红色黎明中闪闪发光。从这个陌生的角度——不

上图：沙贾汗和慕哈芝。

是你从观光手册中所见，虚幻地漂浮在朱木拿河上的身影——泰姬玛哈陵现身于街道之前。从屋顶，我们可以俯览陵墓外 17 世纪早期的城镇中的院落：市集、客栈、手工艺商店以及陵墓工作人员的房舍。这是全体格局的一部分，穿越几座长方形院落后，你就会从世俗世界进入陵墓的天堂花园。

拂晓时刻，圆顶的乳白色大理石看起来冰冷、柔和，却又朦胧，它会随着日光改变颜色。莫卧儿诗人将它与黎明或云朵相较："天堂一角。晨曦鲜亮脸庞的色彩……完全不是大理石，它的半透明度使眼睛误认其为云朵。"这绝非夸张之语。大理石能传导和折射光线，因此，它会反映氛围，随变换的日光而有所改变。一名英国访客在 1836年指出："心灵似乎在这个由部分组合而成的和谐整体中得到休憩和平静，沉迷于这份精妙凝聚的建筑之美。"

泰姬玛哈陵的故事始于沙贾汗挚爱的妻子慕哈芝（Mumtaz）死亡之际。他在悲恸中决定建造一座永远纪念她的精致纪念碑，这座地上陵寝将代表皇后的天堂华屋。沙贾汗苦心搜寻适当地点，费尽心机从安布雷（Amber）的印度教王侯那里买到朱木拿河旁的一块土地，他以阿格拉的四栋豪宅支付费用。我们稍后将会解释，这块土地对他而言为何如此重要。建筑工事始于 1632 年，工人的第一个任务是种植树木，这样等十年后竣工时，树才会长得一样高。

我们可能无法对这座闻名遐迩的建筑物再提供任何新意。但对其构思的迷人崭新理论最近频频发表。首先，陵寝的蓝图深受早期莫卧儿花园概念的影响，尤其是八天堂楼阁（Eight Paradises Pavilion）[29]，它是天堂花园的葬礼变体，在拜占庭、古典地中海世界，甚至古老近东中有许多模板。但蓝图亦采纳印度教和佛教思想中的数字象征。这些数字象征被建筑师吸纳入伊斯兰有关天堂的传统中。在中世纪伊斯兰传统中，天堂至少有七个层次，但常常有八层。特别值得注意的是，著名的神秘主义者伊本·阿拉比在他大约于 1230 年完成的《麦加天启》（*Meccan Revelations*）一书中，描述天堂有三座花园，而第三座花园以八扇门分成八个部分。这些天堂楼阁的概念长期以来展现在莫卧儿艺术中——胡马雍在德里的陵寝便有使用——有趣的是，文艺复兴艺术家如布拉曼特（Bramante）[30]、米开朗基罗和帕拉迪奥（Palladio）[31] 对这类数字象征主义亦

---

[29]　位于伊朗伊斯法罕，为一种古老建筑模式。

[30]　1444—1514，意大利文艺复兴时期建筑师。

[31]　1508—1580，16 世纪意大利北部最优秀的建筑师，西方建筑发展史上最有影响力的人物之一。

上图：沙贾汗用以纪念妻子慕哈芝的永恒纪念碑——泰姬玛哈陵。新理论阐明了建筑的象征语言。

有浓厚兴趣。

在这座建筑物上，沙贾汗的建筑师完成了伊斯兰世界中最大规模的经典铭刻工程：引述 25 段《古兰经》，包括刻画在大门、陵寝和清真寺上的 14 章完整章节，以优雅的黑色大理石镶嵌在长方形白色大理石板上，石板以红色砂岩作为框架，而大门拱顶上的装饰性花朵图案带来一丝活泼气息。铭文的主题反映陵寝的功能。它呈现末世学论，换言之，与审判日有关。建筑上所有经文都谈论到审判日、真主的慈悲和允诺给信徒的天堂。一个泰姬玛哈陵的新理论主张，这建筑是审判日那天神的宝座的象征性复制品，特别就像伊本·阿拉比在《麦加天启》的手抄本中所绘制的神秘图表。这种说法也许太过牵强，但尽管如此，泰姬玛哈陵作为整体结构呈现陵寝的高度知性设计，象征为慕哈芝（以及沙贾汗本人）在天堂准备的宅邸。

天堂花园

当热气隐退，最后一批访客离开时，傍晚的暗影悄悄降落在陵寝平台上。陵寝内空气滞热，有人呼叫出声，于是我们听到那著名的回音：神秘而虚幻缥缈。不可思议的是，这音符在陵寝里回荡了半分钟之久。建筑师考虑周全，甚至使用声音来表达永恒。如同英国作家威廉·斯里曼（William Sleeman）[32] 在 1836 年的观察："声音仿若来自天堂，是天使的气息；那是听觉的飨宴，如同建筑本身是视觉飨宴……它无比美好，创造出圣洁情操。"

太阳于上游斜照阿格拉，从朱木拿河河堤上燃烧火葬柴堆的河阶上升起冉冉烟雾，飘浮过树林；鸟群振翅高飞，鸣转吟唱。

我们搭船渡河，直抵一座倾塌的莫卧儿圆顶塔楼，那里有另一项惊人发现。据传，沙贾汗计划为自己盖一座黑色陵寝，以与河另一端的陵寝相互辉照。我们现在从考古学得知这并非事实。沙贾汗一直想葬在他妻子的陵寝里。在河的另外一边的确是一座仿照泰姬玛哈陵的长方形院落，但它是座天堂花园，原本用意便是如此。要抵达那里，必须前往沙贾汗的建筑师所设计的月光花园，里面充斥着精致的感官欢愉，相较之下，泰姬玛哈陵的院落较为严肃。在那里，伟大的莫卧儿帝王坐在装饰性楼阁内，眼前有一座巨大的八角形水池，月亮和泰姬玛哈陵于粼粼微波中反射，如梦似幻。如同陵寝

---

[32]　1788—1856，英国军人和印度行政官。

上图、下图和次页图：莫卧儿文明。（上）胡马雍陵寝。（下）法特浦胜利宫。（次页）阿格拉宫殿。

上的《古兰经》经文所言，"他们在主那里的报酬是下临诸河的常住的乐园，他们将永居其中"（第 98 章）、"他们在乐园中，靠在床上，不觉炎热，也不觉严寒。乐园的荫影覆庇着他们，乐园的果实，他们容易采摘"（第 76 章）。

天堂花园在建筑几年后便遭洪水淹没，就此被淡忘 3 个世纪，英国画家威廉（William Daniell）[33] 和托马斯·丹尼尔（Thomas Daniell）[34] 曾在 1789 年为它作画，使得整个设计在 20 世纪 90 年代重获发现。自那之后的考古挖掘揭露花园曾经种植的植物，现在，夜香树木和花朵重新栽种。远离污染严重、喧嚣吵闹的阿格拉和泰姬玛哈陵为拥挤的观光客充斥的院落，天堂花园是少数你能冥想片刻，感受沙贾汗和其建筑师的原先设计理念的地方。

在这伟大的设计中，另一重要因素是河流。悲哀的是，经过几世纪以来，今日的朱木拿河，这条印度人深爱的圣河，已化作溪流。在夏季，它成为死水池间的小溪，而在它流经德里后，你实在看不出它的源头在喜马拉雅山脉。全球温室化现象，以及印度的冰河河川逐渐降低水量，变成季节性泛滥，朱木拿河有机会恢复昔日雄姿吗？今日，你只能想像，皇家驳船漂浮在宽广的河川上，由堡垒流向花园的壮观景致，沙阿则登上阶梯，坐在楼阁中，他妻子的陵寝衬映在日落和月光中的美景尽收眼底，陵墓在巨大八角池中的缥缈倒影恍若似梦。《古兰经》如是说："在河边的花园，在真主的存在中"。你可以指责沙贾汗虚荣、好大喜功和妄自尊大，但在同时，建筑的效果美妙无比。尤其当我们想到他的结局时总是感慨万千。他被自己的儿子幽禁在阿格拉镀金的囚笼中，他哀怨地眺望下游的伟大陵寝，它总是在视线范围内，却遥不可及。

达拉·舒科和两个海洋的相会

与欧洲的贸易进展缓慢，殖民的可能性甚至尚未在地平线处形成阴影。沙贾汗仅在 1657 年颁布第一道敕令，或说第一道准许给英国人。但在那年，乖舛的命运开始扯裂莫卧儿帝国。这些历史事件对印度而言意义重大，但也对外面的世界造成冲击。阿克巴死后仅 50 年左右，他的曾孙争夺王位，其影响至今可见。在这最大的穆斯林文明世界所发生的事件导致印度伊斯兰教走上歧路。阿克巴、贾汗季和沙贾汗全都废除对

---

[33]　1769—1837，英国制图家。
[34]　1749—1840，英国景观画家。

上图：命运多舛的达拉·舒科，这位具有文艺复兴精神的王子希望能汇聚印度教和伊斯兰教"两个海洋"。

印度教徒的歧视法令，雇用优秀的梵文学者，邀请印度教婆罗门和瑜伽派修行者来到宫廷，开展规模庞大的翻译工作，使读得懂波斯文的穆斯林得以阅读印度教宗教文献。沙贾汗的长子达拉·舒科，则更进一步。他对伊斯兰激进人物，如伊本·阿拉比印象深刻，他也熟读印度教经文。但他的弟弟奥朗则布，却接受律法主义者和正统苏非派的教育，这两个教派于克什米尔和孟加拉国在劝服印度教徒改宗方面取得大幅度进展，并视宽容手段为非伊斯兰行径。他们之间的倾轧导致帝国内战，（而在国家的层次上）正统派将获得胜利。

达拉熟读两种宗教的经文，他根据《古兰经》的启示（第 56 章）主张，在先知穆罕默德之前，真主派遣人类使者给所有民族，并将经文传授予他们。印度教经典亦曾提到，比如，《薄伽梵歌》就说，"每当在历史中，不公不义肆虐于世时"，神便会派遣使者下凡。这不就表示，所有宗教精髓都是天赐？达拉主张，穆斯林的道德责任便在于学习其他宗教；而《古兰经》第 56 章所谓"珍藏的经本"就是《奥义书》(*Upanishads*) [35]，为一神论主义的原始精髓。这就是印度的智慧：人道主义最早的精神愿景。因此，达拉在来自贝拿勒斯的学者的协助下，将《薄伽梵歌》、某些吠陀颂歌和《奥义书》翻译为波斯文，书名称作《伟大奥秘》(*The Great Secret*)。他一直坚称他的翻译试图厘清《古兰经》的启示，而非贬低它。他说，他的动机在于个人，而非政治，"并不打算强迫两种宗教的信徒"。至于他如何达成这点，他在印度教神秘主义论文专书《瑜伽瓦斯塔》(*Yoga Vasistha*) [36] 的序文中曾加以阐述。此书是奉他之命翻译而成，因为他梦到印度七位传奇智者之一的瓦斯塔，以及罗摩本人（这本书是献给他的）出现在他跟前：

> 我自然深受他们感召，瓦斯塔对我很仁慈，轻拍我的背。他告诉罗摩，我是他的兄弟，因为我们都是追寻真理的人。他要求罗摩拥抱我，罗摩在其间流露丰富的情感。之后，他给罗摩一些食物，我也吃了。在这个梦之后，将此书翻译出来的欲望愈形强烈。

翻译手稿仍保存在勒克瑙，以及巴基斯坦的木尔坦和拉合尔的古老人文主义派穆

---

[35]　吠陀经典的最后部分，启示出精神上极为深奥的真理。
[36]　由贤者瓦斯塔口述的古代经典。

斯林家庭的藏书库中。达拉命令下翻译的《奥义书》，1801 年在巴黎翻译成拉丁文，在 19 世纪早期于欧洲了解印度上扮演了主要角色，它启发了西方追求印度神秘主义的潮流，受其影响的人则有诗人威廉·布雷克（William Blake）[37] 和哲学家叔本华。

当然，皇储的这类追求绝对攸关政治。1653 年 10 月在拉合尔，继坎大哈的军事行动后，达拉与巴巴·拉尔（Baba Lal）公开会面，后者是扬弃毗湿奴派的印度教徒，这场会面如此声名远播，甚至被描绘在莫卧儿细密画上。他们在 9 天内会面 7 次，会面地点则在拉合尔附近的各个宫殿、花园和狩猎别墅。他们的讨论范围包含印度教经典的专门词汇、波斯神秘主义著作、毗湿奴的化身理论，以及《罗摩衍那》中的象征主义。巴巴·拉尔表示："多实际上代表法，也就是绝对正义"。这类讨论不像阿克巴的会议那般正式，但我们现在若从印度独立和印巴分治 60 年后观之，当时，相互了解的努力宣告失败，故而，这份妥协的种子值得我们再三玩味。达拉的旁遮普婆罗门秘书写下了这场伊斯兰教和印度教的会面，将对话翻译成印度语，而其中最迷人的段落之一如下：

> "告诉我，"达拉说，"印度教世界里的偶像崇拜：这是谁规定的？"
>
> "这类崇拜模式是以求得精神集中为始。"巴巴·拉尔回答。
>
> "但了解事物真实情况的人不需要这类外在偶像。同理，小女孩在结婚前会玩娃娃，但她一旦结了婚，便会将娃娃弃诸脑后。偶像崇拜亦若是：当人们不了解精髓时，人们耽溺于外在形式；一旦人们了解其精髓，便能超越偶像。"

这些研究后来促使达拉写下一本比较宗教的专门书，他在其中通过专门术语，试图证实苏非派和印度神秘主义其实差异不大。他认为，尽管这两种信仰"师出同源"，它们却"像两根对立的杆子，在作为使人民得到美德和圣洁的媒介上徒劳无功"。尽管读到这本书的读者很少，但这在他的时代却堪称一本石破天惊的著作，在我们这个宗教对话和文化知识交流成为当务之急的时代亦然。此处，达拉以自己的话努力搭建信仰间的桥梁，成为历史上最杰出的尝试之一：

> 我公开和某些印度教智者讨论，但除了几个用语使用方式不同外，我看不出来在了解和知晓真主方面，他们之间有何不同。基于这些讨论，我开始比较两种

---

[37] 1757—1827，英国浪漫派诗人。

信仰的教义，然后又将他们召回，向那些拥有无价知识、对追寻真理的人而言不可或缺的学者再度讨教。最后，我写下一篇论文，于其中汇集属于两种宗教的真理和秘教知识，我称其为《两个海洋的汇流处》。

达拉的陨落

这般英雄但堂吉诃德式的追求将使达拉失去皇冠和生命。不消说，许多皇家成员、统治阶级和穆斯林正统学派不能接受这类融合说法，尤其对正统学派而言，《古兰经》的讯息完善，不得增添，亦不得删除。达拉的弟弟奥朗则布认为，达拉已经变成一位"不信者"，他请来伊斯兰律法学家宣称他弟弟为叛教者，因为达拉主张，印度教和伊斯兰教"师出同源"。他们的教令宣称达拉"叛离教法，诋毁真主的宗教，并加入异教徒的行列"。这类争论在一连串危机中升温，这在印度史上极为常见，兄弟之间以无情的野蛮手段争夺王位。

这故事以莎士比亚式悲剧中的冷酷无情加速发展。沙贾汗在 1657 年病倒，他死亡的传闻迅速传开，导致他的四个儿子同室操戈。最小的慕拉德被俘虏，遭奥朗则布杀害；第二个儿子舒查在流亡中神秘死去。因此，只剩下达拉和奥朗则布争夺王位。1658 年 5 月，时年 43 岁的达拉在阿格拉附近战败，北上沿着大干线，逃入旁遮普。在哈姆雷特式的犹豫不决后，他深恐必须亲睹妻小死于他面前，因此，他试图寻求支持，召集大军。乌代浦宫殿档案室所收藏的信件中显示他的极度沮丧无助，其中有一封他的妻子娜蒂拉·巴鲁写的信件，流露痛苦之情，她将她的母奶送给一位前盟友，借以寻求他的支持。

达拉最后一役的据点是他曾祖父深爱的神庙亚日米尔，位于城镇南方崎岖山丘间的宽广谷地。那天是 1659 年 3 月 15 日。虽然没有士兵，达拉仍占据优势，隐藏在山丘间，他的枪炮队由一名年轻的欧洲枪炮长尼科洛·曼努奇带领，曼努奇后来把这些事件写了戏剧性的动人描述。战役状况一直有利于他，直到达拉后来被自己人背叛，后者告诉敌军山脉间的小径，就像温泉关（Thermopylae）[38] 一般，敌军长驱直入。达拉失去最后希望，逃回信德，身边只剩下几位亲信，他绝望又生病的妻子，以及少数骑兵。

---

[38]　公元前 840 年，第二次希波战争时，希腊战士在温泉关以 300 勇士抵抗数十万波斯大军。

"生不如死"的达拉试图从坎大哈逃至波斯，他带着妻子坐着以帘幕遮蔽的马车逃亡。他们在月光中燃着火把，取道干涸、荒芜的盐漠，穿越卡察荒地，而奥朗则布的军官则紧追在后，士气大振，如同嗅到猎物的猎人。他穿越印度河，却惨遭俾路支部落掠夺和羞辱，他妻子的生命迹象正慢慢消失。最后，在 6 月 6 日，他们抵达在西比（Sibi）[39] 附近，前任家臣、阿富汗人马利克·吉万位于达达（Dadar）的城堡，此地距波伦山口仅有 9 英里。达拉的妻子在此逝世，对他而言，"明亮的世界倏忽转为黑暗，他的判断和审慎的支柱全都在剧烈摇晃后倒塌"。他明知敌人近在咫尺，还是为她举行了 2 天的葬礼仪式，之后，他派遣队长和 70 名骑兵护送她的遗体至拉合尔，遵照她死前的要求，到她最景仰的圣人米恩·米

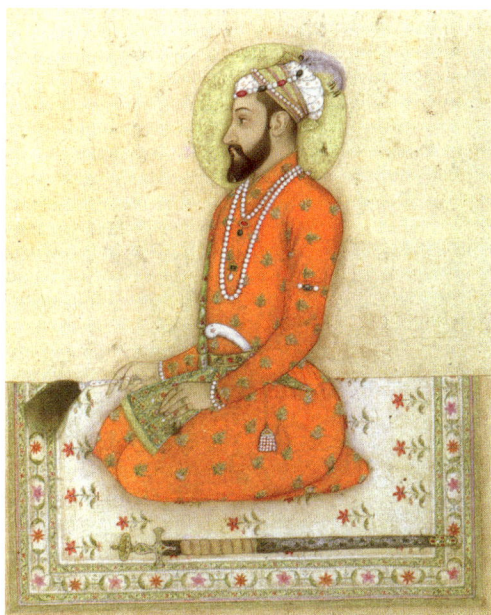

上图：奥朗则布，这位悲剧人物将其智慧和才华浪费在宗教派系争斗上。

尔（Mian Mir）[40] 的陵寝之处下葬。达拉的军队士气低落，充满不平静的氛围。翌日，就在他准备要和儿子以及几名家臣出发前往波斯时，他的主人俘虏他，将他送往敌营。敌人对到底该杀害他，还是囚禁他这两方面争辩不休。他被护送回德里，

8 月 29 日，达拉穿着肮脏衣服，戴着廉价头巾，坐在"一只脏兮兮的老母象"上的象轿内，一旁的奴隶亮着刀剑。他游街示众，经过德里的商业大街，月光市集，然后行经红堡城墙下，旁观民众泪流满面，发出哀号。大众所展现的公开忧伤在那晚促使奥朗则布和他的议会决定必须处死达拉。他们在这个决定上得到其他皇室成员的支持：达拉的姐姐罗珊德拉·贝昆就是其中之一，她认为"允许他继续活下去的话，于法不容"。达拉被幽禁在胡马雍陵寝附近，这场谋杀悲剧值得我们在此细细描述。当杀手抵达时，达拉正和儿子在牢房里煮扁豆。他的儿子抓住他的膝盖，达拉试图用藏在身上的小刀奋战。他们杀了他，砍下他的头颅，送去给他弟弟。"啊，在这位叛教者生前，我不会看他的脸。而现在我也不看。"奥朗则布说。翌日，尸体放在大象上经过市

---

[39]　位于巴基斯坦。
[40]　1550—1635，著名苏非派圣人。

集，游街示众，让百姓知道达拉已死。他的头颅被送到他们的父亲沙贾汗处，当时他被奥朗则布禁闭在镀金卧室里，整天眺望泰姬玛哈陵。达拉的头颅被放在桌上，沙贾汗看后昏了过去，摔断门牙。达拉的儿子赛林被强灌一口掺有鸦片的水烟，然后惨遭勒毙。

失落的梦想或延续的传承？

这些伟大的莫卧儿帝王并未成功地将理念施展于帝国的管理上。驱策阿克巴和达拉的是精英式的神秘主义知识，只在贵族圈内流行。达拉特地告诉我们，他并不关心大众。尽管如此，不论是在那时或现在，印度都是由精英分子推动政策。倘若他们那时成功了，其他历史轨道可能会浮现，可供我们这个"文明冲突"和"恐怖主义战争"的时代多方参考。首先，世界上最强大和人口最多的伊斯兰文明也许能从文艺复兴式的国家，发展成伊斯兰启蒙国家，甚至采纳现代科学和科技（尽管莫卧儿人一般兴趣缺缺，但阿克巴对后两者非常有兴趣，而这是如 18 世纪坦焦尔南方宫廷的特色，南方王朝进口西方医学、光学、解剖学和外科医学书籍）。其次，印度精英分子的印度教（与大众信仰相互对立）或许能发展其一神论的潜力（19 世纪在英国和基督教的冲击下，它便是如此）。第三，如同佛教，印度伊斯兰教也许能更为印度宗教所充分吸纳。但这些情况并没有发生。而现在，在独立 60 年后，印度急速崛起，正要成为经济巨人，却仍苦于走不出这段历史争议——不管是巴布尔兴建的清真寺或奥朗则布捣毁的寺庙。寻求融合和相互了解的挣扎仍继续进行。

奥朗则布

奥朗则布是莫卧儿第六位伟大帝王，他在 40 岁时，成为帝国的绝对统治者，统治将近 50 年。印度史上少有比他更富争议性和招致仇恨的人物。从 1658 年到 1707 年，在他漫长的统治期间，他独尊伊斯兰教法（shariah law）[41]，重新施行阿克巴于 1562 年废止的非穆斯林税赋，拒绝进行文化政治讨论，并放任强迫改宗。作为一位统治者，奥朗则布有令人钦佩的特质：他在德干、古吉拉特和巴喀做首长的长期经验使他擅于管理；他还是位战士，这点与达拉不同（他觉得他的父亲偏爱达拉），他严肃、虔诚和

---

[41] 《古兰经》中的律法和规范，影响穆斯林日常生活的所有层面。

克己，不会追求鸦片、美酒和女人。但现在想来，奥朗则布的长期统治对印度是场灾难：他在出兵德干和阿富汗上耗费过多帝国资源；在国内，他废除前几任帝王通过机敏手腕和妥协达成的成就。他面临马拉塔人（由他们的英雄湿瓦吉领导）、拉杰普特人（Rajputs）[42] 和锡克教徒的多方反抗；他将锡克教的第九位大师折磨致死；而他对印度教的负面观感在许多印度人心中留下苦涩的记忆。奥朗则布甚至尝试废除音乐和酿酒，禁止排灯节（Diwali）[43]。不消说，历史会告诉他，这不是统治印度的方式。

奥朗则布在将近 90 岁时或许早已忘却他这么做的目的："我孤独地出生，走时是位陌生人。我不知道我是谁，或我做过什么事，"濒死的老人在 1707 年 2 月向他儿子坦承，"我罪孽深重，我不知道等待我的是什么样的惩罚。"我们不清楚，他是否将迫害其他宗教视为他的罪行之一。他在库达巴德（Khuldabad）天际下的简单陵寝仍受到尊崇，许多流浪的伊斯兰教托钵僧前来致敬。奥朗则布是所有帝王中，导致现代难题和印巴分治的元凶。他在忙里偷闲时，虔诚地编织哈吉（Haj）[44] 的帽子，以及以学者的坚定笔法抄写《古兰经》，但他却错失了上天赋予印度统治者的伟大机会。如同罗马诗人卢克莱修（Lucretius）[45] 所言，"这些是为宗教所驱策的人的最邪恶行径"。

"高贵"的东印度公司登场

加尔各答下方的胡格里河，黎明之后。我们轻巧地滑过树木葱郁的河堤时，气温已然升高，河边点缀着造船场、工厂和仓库。1585 年，伊丽莎白一世写信给阿克巴，希望"双边能进行友善的相互贸易"。东印度公司的目的便是如此，并于 1601 年取得设立许可。一家私人公司如何化身为全世界最伟大的帝国是个峰回路转的精彩故事：我们即将看到，这个关于帝国是在"漫不经心间"得到的老笑话倒有几分真理。但关键就在此。其他北印度帝国——希腊人、萨喀人、贵霜人、土耳其人、蒙古人、阿富汗人和莫卧儿人——都是经过开伯尔，从西北方的陆路入侵。英国人来自蕞尔小岛，却是个贸易国家，而他们的海军终将控制海洋。他们在印度沿岸的海港和工厂快速成长为孟买、加尔各答和马德拉斯等大型进出口贸易中心，最后成为环绕次大陆的"钢铁之戒"（ring of

---

[42]　印度北方的军人，为刹帝利种姓的后代。
[43]　印度教的重要节庆，等同印度新年，人们点椰油灯庆祝善战胜恶。
[44]　曾去麦加朝圣过的穆斯林。
[45]　公元前 99—前 55，罗马诗人和哲学家。

上图：英国东印度公司代理人拿着水烟筒。在公司早期，许多人便扬弃红外套，在衣着和心灵层面都本土化。

steel）。而在冲突的关键地区，在南方和孟加拉国，他们运用暴力来扭转局面，但在早期，公司能存在完全仰赖印度的准许，以及双方都想赚钱的伙伴和共犯结构。当然，还因为印度不是统一的整体：它有许多不同的邦国和地区。莫卧儿统治次大陆的面积不大，使英国人能轻易地分而治之。

自 1657 年始，英国人在沙贾汗的许可下，开始在孟加拉国进行贸易，在恒河的胡格里河支流旁的村庄设立主要纺织工厂。数万名技巧卓越的编织工、染布工和洗布工投入村庄的手摇编织机工业，英国人再将其成品加工。他们外销大量不同种类的衣服，以不同的设计迎合亚洲和家乡的特定市场。在 18 世纪的收藏品中，当然，还有在今日的纺织工业中，我们可以看到手工绘画和木版画所能创造出的精致图案和色彩组合。在 1765 年与莫卧儿王朝签订的合约终于使英国人得到财政大权、孟加拉国的统治权，最重要的，是征税的权力。在这个几乎令人无法置信的故事里，一个私人公司最后统治庞大帝国，身为现代国际贸易公司的先驱，他们在世界上大半区域掌握生死大权，而这才是第一个阶段。

上图：英国船只沿着胡格里河而上，抵达加尔各答。

新时代的黎明

　　印度的莫卧儿王朝以战争开启，也以战争结束。但它亦以文学音乐和诗歌为起始和终点。它的最佳帝王有着高度的美学敏锐度——甚至超越优异的都铎王朝伊丽莎白一世，她翻译了波伊提乌（Boethius）[46] 的著作，以拉丁文和西班牙征服者萨米恩托·甘博亚（Sarmiento de Gamboa）[47] 进行讨论，以批判眼光观赏莎士比亚戏剧。在短短数十年间，印度统治者和艺术家发展出令人惊叹的风格，他们试图融合所有人类创造，从城市、神殿、花园到最小的珐琅头巾别针，不一而足。帝王必须是实际的统治者，严肃又坚毅，但文化允许他们成为梦想家：想想，巴布尔的帝国野心，阿克巴的乌托邦幻想，沙贾汗的泰姬玛哈陵的神秘想像奔放，博学的达拉的梵文著作翻译。另一方面，英国人则虎视眈眈地等待机会来临，他们实际，目光敏锐，头脑清楚，将利益的无情前提置于道德之上，而他们对理性时代的定义可是有截然不同的解释。

---

[46]　480—525，古罗马学者、哲学家和政治家。

[47]　1532—1592，西班牙探险家、作家和历史学家。

6

自由和解放

我正坐在安拉阿巴德的一间小饭店的阳台上，这种低矮的英式平房曾使这城市魅力无穷——这城市又被称之为"印度的牛津"或"印度的烤炉"。茶和水果蛋糕摆在桌上。饭店的老板是帕西人（Parsees[1]，在英属印度期间，他们是关键角色：第一批摄影师、第一批车商，某些第一批本土律师、牙医和医生也是帕西人）。老板与甘地有亲戚关系，甘地娶了尼赫鲁的女儿英迪拉，后者也是安拉阿巴德人。饭店有种隐约的旧世界风情，我偏爱这类氛围，我不喜欢在市民大道上（以前的欧洲区）那些新颖、时髦的国际大饭店，尽管它们有空调、吧台和无线网络。前面的花园有着老旧围墙和枝叶伸展的菩提树，我喜欢在漫漫长日后，坐在这里休憩，观赏成群的律师穿着硬挺的衣领和外袍，急忙赶往等待中的摩托三轮车。

安拉阿巴德（马克·吐温巧妙地将它翻译为"上帝之都"）在这个故事中已然出现数次。它现今的名字来自阿克巴大帝，他于 1575 年在此拥护他的新宗教。他在恒河和朱木拿河的神圣汇流处，兴建了一座巨大碉堡，为莫卧儿四大堡垒之一，另外三座则散布在德里、阿格拉和拉合尔。它在印度史上曾扮演如此重要的角色！古老印度教圣地钵罗耶伽举行大壶节，在 2001 年，一晚就吸引了 2500 万人前来，令世界上其他庆

---

[1] 是主要立足于印度次大陆的一个信仰琐罗亚斯德教（祆教）的民族。帕西人的祖先是1000年前从波斯移居印度次大陆的祆教教徒。

上页图："极大之城"孟买：印度成长的象征，以及 1857 年第一场独立战争的发生地。

（上）费利斯·比托拍摄的照片，显示印度兵变和之后的惨况。

（下）1858 年东印度公司统治结束后的总督府外之景观。

典相形失色。

此地也是《摩诃婆罗多》印度圣地的最后一站,在印度人之间仍以"圣地之王"而闻名。在莫卧儿碉堡内,屹立着雕刻阿育王敕令的著名石柱,以及沙摩陀罗笈多和贾汗季的铭文。这里是印度神话中地球的肚脐,其象征生命几乎比真实历史还要丰富。

当英国人在 1857 年的印度兵变后,于血腥的余波荡漾中成为印度的统治者时,他们从此引以为戒,极力避免这类历史联想。距阿育王石柱几码外,在外围陵堡上,甘宁爵士(Lord Canning)[2] 宣布东印度公司统治结束,英属印度的统治开始。在民托公园(Minto Park)[3] 的小花园有座纪念碑,称此为"印度的大宪章"。但那是野蛮行径之后的苦涩成果。英国人先前展开报复,夷平 8 座印度村庄,"黑人"女人和小孩与"最邪恶的罪犯"一同死去,然后,英国人兴建了市民大道那整齐、树木成排的街道、公园、运动俱乐部和井然有序的军营。

在接下来的 30 年内,这城市成为新崛起的自由运动的中心。安拉阿巴德是英属印度最重要的高等法院地点,是一座律师城市,而那些帮助印度重获自由的人,包括印度第一任总理尼赫鲁,都是英国训练出来的律师。尼赫鲁家族属于克什米尔的婆罗门,为安拉阿巴德人,而尼赫鲁父亲莫提拉的宅邸仍旧矗立在欧洲区;那是一座宽敞的宅邸,非常适合成为伦敦皇家法律顾问的富有律师。它的四周有许多地方与英国息息相关:坐拥哥特式回廊的大学;壮观的英国国教大教堂有着飞扶壁和彩绘玻璃;市民大道上的购物商街,惠勒斯书店和新古典主义式的图画宫殿坐落其间;不要忘了还有贝那特糖厂(现今的哈西饭店),为帝国航空公司从英国克洛敦(Croydon)飞往加尔各答的中继站。在莫提拉的时代,一位后来变成讽刺家的英属印度人物,作家吉卜林(Rudyard Kipling)[4] 在此地为当地一份英文报纸《先驱报》工作,约翰·摩雷在《指南》(Guidebook)中快活地指出,《先驱报》"有效化解印度的不满情绪"。《先驱报》在久远以前就迁往勒克瑙,老旧的报社建筑是尼赫鲁宅邸几码远外的另一栋红砖平房,在我于 2006 年夏季住在此地时便已遭拆毁,成为安拉阿巴德建筑潮的牺牲品。但吉卜林住过的房舍仍在,花园杂草蔓生,一只骨瘦如柴的母牛和猫鼬占据此地。它现在由一位神采奕奕、80 高龄的记者居住,她叫做杜尔迦,在 1943 年加入全印度广播电台,报道

---

[2] 1812—1862,曾任外交大臣和英国首相,为英国政治家。
[3] 位于安拉阿巴德。
[4] 1865—1936,英国小说家和诗人,作品颂扬大英帝国主义。

自由运动的最后一个阶段。"我很高兴看到英国人重返此地，"她以清澈的眼神直视着我，"谁不渴望自由呢？"

我坐在安拉阿巴德（我对这城镇的熟悉度远高于英国许多城镇），痛苦地意识到自己的传承。我于英国战后出生，尽管小时候我不懂，但殖民主义亦塑造了我。20世纪50—60年代，我们在家乡长大，接受大英帝国辉煌历史的教育。我们在小说、电视和剧院中沉浸在对英属印度的悠悠怀念，嗅闻着皮革肥皂和蒸汽火车的气息，爱德华·埃德加（Edward Edgar）[5] 的交响乐团不绝于耳。但，不管我们怎么粉饰，帝国主义就是帝国主义。

印度摇身变成殖民经济典范，外销原材料和进口制成品。印度的天然资源遭到掠夺，她的人民被自视优秀的种族当小孩般对待。近日，某些英国历史学家争论殖民主义是件好事，为世界指明进步之路。我必须说，我大致上不赞同这个说法。超过35年来，我在亚洲、非洲和美洲旅行，亲眼目睹第一手数据，使我从不同的角度观看事物，我认为殖民主义的冲击大体上是毁灭性的。欧洲的帝国时代释放了巨大的历史动力，当然毫无疑问，其中有许多具有创造性，但对全球众多人口而言，这是个巨变的时代，本土文化几乎毁于一旦。只有伟大和历史悠久的文明，比如印度，才能全身而退，采纳有益之处，浴火重生，但仍旧是印度。

英属印度时期——从东印度公司在18世纪崛起统治后到1947年的独立——大约持续了200年，这时间相当于贵霜王朝，但比莫卧儿王朝要短。它是个漫长而百般波折的故事，充满着辉煌和悲惨，骄傲和贪婪，有着绝妙的文化转折，甚至连在莫卧儿治下的时期都令人惊叹（我个人则认为不仅于此）。在18世纪的开明气氛中，许多思想得到交流。查尔斯·"印度人"斯图尔特将军（General Charles 'Hindoo' Stuart）[6] 每天于加尔各答的恒河中沐浴，并建议英国女士改穿纱丽，为第一位收藏印度艺术的收藏家。他有惊人的先见之明，争论应该允许印度兵团保留本土习俗。在他的《印度人的辩护》（*Vidication of the Hindoos*）一书中，他严厉谴责欧洲传教士，赞美印度教是种"不需假基督教的改良之手，即能使其信徒成为拥有善良品行和道德的人，足以对文明社会作出贡献"的宗教。

这些"白皮肤的莫卧儿人"在知识界亦有同道之人，如威廉·琼斯、詹姆斯·普

---

[5]　1857—1934，英国浪漫派作曲家。

[6]　1758—1828，为少数拥护印度文化的英国驻军，并以此闻名。

林塞普（James Prinsep）[7] 和弗朗西斯·布什南
（Francis Buchnan）[8] 都是重新发现古印度史的杰
出领袖；我们也不该忘记华伦·哈斯汀（Warren
Hstings）[9] 这位百般苦恼的第一任英属印度总督，
他通晓本地语言，并在培植孟加拉国学术上居功厥
伟。这场文化交流导致孟加拉文化开花结果，最
后使得孟加拉国改革家和博学者兰姆·罗伊（Ram
Roy）[10] 于 1833 年坐船航向利物浦，追寻他自己的
"海洋交会点"。近日，东方主义已经成为过度滥用
和夸张不实的空泛名词。殖民知识的确是种压迫工
具，但在 18 世纪晚期到 20 世纪早期，英国和孟加
拉的确诚心致力于史上最伟大的文化交流之一，到
现今仍余波荡漾。

　　但英国与印度的关系并未像这样般更进一步。
最后，帝国的意识形态和迫切需求战胜一切。如
果 18 世纪的副产品之一是爱情关系，19 世纪则眼
见它分崩离析，20 世纪则以悲剧性和价值不菲的
离婚收场。欣慰的是，在我们的时代，两边的孩
子和孙子成为朋友，并建立崭新关系。

上图：英属印度的第一任总督华伦·哈斯汀。
哈斯汀在英国"发现"印度史中扮演要角，
但在历史重新评估后，他成为争议性人物。

东印度公司和 1857 年印度兵变

　　东印度公司的故事是现代跨国企业的诡异回响，它贩卖自然资源，通过经济干预、
私人军队和代理战争获取广大影响力。英国人会胜利的原因除了他们控制海洋外，还
在于印度本身分裂成许多小国和北方莫卧儿王朝的衰弱。早期的征服者从开伯尔和西
北边境省进入印度，英国人却从英国海岸扩展影响力，在加尔各答、马德拉斯和孟买

---

[7]　1799—1840，古董收藏家和印度殖民地行政官，首位译解阿育王敕令的欧洲学者。
[8]　1762—1829，苏格兰医生，对印度动物学和植物学贡献颇大。
[9]　1732—1818，英国首任也是最著名的印度总督。
[10]　1774—1833，印度教组织梵社创始人、宗教领袖和社会改革家，被称为"现代印度之父"。

上图：克里夫在 1765 年接受孟加拉国的财政大臣一职，从此刻起，英国人从贸易商人蹿升至拥有真正权力的统治者。

建立贸易堡垒海港，作为统治的首批据点。他们背后有军队撑腰，尽管刚开始时数目很小：2200 名欧洲人和差不多相同数目的本土军人，在 1757 年的孟加拉国普拉西的决定性战役中，打败孟加拉国最后一位独立的地方行政长官，后者拥有法国东印度公司的小批军队。一队差不多数目的陆军在南方的宛地瓦什（Wandiwash）取得胜利，18 世纪 50 年代到 60 年代，英国人和法国人在此争夺攸关他们全球布局的另一块土地。然后，在 1765 年，莫卧儿帝王阿拉姆沙阿（Shah Alam）[11] 于德里正式授予英国人孟加拉财政大臣之位，也就是征收岁收的权力。原本只是伊丽莎白式的商业冒险行径现在

---

[11]　1728—1806，印度莫卧儿皇帝。

上图：吉尔雷当时绘制的政治漫画，显示英国在 1791 年从塞林伽巴丹撤军。英国后来率领大军卷土重来。

进入全新阶段。

在南方，与法国人的争斗不久即达到高潮。在 18 世纪 60 年代到 90 年代，英国人与迈索尔的穆斯林统治者打过 4 场战争，后者是法国盟友，提普（Tipu）苏丹最后死于 1799 年的塞林伽巴丹岛堡垒围城中。

在那场战争中，公司能动用的军队是 5 万多人，相当于一个欧洲大国的军队。投资迅速成长，在数年内，公司利益获得天文数字的高速成长：英国国会中登记的会计簿显示，岁收从 1794 年的 800 万增加到 1803 年的 1350 万——相当于今日的 7.5 亿。岁收增加带来的观点改变在现存于大英图书馆的公司档案中表露无遗。在战胜提普之后，理查德·韦尔斯利（Richard Wellesley，未来滑铁卢之役胜利将军之兄弟）总督写道：

我将在塞林伽巴丹为公司维护主权，成为我们可以在任何时候撼动印度斯坦中心的桥头堡，倘若局势不利于我们的利益的话。我在此便不详述从此地可增进英国利益的优势，它们过于明显，不需解释细节。

不久，印度在英国艺术中化身为赤裸的黑肤女性，听命地将她的丰饶献给大英帝国。征服行径通过逐步侵略和机遇而来，没有全盘的事先长期计划。英国纳税人并未付出任何代价，佣兵逐一解决各个地区威胁。到了19世纪30年代，公司档案显示其重心从纺织贸易转移到拥有土地，而在此时，殖民大业要求新的意识形态的声调，这点可以将麦考莱爵士作为典范，他推动1835年印度教育的法令，其中规定英文取代波斯文成为政府官方语言。随之而来的是对基督教传播的重新强调。从那时开始，英国在印度的统治不仅攸关金钱，他们也想改变印度。

这些干预态度，与伴随而来越来越刺耳的基督教声调，形成1857年印度兵变的背景，后者是帝国时代殖民权力所遭逢的最大型抗争。印度兵变刚开始是抗议英国高级军官对印度教习俗的麻木和漠视，却迅速演变成为对外来政权的反抗，在此之中，甚至连穆斯林圣战士都和印度教徒为共同理想携手合作。叛乱像野火燎原般沿着大干线，从孟加拉国延烧到旁遮普，英国在印度的地位岌岌可危。但在最后，通过运气、胆识和无情，英国人占了上风。双方在这场战役中都展现了可怕的暴力和野蛮报复行径。印度教徒和穆斯林反抗军都对德里那位老迈的莫卧儿帝王巴哈杜尔沙（Shah Bahadur）[12] 表示忠诚，后者在战败后逃往缅甸。英国人展开无情的报复，冷血杀害他的儿子们。

英国人在回顾许多战争的精彩历史中，倾向于将他们的崛起描述成凭空而来，但其实在最初的50年间反抗不断，最著名的是1806年的韦洛尔兵变，南方的反叛军当时拥立提普苏丹的儿子为王。1857年的印度兵变摧毁了莫卧儿治下的德里及其精致的文化生活，为百姓带来灾难，许多成年男子遭到屠杀。这场兵变对英国政府而言是个震惊和可怕的警讯，于是结束了东印度公司长达258年的存在。之后，英国国会决定直接统治印度。为了确立这个传统，第一任总督甘宁爵士于1858年11月1日在可俯瞰神圣汇流处，即安拉阿巴德的阿克巴堡垒外墙，宣布维多利亚女王的宣言。印度现在要接受西方的新世俗"法"的指导。

---

[12]　1775—1862，印度莫卧儿帝国末代皇帝，逝于仰光。

上图：莫卧儿末代皇帝巴哈杜尔沙。他是 1857 年印度兵变的反抗军投注爱国情操的对象，他后来遭放逐缅甸，现今他的陵寝是众人膜拜之地。

英国统治和殖民知识

　　印度作为英国世界贸易体系的中心，在英国殖民计划中受到重重剥削。但为了统治如此幅员辽阔和多样性的国家，英国需要培育融合英国文化理念、在帝国企业上与他们携手合作的印度精英阶级。

　　为了达到这个目的，他们在印度广设符合自身意识形态和以实际为取向的现代机构。时空、地理、阶级和宗教都被"更为卓越"的帝国主义知识、科学和伦理重新界定。这意味着实质和心理的重新绘图。比如乔治·埃佛勒斯爵士，这位全球最高峰（即喜马拉雅山，Everest）以他姓氏命名的知识分子，拖着沉重的经纬仪攀爬泰米尔寺庙的塔楼，拿着巨大的金属测量杆，坐着牛车横越旁遮普，在次大陆境内进行全面测量，绘制精确地图。伴随着印度教和穆斯林法律条文的制定，英国法治系统的强迫施行是另一项关键介入，将印度社会的阶级分类变得更为详尽，因为习惯法奠基于阶级之上。如同贵霜和莫卧儿王朝，英国人想知道其臣民的一切。

　　对传统印度宗教习俗和仪式的态度变得更为坚定。如英国人自认他们的基督教责任在于对"迷信"宣战，严厉打压童婚、血祭和自焚殉夫等古老习俗。毫无疑问，有时候，他们似乎颇有道理；但有时候，比如当他们攻击奥利萨的古老冈德（Gond）[13]文化时，他们唯一达到的只是破坏人民的认同感与和谐。

　　至于印度宗教本身，18 世纪时它对 "印度人"·斯图尔特这类知识分子而言是种令人欣赏的迷人源头，现在在某些方面却成为人们轻蔑的对象，被斥为迷信和"低等的物神主义"。英国社会中福音传道派的暗流积极对其展开十字军行动。在这时期，"印度教"（Hinduism）这个有点误导的专有名词被纳入一般用语中，成为描述印度宗教体系的代名词。这个名词产生自 19 世纪的一个逐步发展的理念，这理念将印度宗教视为一种世界宗教，就像基督教和伊斯兰教。传教士学者以基督教的观点诠释古代经典，如《薄伽梵歌》或泰米尔文的《圣言》（Tiruvasagam），他们苦苦在印度思维中寻找一神论的细微根基。这类理念仍有部分真理，尽管湿婆派和毗湿奴派的伟大中世纪文献显示两者为不同的宗教体系，拥有相异的最高神祇、不同的神圣经典、仪式和末世学论。因此，在某种程度上而言，现代印度教的诞生同时是个殖民架构和对殖民主义的反抗。在印度教改革者手中，基督教化的层面变得更为显著，为印度精英分子提供和殖民者之间的桥梁。

---

[13]　属战士阶级，分布在中部和南部印度。

当伟大的孟加拉国哲学家和民族主义者辨喜 1893 年于芝加哥被推崇为国际宗教会议之星时,具有现代意义的印度教宣告来临。

英国方案也包含让本土统治阶级接受英国教育,如此一来,后者便会以英国角度将自己的文化诠释予印度大众。这方案有点耐人寻味,英国文学研究在印度成为主流学科的时间甚至早于英国。其所选择的经典模板自然有其时空限制,呈现殖民概念中的理想男性形象。由于莎士比亚对权力多有质疑,所以他并未被编纂入内。讽刺的是,他最后成为解放工具,为印度激进分子热烈欢迎,如同迈克尔·马舒丹·达特(Michael Madshudan Dutt)[14] 在 1865 年于一篇精彩散文中对印度教徒和盎格鲁-撒克逊人所争论的那般:英国人必须离开,但他们可以留下莎士比亚!

印度概念

对未来的独立印度而言,英国帝国方案的关键点正是在印度概念本身。如同我们在本书所探讨的,印度在历史上从未统一,即使阿育王曾宣称其疆域南抵克里希那河,而贵霜、笈多和莫卧儿王朝的权势都曾遍及阿富汗和孟加拉国间的大片北印度。但是,是英国人首度将印度视为政治整体,一个国家而不是一种思想概念。丘吉尔(他年轻时代曾在帕坦人 [Pathans] [15] 间大胆冒险过)说过一句非常有名的话:"没有印度这回事。"但这对综观印度数百年的评论家而言,此话非真,印度多元化的种族、语言和宗教仍组成一个统一的文明。

在 10 世纪,阿尔-比鲁尼将印度文明等同于东部山脉和科摩林角之间的土地。14 世纪诗人阿米库什(土耳其后裔的印度穆斯林)描述他对他的祖国印度的热爱,令人动容。他说,印度包括了说信德语、旁遮普语、孟加拉语、泰米尔语、泰卢固语和坎那达语的人,也就是所有居住在这"人间天堂"的人。类似的印度概念可以在阿克巴的传记家阿布·法兹勒的著作中寻得,虽然莫卧儿人从未统治过次大陆南方。这个追溯自古代的强烈观点是种广泛模糊的文化统一概念。英国人对此概念的定型则多有贡献。你只消看看英属印度手册中的印度地图,你就会发现粉红色区块包含从缅甸到俾路支斯坦、从不丹到喀拉拉的土地,以海洋自然屏障、开伯尔和丛林为界。在这类地

---

[14] 1824—1873,孟加拉国诗人和戏剧家。

[15] 居住在南亚的一个民族,即普什图族,为阿富汗第一大民族,巴基斯坦第二大民族。

上图：谚语说，大英帝国是日不落国。但英国贸易网络的兴盛或衰弱全仰赖印度。

图里，你可看出史上最具巧思和最能应变的帝国之一的想像，那是块巨大的拼凑图，大略包含世界上四分之一的人口。令人惊异的是，以不同颜色标示的诸侯封地和独立邦国（其中73个邦国由"享有十一响或以上的礼炮待遇"的王侯所统治）多达675个。其中2个邦，海得拉巴德（Hyderabad）和克什米尔的领土与欧洲大国一般大。这是英国解决印度多元化的方式：一种不可置信的政治把戏。这个手腕如此特殊，我们很难相信它真实存在，应该仅是想像。但这就是印度。

上图：女王骑兵军团与一位印度王子的本土印度兵团。这个军团在 1857 年至印度镇压兵变。

皇冠上的珠宝

令人吃惊的是，即使在帝国巅峰时期，英国人都能仅以 5 万名军人和 25 万名公务员统治这个世界上人口最众多的地方。帝国大部分的日常运作由印度人完成，因此，他们完全仰赖印度人的合作。一旦这份依赖消失，如同在一句切中要害的轻描淡写中所说的，这帝国的故事便在"漫不经心间"消散无踪。那个时刻在二次大战后、印度幻想破灭时来临，百万印度人为英皇战斗，5 万人死去。1919 年在阿姆利则的屠杀锡克教示威者的事件则更加确定这点，在印度人心目中，英国人公平、善意和正义的形象从此大为受损。

但这并不能否认英国人复杂和深远的传承：首先是英文，还有世俗法律、教育和宪法政府的英国理念。英国人是首批尝试解决印度史的严重难题之一的人——这个难题就是如何树立世俗官方权力。对 1947 年后的所有政治努力来说，印度民主制度在保持开放社会上取得不凡的成就，而在这么短的时间内就能稍稍减缓种姓制度根深蒂固的不公不义，也着实让人吃惊。仅在 60 年内，世俗民主制度已在社会深深扎根。

另一个传承则较为实际：交通网络。印度是个大国，搭火车从德里到加尔各答，从加尔各答南下马德拉斯都是 1000 英里的旅程。这类发展亦帮助塑造印度的政治和心理统一性；或许，印度单一国家的可能性之所以能成为可行的概念，完全是由英国人促成。但英国人最重要的传承，或许是将印度开放予更为宽广的世界，从此无法回头；强迫印度人以西方的世俗理念重新界定他们悠久的文明。

独立运动

如先前所述，麦考莱爵士 1835 年在加尔各答，发表含义深远的教育法令。麦考莱手握印度教民族主义者的黑名单，他坚信英国人及其文化的"极度卓越"。他的经典名言是，"一排优秀的欧洲图书胜过整个印度本土文学"，这当然是极度无知之语，但他认为印度精英分子需要接受西方教育的建议却切中要害，促使印度的社会改革推动起来更为容易。英文，而非波斯文，现在成为政府官方语言。但也是从那时起，无可避免的，印度知识分子以自身传统的丰富教诲为媒介，将欧洲启蒙运动的自我肯定理念传入印度。其结果是印度独立运动：它是史上最伟大、最大型的反殖民运动。运动的推动力为印度国大党，创立于 1885 年，最初的目标相当局限，只求在政府中为印度精英分子争取更大的地位。

自从印度兵变发生几近 30 年后，他们目睹英国政府在许多关键领域宣告失败，尤其是在提供温饱和安全感给人民的基本层面上。

在德里国家图书馆里保存着这时期的日常行政记录。在地下室，长达好几英里的书架上堆满岁收观察员和地方税务官的电报、报告和备忘录组成的泛黄档案；行走于其间，最令人吃惊的事实是，数不清的档案只有一个主题："饥荒"。这对印度百姓而言是非常艰困的时刻。维多利亚时代的最后 40 年刚好碰上全球气候大灾难，当时发生了一连串大浩劫。从孟加拉国以南到南方，印度陷于全球饥荒的恶性循环中，后者始于全球气候体系的厄尔尼诺现象。饥荒以 1866 年的奥利萨为起点，法基·摩汗·赛纳

帕提（Fakir Mohan Senapati）[16] 在动人的自传中痛苦地写下亲身经历的这场灾难，他当时是传教士老师："时至今日，奥利萨人民从未忘记这场可怕的灾难：一年内死了 300 万人，600 万人无家可归。马路、沐浴河阶、田野、丛林，不管到哪里，你都可以看见尸体。50 年过去了，但它仍烙印在我心中。"

国大党创立于这些风暴之中，时间是在 19 世纪 70 年代晚期南方的干旱和饥荒之后——其间有 800 万人死亡——以及在 19 世纪 70—80 年代肆虐孟加拉国的连串饥荒之间。最初的创党理念来自一名英国人，优秀的亚伦·奥塔维安·休姆（Allan Octavian Hume）[17]。在今日一位印度顶尖历史学者的观点中，休姆是除甘地外，对独立运动最具重要影响力的人之一。这位现代印度史上的伟大人物现在在英国遭到淡忘，却是最

---

[16] 1843—1918，印度作家，被称为"现代奥利亚文学之父"。

[17] 1829—1912，驻印度英国官员，为政治改革家，印度国大党创始人之一。

上图：甘地走向海洋的自由游行：他结合非暴力反抗的理念后来激发了许多现代自由斗士。

近印度版的电视益智节目《谁想成为百万富翁？》的题目之一。休姆是苏格兰激进分子之后。在印度兵变期间，他是位于朱木拿河河畔的伊塔瓦（Etawah）的年轻地方行政长官，他在那里推动了许多社会方案，现在仍然是位地方传奇人物（镇上的广场仍叫做"休姆广场"）。

晚年，他步步高升，成为英属印度的高级农业岁收观察员。他在这职位上亲眼目睹饥荒的惨状，不仅被痛苦的折磨震慑，也震惊于英国政府的草菅人命，后者在物资于地区间运送上百般不愿或救援迟缓；某些未受饥荒袭击的地区的谷类甚至被送往国外。休姆的政府职务使他有机会和许多显赫的印度人交换意见，于是他成为他们之间的最初联系管道。但他也因此遭受伦敦的保守党攻击，一名保守党建议他应该为叛国罪而处以绞刑。

国大党的第一次会议在 1885 年于孟买举行，正值推动印度大众意见的关键十年间，当时英国解放报禁，数百个新报社纷纷成立，大部分以方言出刊。国大党是由激进分子、印度教社会主义者、穆斯林和政教分离论者组成，成员相当广泛，起初并未公开反对英国统治，但最初的动力是争取更多代表席次，最后才逐渐转变为较激进的运动，终极目标为自治。

　　1885 年至 1947 年的印度独立运动的故事，通常是通过国大党那令人动容和煽动性十足的论述对外面的世界宣告。甚至连好莱坞都将这个神话翻拍成史诗电影（尼赫鲁和甘地毕竟是现代史上最伟大和最有趣的人物）。但就像历史的一贯作风，印度在过去还是有可能走其他轨道，或者在未来仍可改走不同路径。不同宗教社群的代表将带来特别棘手的问题。1906 年，一些穆斯林成员与国大党分裂，自行成立穆斯林联盟。之后，国大党于 1907 年一分为二：甘地的精神导师，戈卡莱（Gopal Krishna Gokhale）[18] 领导的"中庸派"，和提拉克（Bal Gangadhar Tilak）[19] 领导的"死硬派"，提拉克因支持推翻英国的直接行动而被捕入狱。极端分子、民族主义者、政教分离论者、印度教徒和穆斯林：国大党领导阶级最终无法让他们全都朝同一目标迈进。但在第一次世界大战后，甘地（另一位在英国接受教育的律师）成为主要人物，他的呼请深得印度大众民心，他的关键理念结合了非暴力。在甘地的影响下，国大党成为第一个包含大众的印度组织，凝聚百万人民，特别致力于反抗阶级差异、贱民制度、贫穷、宗教

上图：甘地——丘吉尔口中"半裸的苦行者"——的确名至实归，穿着白色缠腰布的他甚至获得兰开夏磨坊女工们的热烈喝彩。

以及种族限制。虽然大多数党员是印度教徒，它的党员却来自各个宗教、种族、经济阶级和语言团体。到 20 世纪 30 年代，国大党可以自诩为印度人民的真正代表，在主席尼赫鲁的领导下，正式宣布其目标为完全独立。

---

[18]　1866—1915，印度社会改革家，曾创立印度公仆社。

[19]　1856—1920，印度学者、哲学家和死硬派民族主义者，印度独立运动的奠基者之一，创立印度自治同盟。

上图：1946 年，加尔各答的印度教徒－穆斯林暴动后的惨况；英国军队两面不讨好。涂鸦写着："滚出印度"。

印巴分治：独立但分裂

　　早在 20 世纪 30 年代早期，对英国大部分的观察家而言，有一点便显而易见，那就是印度不可能永远归英国统治，尽管丘吉尔频频装腔作势，而如罗瑟米尔爵士（Lord Rothermere）[20] 这类的狂热种族主义者和右翼英国报纸不断叫嚣。但在这危急关头的议题不是印度是否会得到独立，而是印度会成为什么样的国家。是阿米库什深爱的印度？英国人靠拼凑现实得来的印度？或半自治国家组合而成的印度联邦？或一个分裂的印度？20 世纪 30 年代，国大党的梦想是统一的印度，却受到新发展的威胁，这些发展对印度深具意义，并冲击现代这个更为广大的世界。

　　穆斯林几乎占英属印度人口的四分之一。如我们所述，穆斯林在数世纪以来统

[20]　1868—1940，英国贵族，《每日邮报》报社主席。

上图：尼赫鲁（立者）和阿萨德（坐在最左边坐者）在 1942 年 4 月的合照。

治着北方。但由于英国人在 1858 年废除莫卧儿末代皇帝，穆斯林被剥夺特权，对大多数的印度教徒的政治权力感到不安，因为穆斯林帝王不曾善待后者。新的伊斯兰意识已在 1857 年的印度兵变中浮现，而德奥班德（Deoband）的激进伊斯兰教高等学院已经在讨论后英属印度中伊斯兰的未来。1900 年，英国人选择将印度人口最众多的地区，即联合省的印地语制定为官方语言而舍弃了乌尔都语，印地语以天城字母（Devanagari）[21] 写成，而非阿拉伯字母。因此，许多穆斯林越来越忧心忡忡，深恐在未来将被"压抑穆斯林文化和宗教"的印度教徒宰制。当时，一位英国官员向上级呈报，许多穆斯林认为分裂是他们的命运，而"两个社群的融合绝不可能"。曾经困扰阿克巴的重大议题又回来纠缠印度。

---

[21]　目前印度最流行的文字，用来书写印地语、梵文、尼泊尔语等语言。最早出现在 13 世纪初。

　　为了回应这些忧虑，穆斯林联盟在 1906 年于达卡（Dhaka）[22] 成立，在即将来临的解放努力中代表穆斯林的利益。另一位接受英国教育的律师离开国大党，加入这个组织，他就是真纳（Mohammed Ali Jinnah）[23]，一位世俗的什叶教徒，注定在现代印度史中扮演中心要角。国大党一直以其理想号召穆斯林，但往往被控过于"印度教化"，尽管有些著名的穆斯林留在党内，全心致力于实现其世俗目标，包括穆拉纳·阿布·卡兰·阿萨德（Maulana Abul Kalam Azad）[24] 这位哲学家、诗人和教育学者，他一辈子支持印度教 – 穆斯林统一，并是独立印度的第一任教育部长。最后，就像历史常常展现的，事件的发展多半为意料之外，而非遵循事前的设计。最初推动穆斯林分离主义只是想争取国会席次，后来成为在联邦体制中为自治穆斯林邦国进行磋商的手段，最后才成为对成立独立国家的严肃诉求。

　　鲜为人知的矛盾是，为穆斯林创立一个分裂国家的理念是由一名印度教民族主义者在 1924 年首度提出。当时，真纳和穆斯林联盟仍在为印度联邦奋斗，保证穆斯林有三分之一的国会席次。致命的时刻于 1928 年降临，国大党只肯给穆斯林联盟四分之一的席次。妥协也许会改变印度历史。但对真纳而言，这是"分道扬镳"的开端。

　　自那之后，许多印度人和巴基斯坦人对印巴分治能否或可否避免一直争论不休。偶尔仍能从印度报纸上读到一些专栏，讨论重新统一的可能性。那些相信英国实用政策导致印巴分治的人特别强烈主张这点。英国人是否默许印巴分治，因为这能帮助他们在战后的冷战世界里分而治之？最近 40 年来的各类论文至少消弭了英国的这项原罪。印巴分治实际上是多重失败的结果：国大党和穆斯林联盟不肯互相让步，英国人并未扮演其历史角色。我们可以观照和参考别的历史类似事件。当美国联邦在 1776 年进行辩论时，较强大的州让出权力和权势给较小的州，以求达成合众国的目标。国大党的目标是统一的印度，但在最后，他们无法做出可能达成此目标的让步。真纳这位优秀但倔强的穆斯林领袖原本是坚定的民族主义者，但他最后将自己逼进死角。而英国人的权力和历史感被二次世界大战摧残殆尽，疲惫地放弃他们的传承和责任，同意印巴分治，沿着次大陆边缘画出穆斯林占多数的地区，包括信德和旁遮普西部，后者是印度最初文明的心脏地带。

---

[22]　位于孟加拉国。
[23]　1876—1948，印度穆斯林政治人物，巴基斯坦国家缔造者，曾是穆斯林联盟领袖和巴基斯坦第一任总督。
[24]　1888—1958，穆斯林学者，印度独立运动政治领袖之一，支持印巴团结，反对分治。

英国人制定的独立期限原本是 1948 年 6 月，但在此时，印度教徒和穆斯林已经在西北部和孟加拉发生血腥暴力冲突。苦于情势可能会愈加失控，英国人将日期提早到 1947 年 8 月 14 日和 15 日。英国人恐惧将会爆发的反应，决定直到隔天才会揭露疆域界线。在旁遮普，被界线分离开来的锡克教徒立即拿起武器，捍卫他们的社群。值此之际，原本是邻居的印度教徒和穆斯林在谣言满天飞和歇斯底里的氛围中暴力相向。

上图：独立运动时期的一幅画作，画面是尼赫鲁和甘地接受罗摩的祝福。甘地承诺将重现"罗摩的统治"，这点使尼赫鲁相当不安。

结果是可怕的流血事件，并造成史上最大规模的迁徙，1100 万人离开他们世居的村庄，越过不再存在的外国势力所划分的看不见的界线，纷纷逃命。我们永远不知道确切的死亡人数；学者惯常估计为一两百万人，但绝对超过数十万人。

因此，穆斯林联盟得到他们的独立国家。巴基斯坦在 1956 年的宪法下正式成为伊斯兰共和国，尽管这并非在真纳计划之中：他没卖掉他那座位于孟买玛拉巴山丘（Malabar Hill）[25] 的 20 世纪 30 年代壮丽平房（他的家族仍保有这栋房子），想像他退休后也许可在此度过一些时日，这只显示他严重误判局势。

巴基斯坦刚开始时分成两部分，东部是东孟加拉国，它除了宗教外，与西部毫无共通点，西部则包括俾路支人、旁遮普人、帕坦人和信德人。两地相隔 2000 英里，东西巴基斯坦从来不是个可行的国家概念，东部在 1974 年爆发战争，由英迪拉·甘地的政府撑腰，独立成为孟加拉国，为世界上第七大国（巴基斯坦是第六大国）。值此之际，英属印度的大量穆斯林人口仍留在独立后的印度，印巴分治的苦果让许多人越来越趋于弱势。今日的印度为世界上第二大穆斯林国家，拥有将近 1.8 亿名穆斯林。不意外的是，许多人常纳闷承受苦难是为哪桩。

独立的印度

1947 年 8 月 14 日子夜前，尼赫鲁发表众所期盼的演讲，充满骄傲和懊悔："长久以前，我们和命运做了约定，现在是我们实现诺言的时候了，虽不是完全实现，但基本上差异不远。在子夜钟声响起时，当全世界都在沉睡，印度将苏醒过来，面对生命和自由……"

独立后百废待举。英国人发表的年度资产负债表让印度在 20 世纪最初十年的总生产额只占世界生产毛额的 3%，而印度在 16 世纪可是世界经济两强之一。国大党自行推广的社会主义经济模式和甘地式自给自足法则恶化了早期的严峻形势。迟至 20 世纪 60 年代，饥荒仍频。印度"伟大传统"的现代化进步迟缓，直到 20 世纪 90 年代早期开放外国投资为止。自那之后，印度的生活水平和经济力量获得戏剧性的提升，专家预测，它将在 21 世纪 30 年代晚期超越美国。21 世纪将是古老的亚洲巨人重返世界舞台的时代。

---

[25]　位于孟买市区西方，可俯瞰海滨大道的美丽风光。

上图： 在圣雄的阴影中：英迪拉·甘地和其子拉吉夫·甘地。甘地夫人是尼赫鲁的女儿，她在 1974 年的紧急状态中暂时终止民主制度，但民主制度一旦恢复，便强大到足以让她下台。

　　独立后的一个重要议题是印度的认同。在独立运动期间由国大党塑造的印度历史论述是由接受西方教育说英文的律师、死硬派政教分离论者和印度教－穆斯林团体所共同创造。尤其在最近 20 年间，这个论述受到多方论辩。在尼赫鲁伟大的著作《发现印度》（*The Discovery of India*，1956）中，英雄人物是如阿克巴这类开明领袖，其印度理念为多元宽容——因此，佛教帝王阿育王重获重要地位（他在 1919 年后才重获发现），他的狮子柱头成为印度象征，法轮在国旗中取代甘地的纺织轮（这令圣雄极为不悦）。

　　但一如往常，还有其他历史。大部分的印度人是印度教徒，早在 19 世纪，新兴的印度教民族主义运动便将英国统治视为终结穆斯林权势的催化剂，一旦英国人离开，印度教统治便会降临。印巴分治所显示的世俗理念的部分失败使印度境内的伊斯兰问题首度浮上台面。倘若印巴分治是基于宗教理由，倘若巴基斯坦是个伊斯兰国家，那么，印度是如国大党所主张的，是个世俗国家，或其实是个印度教国家？对印度教民族主义者而言，答案显而易见。这些问题在独立运动时期就已挥之不去。甘地（在尼赫鲁的忧虑下）承诺将恢复罗摩的黄金时代，他最后遭印度教徒暗杀。过去 20 年来，这个宗教分裂持续影响印度政治，甚至连印度宪法条文都遭受质疑。

国大党的主要对手成立印度教民族主义党，即印度人民党（BJP），创立于 1980 年，衍生自早期的印度民族主义者党派，诸如印度大会党（为对抗穆斯林联盟而创立于 1915 年），以及较为死硬派的组织，如印度国民志愿团（创立于 1925 年）和世界印度教会议（1966）。印度人民党在 20 世纪 80 年代晚期迅速崛起，而有关印度教－穆斯林历史的争论早预见此点（在专业历史学家和考古学家的对立团体的支持或反对下）。他们在中世纪穆斯林帝王摧毁印度教寺庙上寻求支持，特别将焦点放在一座阿逾陀的清真寺上，据称，它建立在莫卧儿王朝创建者巴布尔被捣毁的印度寺庙上。印度人民党的领袖将丰田卡车改装成罗摩的战车，踏上朝圣之旅，开车横越北印度，决心"解放"阿逾陀这个罗摩出生之地，差点造成宗教社群紧张。

虽然这个议题后来发现是奠基于历史幻想上，但仍能威胁政治结构，如同尼赫鲁在 1950 年的正确预言。暴民在 1992 年摧毁这座清真寺，引发恐惧和暴力氛围，间歇性地发展成可怕的流血事件，比如，2002 年的古吉拉特。当印度人民党在 20 世纪 90 年代晚期成为政府领袖时，他们赞助被摧毁的清真寺的考古挖掘，希冀证实神话的真实性，但讽刺的是，考古挖掘反而证实了在中世纪之前，这地点没有别具意义的建筑结构；此地并非罗摩崇拜的早期圣地。这是对混淆神话和政治者的一个重大教训。

印度公司

出乎意料的是，考虑到整体经济气候越来越有利的情况下，印度教民族主义者竟在 2003 年的大选中败北，老国大党重新执政，管理印度的经济"奇迹"。这些戏剧化的经济改变和阿逾陀惨案发生于同年，但它们的长期效应将重新塑造我们的世界。为了避免国家破产，当时的总理拉奥舍弃尼赫鲁的社会主义保护经济政策，开放外资，改革资本市场，解除对国内企业的控管。很快，即使在印度最偏远的乡间，我们都能在小摊位上看见百事可乐和可口可乐的身影。他最后舍弃甘地自给自足理念之举引发一些反思，2006 年宝莱坞最为卖座的电影将圣雄搬回大屏幕，作为印度的新"IT"世代指引明灯！

上图：永恒的印度和其现代化身。由于人口激增和环境破坏，印度的奇特成长并非毫无隐忧，但印度总是有那份融合新旧的不可思议能力。

毫无疑问，印度仍有许多巨大难题，特别是阶级不平等、乡村贫苦、环境破坏和人口过剩等方面。但全球最大的民主制度现在正坚定地踩在成长和改变的道路上，而它将会走印度人民一向走的道路——适应外界带来的改变，将有利的纳为己用，并紧抓住过去传承的古老生活目标。

统一和多样性

"你得记得是你们称呼我们为'印度'。"我的记者朋友拉维快活地说，他身着图案鲜明的印度无领上衣，一身昂贵行头。我们正坐在德里大清真寺下面的阶梯上：做完周五礼拜的善良群众正从其间蜂拥而出；购物者流连在衣服摊位和路边餐厅；男孩贩卖着廉价手表，以及麦加天房、泰姬玛哈陵和伦敦大本钟的海报。我们周遭吱吱作响的烤肉串冒出火苗和烟雾。

我们则自称婆罗多（Bharat），与印度一词有非常不同的含义。印度的时间是直线进行。但婆罗多的时间是神话性的，循环不息的。它们代表两种不同的心理架构；而印度人民，即使是最低阶的人，都能在两者之间泰然游走。多元认同在数千年来是我们历史的一部分。而这些认同完全符合古老和现代精神。崇拜象头神（Ganesh）[26]的核能学家不会被人耻笑——实际上，我们都爱象头神。印度走过许多起起落落。我们都经历过可怕的贫穷，但我们有丰富的过去。我们深爱我们的文化。

拉维指指他周遭的群众：

印度是个现代架构——一个首先为英国人所创造，尔后由自由运动所实现的政治现实。印度本质上是由一群杰出的民族主义者想像出来的终极美学和伦理理念，主要是尼赫鲁，他是现代主义和理性主义之子。他将印度未来视为东西方的绝妙融合。他希望超越古老的羁绊和那些数千年来纷杂的记忆。这个过去对他而言是进步的障碍：无知、迷信、种姓制度和贱民都是极端不平等的现象。他认为，民主制度和政教分离主义能从过去的重担中解放人民。尽管出现印巴分治和后继的几场战争，他们依然成功了：他们创造出一种国家忠诚。而在宗教方面，尼赫鲁是对的。在这个拥有众多宗教和3300万名神祇的土地上，政教分离主义是人权的唯一保护。总之，我们应该由宗教来界定吗？你知道，在1991年的普查中，政府首度询问一连串有关宗教信仰的问题。有趣的是，无论是印度教徒、穆斯林、基督教徒、耆那教徒或琐罗亚斯德教徒，他们在大部分事物上意见一致。实际上，超过90%的民众同意他们的所作所为和信仰。不论你信什么神，只要你心向印度，你就是印度人。

---

[26] 掌管财富、愉快和安宁之神。

上图：印度快速迈向消费主义此事，已经引起广泛的内省。旧价值观有可能存活吗？

"但你们有过可怕的时刻，"我回答，"英迪拉·甘地的紧急状态[27]、锡克教徒的暴乱、阿逾陀；看看 2002 年的古吉拉特。"

但它还是行得通。民主制度已经深深扎根。或许，印度直到 20 世纪 90 年代的经济孤立——尼赫鲁的社会主义实验——也有功劳。它也许阻碍了印度人民的物质和社会进步，但它长期保留了古老方式，不然后者早就会被取代，印度则莽撞地一头冲进现代世界和消费主义。印度在 20 世纪 90 年代加入全球市场时，他们并没有抛开过去。

---

[27]　1975 年，印度总理甘地夫人宣布国家进入紧急状态，大举逮捕政治反对派，限制言论自由。

"但在 2004 年的大选中，"我说道，"印度人民不是选择回到尼赫鲁的模式？"拉维大笑：

> 你瞧，尼赫鲁的孙子拉吉夫·甘地，他像他母亲和祖父一样做过印度总理，他的遗孀索妮亚·甘地在 2004 年大选后，上台成为下一届政府事实上的总理时，你可曾预见一名意大利天主教女性竟然可能成为印度总理，就像一位锡克教徒在大多数是印度教徒的国家里对穆斯林主席宣示效忠。我请问你，这还有可能在世界上的哪里发生？

一种结束方式

我们最后一天是在德里拍摄。日落时分，五月的溽暑稍微转弱，我爬上拥有广大信众的大清真寺（Jama Masjid）的宣礼楼，俯瞰老城区那片密密麻麻的街道。我们的旅程总共走了数万英里，我们观看了数万年来印度史上的潮流所留下的印记。伟大的文明似乎能在历经时代考验下，发展出应变方式，宛如一种文化免疫系统，吸纳震撼和历史伤口，并发挥它的长处。印度的故事是个由不可思议的戏剧、伟大的发明、绝妙的创造性和最辉煌的理念所组成。观看印度的故事就是观看人类本身的故事，尽管我们的努力未臻完善，但就像印度教圣典所言，我们能从其中得到财富、美德和爱，最后，如果我们够幸运，还能得到启发。

从宣礼楼顶俯瞰薄暮景观，我能清晰看见德里山脉的晦暗轮廓，英军于 1857 年的炙热夏季中，匿藏在此，然后对德里发动可怕的报复行动。在东方，为余晖映衬的是红堡，印度在此宣布独立。在我们下方，傍晚的群众在周五的礼拜后，汇集在月光市集这条巨大的市集街道。看着这份沸腾喧闹和令人振奋的景观，我突然有一个最后的想法：这片次大陆是世界上人口最多，语言和人种最为繁复多样的地区。这几十年来，人类面临最严峻的挑战，而在此地最能看清楚人类历史是如何伟大的故事。刚开始，我们全是兄弟姐妹，我们迁徙到世界各地，创造社会，成就权势和统治，造成想像中的差异樊篱——语言、种族和宗教——但现在，在最后，我们必须再度回到起点，难道不是吗？

一轮弯月照耀在德里的大清真寺上。独立期间和之后虽然有许多动荡不安，印度民主制度仍展现团结各类社群的惊人能耐。

延伸阅读

　　漫长的摄影计划后有个最后的仪式——当你回家时，最后一次将背包中的东西取出。散落在地板上的是旅人的杂乱物品：蚊帐、过期的 *India Today* 杂志、朝圣者指南、印度教神祇的装框图画和明信片、用烂的地图，以及廉价的缠腰布。但我最多的东西总是书：那些从安拉阿巴德的惠勒斯书店和贝拿勒斯旧城区的莫提拉巴那西达出版社，以及德里月光市集里不容错过的书店买来的书。这些书（说是为了研究，但其实大部分是为了愉悦而买的）夹杂在车票、廉价海报以及马杜赖裁缝市集用牛皮纸包好的布料之间，静躺在地板上，像熟识的朋友般吸引我的目光，让我回想起在遥远的海岸或山巅、拥挤的朝圣民宿里，或深夜的火车站翻阅它们时的景象。想到这点，对我来说，本书不仅不需要提供学术参考书目，此举甚至索然无味。在此仅列举某些提供我欢愉和洞见，某些我总是放在背包里的书似乎较有帮助，因为读者可能也想带着这些书上路。

　　首先，在路上的读物：*The Picador Book of Modern Indian literature*（阿密特·查胡利编辑，2002）。这是一本编纂优秀的书，现代印度文学的绝佳入门书籍，而且不仅于此。它包含了现代印度方言文学的翻译选集，我敢说，我们大部分人在这方面非常无知。

　　再来是散文：萨曼·鲁西迪和伊丽莎白·卫斯特的 *The Vintage Book of Indian Writing 1947—1997*（1997），*India in Mind*（潘卡·米西拉编辑，2005），以及那位作者的《西方的诱惑》（*Temptations of the West*，2006）。阿玛蒂亚·森的《好思辨的印度人》（*The Argumentative Indian*，2005）以及他的 *Identity and Violence*（2006），后者提供印度伟大传统和现代两难困境的挑战性观点和人道概论。

伴随这些旅行的另一类愉悦是传统诗歌：最骄傲的代表是已过世的 A. K. 拉曼奴杰对早期泰米尔诗歌另辟蹊径的翻译：*The Interior Landscape*（1967）和 *Poems of Love and War*（1985）。《世界颂》是古老泰米尔诗歌的优秀选集，现在有企鹅版（G. 哈特和 H. 海费茨编辑，2002）。泰米尔最闻名遐迩的两首史诗现在也有企鹅版：*Manimekhalai*（亚伦·丹尼卢翻译，1996）以及 *The Cilappatikaram*：*the Tale of an Anklet*（R．帕萨色拉西翻译，1993）。《耆婆如意宝》仍未有英译本：我用的是詹姆斯·伯格斯版本的第一册（1865）。

在稍后的泰米尔祈祷诗歌方面（这传统在泰米尔纳德邦仍旧存在），最棒的译本是 F. 金伯利和 G. 菲利普的 *Hymns of the Tamil Saivite Saints*（1921）；以及因黛拉·彼得森的 *Poems to Shiva*（1990）和大卫·舒曼的 *Songs of the Harsh Devotee*（1990），舒曼是带领读者通过翻译发现泰米尔的大师。*For the Lord of Animals*（H. 海费茨和 V. 劳编辑，1987）是 16 世纪诗人杜贾提的绝佳泰卢固语选集；而 *When God is a Custom*（A. K. 拉曼奴杰、V. 劳和 D. 舒曼编辑，1994）呈现了优异的泰卢固语宫廷诗歌。A. K. 拉曼奴杰的卡拿达选集 *Speaking of Siva*（1973）和他的 *Songs for the Drowning*（1993）是南马尔瓦尔于 9 世纪赞美毗湿奴的优秀诗歌选集。这些祈祷诗歌在全印度仍是个鲜活传统：迦比尔、达杜、米勒拜、纳那克和许多其他诗人作品唾手可得。在孟加拉国，胜天的 *Gitagovinda* 通过 B. 米勒的翻译成为不朽之作，即 *Love Song of Dark Lord*（1977）。

在南方口述传统方面，不妨试试 V. 劳和 D. 舒曼的 *A Poem at the Right Moment*（1997），口述民间故事则参考 A. K. 拉曼奴杰的 *Folktales of India*（企鹅，1994）。许多印度史的伟大著作都有英译本，比如，温迪·朵妮格的《梨俱吠陀》（企鹅，1981），J. 和 M. 布洛克金顿的 *Rama the Steadfas t* 中的《罗摩衍那》（企鹅，2006）。P. 理查德曼的 *Many Ramayanas* 收编展现这个传统之多样性的卓越散文。

老故事新说的著作多如繁星，但小说家 R. K. 那拉扬的 *Gods, Demons and Others*（1965 和后来

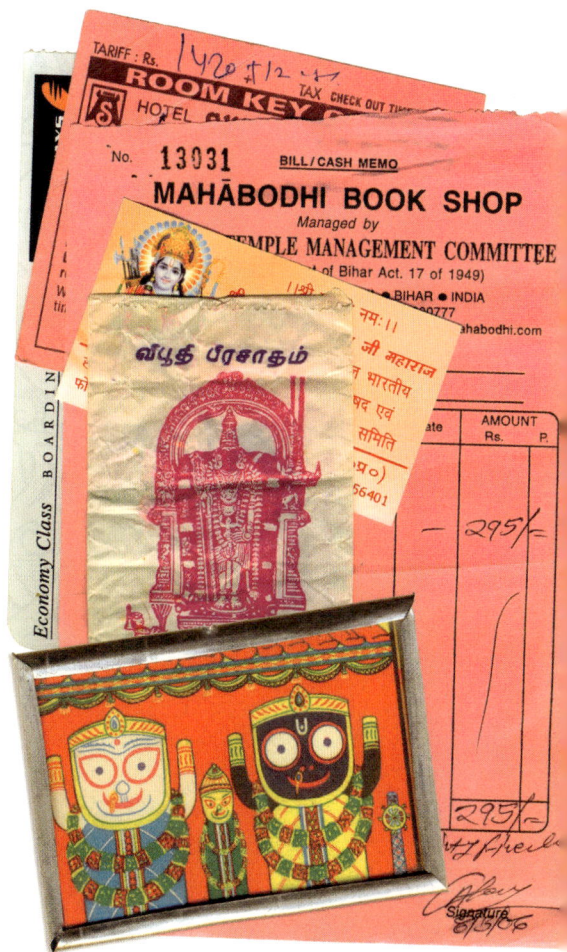

的编辑本）可以拿来在火车上打发时间，还有他篇幅较长的《罗摩衍那》和《摩诃婆罗多》。温迪·朵妮格和苏西尔·卡卡出版的牛津世界经典名著中有《爱经》（2002）。巴拔的自传由企鹅出版（迪利普·贺洛编辑，2007）。近代对印度史的省思则有潘卡·米西拉有关佛陀的优异著作，*An End to Suffering*（2004），还有查尔斯·亚伦迷人的重新发现，*The Budda and the Sahibs*（2002）。苏西尔·卡卡的许多著作处理印度文化之心理学的一般问题，重点往往是治疗传统、政治和宗教暴力，以及性欲。我太晚才拿到他最新的著作：卡卡的 *The Indians*（2006）。英国故事也多如牛毛：罗伦斯·詹姆士的 *The Rise and Fall of the British Empire*（1997）提供公允的现代概论，而约翰·基的 *A History of India*（2000）则从更为广泛的背景来讨论英国人。独立的奋斗和印巴分治方面则有庞大的文献，但史坦利·沃波特的真纳（1984）、尼赫鲁（1996）和甘地（2001）传记，以及他最近有关印巴分治的 *Shameful Flight*（2006）和 H. 西瓦的 *Partition of India*（1994）不失为绝佳的入门书籍。亦可参考沙西·查如尔的 *Nehru*（2003）。在后独立印度的广泛观点方面，请参考 R. 古哈的 *India After Gandhi*（2007），至于这理念本身，则有苏尼尔·基纳尼的 *The Idea of India*（2003）和伊方·哈比的 *India-Studies in the History of an Idea*（2004）。

最后，我要推荐几本旅游指南和旅游著作。我那本黛安娜·艾克的 *Benaras：City of Light*（1983）旧版本在前往那座伟大城市旅行十数次后已经分崩离析，但此书仍令我爱不释手。

A. K. 莫罗塔的 *The Last Bungalow*（企鹅，2007）是安拉阿巴德丰富的现代和神秘历史的新选集。坊间有许多书探讨德里的七座城市；威廉·达尔林普的《精灵之城》风趣而轻松自如地遵循此传统。关于阿格拉和泰姬玛哈陵，艾芭·柯奇的 *The Complete Taj Mahal*（2006）和她的 *Mugal Architecture*（2002）不啻是这方面的权威之作。至于孟买：请参考苏克图·梅塔的 *Maximum City*（2004）。而勒克瑙方面，在罗西·勒威林－琼斯的许多著作中，以 *Lucknow：Then and Now*（2003）、*A Fatal Friendship：The Nawabs, The British, and the City of Lucknow*（1985）和 *Lucknow Omnibus*（2001）为上上之选。现在大家对南方的兴趣逐渐增强，可参见 *Temple Towns of Tamil Nadu*（乔治·米歇尔编辑，玛格，1993）。我并参与一个优秀的南方宗教中心出版的一份近代研究：*Chidambaram*（V. 南达编辑，玛格，2004），同时，我的 *Smile of Murugan* 以 *South Indian Journey*（企鹅，1994）之名重新出版。最后，马克·涂立的《印度没有句点》（1994）提供拥有真知灼见的局外人观点，而威廉·达尔林普这位讨论印度的首席英国作家，他的 *Age of Kali* 保证令人回味无穷。

献给

乔约蒂和米娜克什

纳迦纳提那姆、"塔塔"、普尼达、香堤、齐塔拉、阿奇拉、卡尔提克，以及湿婆

库玛、拉克西米·维西瓦那坦和苏西拉·拉维达拉纳塔

致谢

　　由于制作工作如此漫长，我必须向许多人致谢。首先，我想感谢印度政府、外交部人员和印度考古调查协会，他们使纪录片拍摄更为顺利。在伦敦，我特别要感谢印度高级专员卡姆利什·夏尔马和巴布利·夏尔马女士他们尽全力提供的协助和鼓励，以及印度文化部长和伦敦尼赫鲁中心所长阿图·凯尔博士。还有印度航空公司，机组人员尽力在旅程中协助我们。感谢德里国家博物馆、巴特纳、鹿野苑、秣菟罗、加尔各答、安拉阿巴德、清奈和坦焦尔博物馆人员，以及加尔各答亚洲协会和德里国家档案处。马杜赖大学校长慷慨地允许我们拍摄他们的遗传计划。萨瑞嘎玛允许我们在纪录片中使用 A. R. 拉曼的一些曲子。在巴基斯坦，我要感谢巴基斯坦考古调查协会、欧耶马布·杰、瑞斯·阿巴斯·斋地、当时的文化部长贾利·阿巴斯、塔克西拉和白沙瓦博物馆，以及哈拉帕和泰提拜挖掘地点人员。

　　在家乡，我要感谢大英图书馆的卡特欧娜·菲莱森和她的同事，他们让我们有取之不竭的资源拍摄，并提供大量研究素材；在伦敦帝国学院，桑吉夫·古帕让我们看计算机图样；在大英博物馆，理查德·布鲁顿、乔·克利伯和莉兹·爱林顿不厌其烦地回答各类问题，并指引我们新的方向。尼克·辛姆－威廉斯教授兴奋地分享他的贵霜发现。在印度，我想感谢 R. 皮曲查帕教授、埃尔芬·哈比、D. N. 贾、A. 帕萨德、S. P. 古帕和 S. 梅若拉的帮助和洞见；阿里教授是我们在巴基斯坦西北部的考古向导；赞胡·杜拉尼是我们在白沙瓦的主人，他知识渊博，热情招待。我并要感谢沙伦·拉纳格和纳雅乔·拉合利在电话中讨论他们的工作；与罗利塔·尼赫鲁在伦敦共进晚餐、和英迪拉·彼得森共逛坦焦尔花园；罗米拉·坦帕的慈祥言语在许多年前鼓励了一名刚出道的年轻人。我必须强调，以上人士都不必对此书中的错误或诠释负责；此书包含许多引发争议的话题，比如"亚利安"入侵，或中世纪的伊斯兰和印度教的诠释，书中所写全是我个人的结论；我只希望这部大众化的作品不会离他们的崇高标准太远。在外景部分，我要感谢桑迪雅·穆查纳尼和莱珊德·贾吉；迪迪提·比斯瓦教授；R. 巴拉苏布拉曼尼盎教授；B. B. 拉尔教授；沙西·塔如；巴特纳的阿吉特·帕拉萨德博士；潘尼帕特的哈本·穆克奚亚教授；拘尸那罗的阿格曼哈·巴丹塔·格纳夏瓦；威廉·达莱波和曼穆·法洛奇；玛杜拉·穆克杰教授；清奈的萨特巴玛和潘迪雅教授；A. 西瓦克卢杜教授；S. 苏瑞熙教授；奥利萨的帕拉哈博士及其同事；R. 克利纳木提；喀拉拉的赛瓦库玛和沙将博士；德里的安比卡·舒克拉；贝拿勒斯的兰杰·查得利和他的家人；菩提迦耶的比库·伯西帕拉；鹿野苑的玛哈瑟罗·瓦莱；勒克瑙的库珊·卑尔根和她丈夫莱库玛·纳克西·汗阁下，以及他们的家庭和友人，我们与他们共度了难忘的开斋节；利拉哈·古帕塔和他家人为我们示范秣菟罗的阿育吠陀古老传统。在喀拉拉，我要感谢维诺·巴塔提利帕和南布迪里小区；在安拉阿巴德，拉斯顿·甘地及其家人，在王舍城和菩提迦耶，感谢珊顿·赛斯的智慧和陪伴；西姆拉的潘卡·米施拉；伊塔瓦西姆拉和贝瑞的史利伦·梅合洛塔教授；卡加立的爱德·穆顿。

我也要感谢久德浦、坦焦尔和贝拿勒斯的王侯，他们的雇员和秘书竭尽全力帮助我们。

在拉贾斯坦，斋浦尔的宝石宫的穆鲁·卡力瓦尽力协助且学识渊博。在南方，我特别感谢他们的仁慈和特许，感谢马杜赖米娜克什寺庙、提鲁瓦讷玛来和坦焦尔寺庙的祭司，以及提鲁文嘎杜寺庙的祭司、歌唱人员和信众。

我在吉登伯勒姆有许多友人，我再次感谢寺庙主管协会、湿婆赛奇跳舞学校，感谢 M. 那格拉提南和其家人，后者带领我们这些外人认识泰米尔圣人的古老传统。清奈的拉舒科·维西万纳坦如往常般大力协助！

在贝拿勒斯，我要感谢拉西米民宿的雇员，那里是我的第二个家，没有比它更棒的居住地点了。我亦要感谢安拉阿巴德的非纳罗饭店，那是我二十年来躲避尘嚣之所。

在巴基斯坦，我要感谢乌玛·穆塔支的辛勤工作和幽默，J. 马克·肯诺尔，和哈拉帕的穆罕默德·哈珊博士。我还要再次感谢赞胡·杜拉尼，我很高兴能再次回到木尔坦拜访加德齐一家人：苏坦、胡尔和所有家人。感谢德里大清真寺的伊玛目布哈利及其家人；史万马莱的德万那塔帕提一家人为我们示范青铜铸造的古老艺术。在伊拉克，我要感谢巴伯·富来中将，以及美国陆军的哈利·谢伍德上尉和东尼·安吉拉。在土库曼，提姆·威廉斯教授引介我们给在哥诺泰贝挖掘的维克多·萨里安迪教授和他优秀的小组。

在纪录片制作方面，推动整个计划的德里制作小组是 Earthcare Films，我在此致上最高敬意：感谢玛德胡利玛、克利西那杜·赛·伯瑟、拉胡·帕、莫提特·拉陀格，以及卡罗琳·桑伯，还有 Middle Path 的贾洋·提列和凯桑·盖利，他俩提供全力支持。我亦特别感谢赛克伯·阿莫德，我们的二号摄影师和摄影助理；我们绝对缺不了他。在清奈，我们的朋友凯南以他惯常的充沛精力和绝大弹性组织我们的南方拍摄镜头；库西克·查特杰在西孟加拉国和拉贾斯坦打点好一切。

在英国方面，杰里米·杰夫在导演和拍摄此系列上大获成功，值得多方感谢和褒扬；蕾贝卡·多伯制作和监督整套系列，堪称我们的精锐大师。卡伦·布玛录制音效，拍摄书中许多照片；葛瑞·布朗尼刚这位剪接师功夫高超，并加入自己的抒情观点，阿列克·尼可利克则是他的好助手；莎莉·托马斯像往常般妥善管理整个制作程序。霍华德·戴维森编写了好听动人的音乐，由贾提尼·贝内杰主唱，皇家爱乐交响乐团录音。超过 18 个月以来，负责拍摄和剪接的小组成员是索纳利·马歇尔、安伯·杜法尔、乔纳森·佩吉、法提玛·兰格、克莱尔·克鲁斯奇、杰内维夫·哈利森、亚伦·杨、阿列克·尼可利克和爱德·拉得佛。后制作业则都在 Envy 进行，由优异的珍妮·马汀主导——特别感谢巴伯·杰克森优秀的环绕录音技术。我们办公室的计算机鬼才约翰·克兰纳为纪录片制作了精致的地图。布来登·麦克奇提展露优异的延时摄影，克利斯·库鲁帕制作优美图画，而派地·马克执导连续镜头；Tara Arts 的贾丁登·瓦玛、莎夏·贝哈、罗伯特·穆特佛和克劳蒂雅·迈尔表演了片中一些传奇场景。感谢大家，以及过去和现在在 Mayavision 的所有朋友，在过去 25 年来，这家小而奇特的独立制片公司仍然能在与大公司竞争下，制作高水平的优异节目。永别了，巴斯克·巴塔查耶，他是我们公司的创办人之一，不幸在拍摄此系列途中逝于印度。

在 BBC2，特别感谢马汀·戴维森的睿智建议、热诚和鼓励，以及爱玛·斯旺、克利珊·爱罗拉、罗利·奇汀和珍娜·贝纳特的无尽支持。美国的康宝公司非常具有前瞻性，在开始这项企划上提供大力支持；在 PBS，我们仰赖老友李奥·伊顿、约翰·威尔森和桑迪·贺伯瑞——感谢他们以及我们所有在美国的同事，包括珍妮弗·劳森和凯蒂·卡特隆，我们首先和她俩谈及这系列的点子。至于书籍方面，我要感谢 Basic Books 的经纪人拉薇妮雅·特瑞佛、普鲁·凯夫和拉拉·海梅特，以及 BBC Books 的琳达·布雷克摩尔和伊莉诺·麦克斯斐德，她们在马汀·瑞分的指导下完成不可能的任务，瑞分则在我们仍在印度拍摄期间，从头到尾，于 6 个月间，监督整个企划！

最后，我必须感谢我的家人在这段疲惫但愉快的时间内的支持和鼓励；幸运的是，他们像我一样深爱印度。我妻子蕾贝卡在 20 年前首度和我一起到印度旅行，她是再棒不过的旅伴。没有她的爱、精力、洞见和陪伴，这些都无法成形。我的女儿乔约蒂和米娜一直是我的现实来源，幽默风趣，让我脚踏实地。我对她们的感谢无法以言语表达。

图书在版编目（CIP）数据

印度的故事／（英）伍德著；廖素珊译 . —杭州：
浙江大学出版社，2012.7
The Story of India
ISBN 978-7-308-10229-2

I. ①印… II. ①伍… ②廖… III. ①电视纪录片-
解说词-英国-现代 IV. ①I561.35

中国版本图书馆 CIP 数据核字（2012）第 150637 号

印度的故事

[英] 伍德 著　廖素珊 译

责任编辑　叶　敏
文字编辑　周红聪
装帧设计　王小阳
出版发行　浙江大学出版社
　　　　　（杭州天目山路 148 号　邮政编码 310007）
　　　　　（网址：http://www.zjupress.com）
制　　作　北京百川东汇文化传播有限公司
印　　刷　北京中科印刷有限公司
开　　本　787mm×1092mm　1/16
印　　张　16.75
字　　数　288千
版印次　2012年10月第1版　2017年8月第3次印刷
书　　号　ISBN 978-7-308-10229-2
定　　价　85.00元
